별 똥 별

박민형 소설집

별똥별

Kyungjin Publishing co. 경진출판 Since 1999,

작가의 말

　첫 단편소설집 '별똥별'은 1996년에 등단해서 그동안 발표한 단편들을 모은 것입니다. 그러다보니 시대적으로 동떨어진 이야기일 수도 있습니다. 소설이 무엇인지도 모르고, 쓰고 싶다는 간절한 마음 하나로 썼던 소설들입니다. 부끄럽지만 수정 보완하지 않았습니다. 어쩌면 그것은 처음 소설을 쓰며 다짐한 기억을 복원시키고 싶은 욕심일지도 모르겠습니다.

　며칠 전, 연극 〈깻잎 전쟁〉을 끝내고 한 지인이 마련해 준 가평의 계곡으로 MT를 갔었습니다. 〈깻잎 전쟁〉이 대학로에서 성황리에 공연을 마친 후라 조금은 홀가분한 마음으로 떠날 수 있었습니다. 혼잡한 고속도로를 피해 국도를 이용했습니다. 예상대로 국도는 자동차가 거의 보이지 않을 정도로 한가했습니다. 그 텅 빈 길을 바라보다가 문득, '대성 28km, 청평 23km'라는 낯익은 표지판을 보는 순간, 두 무릎이 꺾이는 것 같은 통증을 느꼈습니다. 그 길 위에는 30년 전의 저희 가족들의 모습이 오롯이 있었기 때문이었습니다. 두 아이들의 해맑은 웃음소리가 차창 밖으로 쏟아져 나가, 깊은 숲속과 어우러졌던 도로는 여전히 표지판을 하늘 가까이에 매달고 있었습니다. 그런 것처럼……. 첫 단편소설집 '별똥별'은 시간을 거슬러 올라간 과거로부터의 여행일 수도 있습니다.

그래서인지 이 소설집은 많은 기억들을 끄집어내 줍니다. 1996년부터 지금까지의 일들이 어찌 다 기억 속에만 있을까요? 사라진 것들과 붙잡고 싶었던 인연들이 어디 기억 속에서만……. 그래도 살아 있다는 것은 외로움과 슬픔을 비껴 감사한 하루를 말할 수 있는 것이 아닐런지요. 그렇게 1996년부터 건너 온 세월의 흔적이 묻어 있는 첫 단편소설집을 이제 펼치려 합니다.

바쁘신 가운데도 평설을 맡아 주신 황충상 선생님! 공연으로 인해 소설집의 출판에 차질이 빚어지는 데도, 응원을 아끼지 않으신 경진출판 대표님과 편집부의 식구들께 감사의 마음을 전합니다. 또한 변변치 않은 작가를 항상 격려해 주는 벗들과 가족들에게도 고마움과 그리움을 담습니다.

처음 소설을 쓰며 다짐했던 초심을 잃지 않기를 기도하며…
2019년 8월
박민형

차 례

서 있는 사람들

객석의 조명이 꺼졌다. 부분조명이 내게로 옮겨졌다. 나는 무대 한가운데 놓여 있는 책상을 닦으며 사장의 눈치를 본다.

"나는 망했어. 다 날아갔어. 너두 내 앞에서 꺼져 버려."

내가 대사를 할 차례다. 지난 밤 수없이 연습을 했는데도 입이 떨어지질 않는다.

"저는 갈 곳이 달리 없는데요."

나는 그 한 마디의 대사를 하기 위해 얼마나 많은 연습을 했던가?

"흥, 불법 좋아하시네. 뜯고 말 테니까 비켜!"

"이러지 마슈, 제발. 낸들 아줌마하고 이러고 싶은 줄 아슈."

앞이마가 유난히 튀어나와 짱구댁이란 별명을 갖고 있는 슈퍼 여자의 카랑카랑한 목소리와 함께 상가 경비 조 반장의 목소리가 들렸다.

나는 뒤돌아보지 않아도 그들의 모습을 한눈에 그릴 수 있다. 연극 속에 빠져 있던 나를 현실로 끄집어낸 그들은 벌써 며칠째 말싸움을 벌이고 있었다.

유리문 밖은 여전히 바람이 불고 있었다. 햇살은 시리도록 따사롭다. 놀이터 쪽에서 황사바람이 휘몰아쳤다. 뿌연 모랫가루가 지나가는 사람들과 아이들의 잔등을 향해 달려온다. 한 여자의 긴 머리카락이 수양버들처럼 너울거리는 모습이 보인다. 여자가 앉은 맞은편에는 뻥튀기 노인이 앉아 손잡이를 돌리고 있었다. 양철판으로 바람막이를 한 채였다. 노인은 토요일과 일요일 한낮이면 어김없이 그 자리에서 손잡이를 돌리곤 하였다. 회오리바람이 일어 노인이 손을 움직일 때마다 가물가물한 연기가 실타래처럼 피어올랐다. 나는 오래도록 유리문에서 시선을 떼지 못한다. 하지만 내 귀는 소리가 들려오는 곳으로 따라가고만 있었다.

"제기랄, 경비도 못 해 먹겠다니까."

화장품이 진열되어 있는 진열대 쪽으로 가 서자 디근자 형태로 구성된 상가 안 풍경이 훤히 들어온다.

조 반장은 손가락 사이에 끼우고 있던 담배꽁초를 짓이기며 버럭 소리를 질렀다. 큰 키에 살집이 없는 그의 구부정한 몸집이 금방이라도 앞으로 고꾸라질 것처럼 위태로워 보였다. 짱구댁은 질세라 양 옆구리에 손을 짚으며 조 반장 앞으로 다가섰다.

"그러니까 못 본 척하란 말야. 다른 사람들은 다 길가로 문을 냈는데, 왜 나만 못 하게 하냐구. 욕을 먹어도 내가 먹고 징역을 살아도 내가 사는 거니까 조 반장은 끼어들지 말란 말야. 알았어? 옛날에 허문 사람은 괜찮고, 소장이 바뀌어서 나는 안 된다는 게 말이 돼냐구. 웃기지 말라고 해. 규정 같은 소리 허구 자빠졌네."

그녀의 툭 튀어나온 이마에 푸르스름한 핏줄이 불거졌다. 감정을 추스르지 못해 씨근덕거리는 그녀의 행동거지가 무척 당차보였다.

나는 순간 내 가게의 길로 나 있는 유리문을 가리고 싶은 충동이 거세게 몰려왔다. 그 유리문은 내가 가게를 인수할 때부터 나 있었던 게 아니었다.

짱구댁은 그 동안 이 상가 안에서 문을 낼 때마다 얼마간의 상납금을 관리실에 주었던 것을 무시하며 조 반장을 마구 몰아 세웠다.

"자꾸 반말하지 마슈. 장가를 못 가서 그렇지. 나두 서른이 넘은 어른이란 말유. 뭘로 보고 말끝마다 반말이유, 반말이."

언젠가 경비초소 앞을 지나칠 때였다. 결혼하고 싶다는 소리를 농담처럼 던지던 조 반장의 모습이 떠올랐다. 그는 자신이 부당한 대접을 받는 것을 결혼을 못했기 때문이라는 생각을 갖고 있는 듯했다. 결혼을 통해서만 어른이 될까?

인테리어 회사에서 근무하던 남편은 결혼 후 자영업을 하겠다고 나섰다. 오피스텔을 얻어 문을 열었다. 하지만 일거리가 쉽게 주어지지 않는 듯했다. 그는 말끝마다 이탈리아에서 공부하던 그 시절로 돌아가고 싶다고 노래를 불렀다. 그가 갖고 있던 예술적인 이론은 현실에 뿌리를 내리지 못하고 말았다.

결혼 전부터 연극을 했던 나는 섭외가 들어오면 닥치는 대로 무대에 섰다. 남편을 도우려는 생각, 아니 현실적으로 살아가기 위해, 하지만 생활엔 도움이 되지 못했다. 더구나 두 돌이 채 지나지도 않은 아이를 데리고 다녀야 하는 지방 공연은 더욱 나를 힘들게 했다.

아이와 씨름하며 밤을 새워 대본을 외웠지만 객석은 장터에 모여 있는 사람들만큼도 못 미치는 숫자였다.

결국 나는 〈나의 라임오렌지 나무〉에서 큰딸 잔디라 역을 끝으로 일단 연극에서 손을 떼기로 했다. 나는 그 날 28살의 생애를 사는 동안 그렇게 맥을 놓은 채 있기는 처음이었다.

그런 나날이 이어지던 어느 날이었다. 평소 이용하던 짱구댁의 슈퍼에서 상가 구석에 가게 자리가 나왔다는 소리에 내 귀가 솔깃했다. 그즈음 나는 남편의 돈벌이에 대한 무신경 때문에 내 신경의 줄들은 팽팽해질 대로 날카로워진 상태였다. 구석진 자리라도 좋았다. 장사가 되고 안 되고는 나중 문제였다. 한 막이 끝나면 무대 뒤로 사라지는 역이라 해도 나를 불사를 수 있는 시간이 필요했다. 그렇게 시작한 장사가 어느새 사개월째 접어들고 있었다. 화장품이 진열되고 수리가 끝나갈 때였다. 나는 산더미처럼 쌓인 쓰레기를 감당할 자신이 없어 쩔쩔 헤매고 있었다. 조 반장은 리어카를 끌고 왔다. 팔을 걷어붙이고 쓰레기를 열심히 치워주던 그가 시장바닥에 첫발을 내딛는 내게 따뜻한 격려의 말까지 아끼지 않았다.

"개업식날 눈이 오면 부자된대요. 구석진 자리면 어떻습니까? 다 하기 나름 아닙니까?"

점포자리가 구석져 우려하는 내게 그는 사람 좋아 보이는 웃음을 띠며 말을 건넸다. 문을 열기 전날 주변 정리를 하느라 바쁘게 움직이는 나를 본 조 반장은 쏟아져 나온 허섭스레기를 대신 치우는 일에 잠시도 한눈을 팔지 않았다. 조 반장은 결혼을 하지 않은 어른이었지만 아이 같은 마음을 아직 갖고 있는 듯했다.

슈퍼 앞은 구경하는 상가 안 점주들에다 저녁 찬거리를 장만하기 위해 나온 인근 주민들까지 합세해 북새통이 되었다. 지나가던 행인들은 유리문을 밀치고 고개를 기웃거렸다. 토요일 수업을 마친 아이들은 메고 있던 가방을 바닥에 내려놓은 채 올망졸망 모여들 앉아 싸움구경을 했다. 티격태격하던 말싸움은 몸싸움으로 번질 듯 아슬아슬하게 보인다고 느껴질 때쯤 짱구댁이 기어코 조 반장의 멱살을 움켜쥐었다.

"야, 이 버러지만도 못한 놈들아. 여편네 혼자 장사해먹고 산다고 깔보나본데 어림없다. 리어카 끌고 길바닥에서부터 시작한 년이야. 우습게 봤다가 큰코다칠 줄 알아."

"참 내 미치겠네. 이것 놔요. 못 놔요."

조 반장이 짱구댁의 양손을 떼어 놓으려 안간힘을 썼다. 그의 얼굴은 벌겋게 달아 있었고 두 눈에는 핏발이 서 있었다.

"그래 못 놓는다. 어쩔래. 어쭈 노려보면 어쩌겠다는 거야. 잘하면 치겠다. 쳐라. 쳐."

짱구댁이 조반장의 얼굴에 그녀의 벌건 안면을 바싹 들이밀 때였다. 그때까지 불구경하듯 서 있던 치킨집 여자가 소매를 걷어붙이며 나섰다.

"좀 말려. 이러다가 사람 다치겠다."

치킨집 여자는 옆에서 얼쩡대는 사진관집, 아동복 코너 여자들에게까지 눈을 껌벅거렸다.

"말리자니까 보고들만 있으면 어쩌겠다는 거야. 벌써 며칠째 이 난리니 그나마 들어오는 손님 쫓아내자는 거야. 뭐야."

"야! 치킨, 너 말 잘했다. 입이 막힌 줄 알았더니 터졌네."

둘 사이를 떼어 놓느라 치킨집 여자가 비아냥거리자 짱구댁이 사납게 돌아보며 소리쳤다.

"나두 장사 해먹구 살려구 그런다. 여름만 되면 닭 튀겨대는 기름냄새 때문에 콧구멍이 문드러진다. 너야 기름에 쩔어서 모르겠지만. 근데 뭐가 어쩌고 어째. 내가 지금 오는 손님을 쫓아낸다구? 흥, 그게 아니겠지. 너는 이미 문을 냈다 그거지, 돈 처발라서…."

짱구댁은 치킨집 여자에게 삿대질을 해 가며 악을 바락바락 썼다.

"아니 이 여편네가 왜 나한테 지랄이야. 지랄이. 참 내가 기가 막혀서."

말은 당차게 쏘아붙이고 있었지만 정곡이 찔렸는지 뒷걸음을 쳤다.

짱구댁은 시멘트 바닥에 털썩 주저앉으며 입구 앞에 쪼그리고 앉아 있는 아이들을 향해 냅다 소리를 질렀다.

"저리 안 가니. 무슨 큰 구경 났냐?"

아이들은 짱구댁의 소리에 움찔거렸지만 얼른 일어나서 집으로 돌아갈 생각은 없는 듯하였다. 오히려 짱구댁이 다음 행동을 어떻게 할지 궁금해 하는 눈치였다.

짱구댁은 아무런 미동도 없이 앉아 있다가 푸념에 섞인 넋두리를 늘어놓았다.

"지금 문을 안 열면 올 여름을 또 어찌 보내나. 그렇다고 에어컨이 있기를 해, 유리문을 내면 여름에 통풍 잘 되지, 옆에 있는 공판장으로 손님 뺏기지 않지, 아이구 내 팔자야."

짱구댁이 중언부언 많은 말을 쏟아내며 한숨을 쉬었다. 나는 짱구댁의 푸념 섞인 소리가 그녀의 한을 토해내는 것처럼 들려와 숨조차 크게 내쉴 수가 없었다. 나는 창으로 들어오는 햇살을 등판으로 가려보았지만 나서지 못하는 나의 비겁함에 창을 꽂듯 비집고 들어온 햇살이 화장품 진열대에 부딪치며 환하게 비추고 있었다.

"돈 주고 문을 낸 집은 불법이 아니고 내가 문을 내는 건 불법이다. 두고 봐. 난 본보기로라도 문을 내고 말 테니까. 아무리 시장바닥이라지만 그럴 수 있어. 이 못된 것들아. 너무한다. 너무해. 에라잇 이거나 먹어라."

짱구댁이 쥔 주먹을 앞으로 쭉 내밀며 벌떡 일어설 때였다. '뺑 뼈엉' 하는 굉음이 울렸다. 당면한 현실에서 뒤돌아 유리문 쪽을 바라볼 수 있게 해 준 뻥 소리는 내게 그야말로 구원의 소리인 것처럼 느껴졌다.

"어휴, 놀래라. 뻥 튀기는 소리였잖아."

누군가 한 손으로 가슴을 쓸어내렸다. 사람들의 얼굴이 유리문에 내밀어진 게 우습다는 듯 노인은 길 건너편 이쪽을 향해 웃어 보였다. 주름진 얼굴이었다. 주름은 고랑을 이루고 있었지만 웃는 모습은 기운이 넘쳐 있었다. 어느 부분인지는 모르겠지만 노인의 늙고 초라한 구석에서 나는 내 아버지의 모습을 보았다.

아버지는 지칠 줄 몰랐다. 언제나 기운이 왕성해 보였다. 자신에 차 있었다. 내 기억의 편린들을 뒤적여 봐도 단 한 번도 자리에 누운 아버지를 발견할 순 없었다. 아버지 책상 앞에 놓여 있었던 사진 속의 인물들은 누구나 알 수 있는 얼굴들이 서너 명 있었다. '육사 잔디밭에서'라는 문구가 액자 밑에 박혀 있었다. 올림픽이란 것을 치른, 소란스러운 한 해가 저물고 있었다. 해가 바뀌자 아버지는 어딘지 모르게 불안해 보였다. 굳게 결심하고 끊었던 담배를 다시 피웠다. 지친 모습으로 창가에 우두커니 서서 한창 물이 오르고 있는 목련나무 끝을 바라보곤 했다. 자신을 잃은 듯한 나약한 아버지의 모양새가 내게는 마냥 낯설고 불안했다. 그 불안은 현실로 나타났다. 아버지는 주검으로 우리 앞에 나타났다. 어머니는 아버지의 갑작스런 변사보다 그것을 의문스러워 하는 자식의 입조심, 행동조심에 전전긍긍했다. 나는 왜 알려고 하지 않았을까?

"그래 알려고 하지 말아라. 모른 채 떠나거라. 언젠가 세월이 좋아지면 알게 될 날이 올 게다."

이탈리아로 연극공부를 가기 위한 수속이 끝나자 어머니는 다부지게 잘라 말했다. 어머니는 틈만 나면 무릎을 꿇었다. '아버지여'를 부르짖으며 절규했다. 당신의 가슴을 쥐어뜯던 날 어머니 목에서 대롱거리던 십자가 줄이 툭 떨어져 나갔다. 내가 이탈리아로 떠나기로 결심하던 날부터 전날까지 매일 이어지던 어머니의 절규 앞에서 나는 절망했고 그럴 수밖에 없는 현실 앞에서 두려움과 비통함 속에 있을 뿐이었다. 그 현실에서 하루 빨리 도망가고 싶었다. 하루라도 빨리 해방되고 싶었다. 멀리 달아나고 싶었다. 나를 두렵게 하고 있는 모두에게서….

로마 거리는 차츰 암흑의 세계로 감돌아가고 있었다. 어두움이 찾아든다는 것, 그것은 두려움이었다. 초조함을 이기지 못하고 유년기의 버릇처럼 손가락 끝을 깨물었다. 낯선 땅, 낯선 곳이었다. 피부색이 전혀 다른 사람들은 말할 것도 없고 나와 같은 피부색인데도 말을 시켜 보면 못 알아들을 것 같은 이질감이 느껴지는 사람들뿐이었다. 초조함 때문인지 바쁠 것

없는 몸짓, 여유 가득한 느린 걸음으로 사람들은 유유자적하게 거니는 것처럼 보였다. 나는 짙게 깔리는 어두움을 보면서 몰려오는 두려움과 소외감을 떨쳐 버릴 수가 없었다. 무작정 로마 역으로 향했다. 여차하면 대합실 의자에서라도 하룻밤 지새울 작정이었다. 어디를 가든, 내 아버지를 잃었던 내 나라보다는 두렵지 않을 것도 같았다.

유리문 밖의 모래 바람은 여전히 사람들을 헤집고 다닌다. 사람들은 목을 움츠린다. 노인의 손잡이가 점점 빨라진다. 곧 터뜨릴 모양이었다. 순간 손을 아주 놓아버렸다. '뻥 뻐어엉' 하는 굉음이 울려 퍼진다. 지나가던 사람들은 놀란 얼굴로 움찔거린다.

짱구댁이 헝클어진 머리를 쓸어 올리며 신발을 찾아 두리번거렸다. 꽉 다문 입술이 부르르 경련을 일으켰다.

"오늘 중으로 끝장을 내고 말 테니, 두고 봐라, 에잇, 순 좆같은 것들 니들 입 다물고 있어도 나는 다 안다. 니들이 문을 닐 때마다 어떻게 했는지."

삼 단지와 사 단지를 포함해 무려 삼천 세대가 넘는 대단지 아파트가 밀집된 주거지역이었다. 평수가 열세 평부터 시작돼 제일 큰 평수가 이십사 평에 이르렀다. 상가 안은 대개가 서민 아파트에서 수요가 많은 생필품을 취급하고 있어 수입이 짭짤

했다. 짱구댁 슈퍼를 필두로 해 정육점, 보수센터, 속옷집, 아동복집, 치킨집, 햄버거집, 빵집, 야채, 과일, 문방구, 스넥코너, 숙녀복, 쌀집, 사진관 등등 업종도 다양했다. 디근자 형태로 세워진 단층건물을 반으로 나누어 사람들은 에이박스, 비이박스라 불렀다. 비이박스 지하의 대형슈퍼가 큰집이라면 짱구댁의 슈퍼는 작은집이라고 부르기도 민망할 정도로 협소했다. 이즈막에 들어와서 짱구댁의 고민은 고조되고 있었다. 삼 단지 일반상가에 스물네 시간 계속해서 운영하는 대형 체인점이 생겨나자 손님이 현저하게 줄어들었다고 투덜거렸다. 더군다나 짱구댁 슈퍼의 유일한 소통 통로인 아파트 단지로 들어가는 길목 앞에 대형건물이 들어섰다. 평상시 공터에는 부녀회에서 알뜰시장을 열기도 했고, 인근 주민들이 주차장으로 이용하기도 했다. 일반은행이 들어온다, 농협이 들어온다, 소문이 나돌곤 하던 것이 결국 농협이 세워졌다. 일층은 농협, 지하는 농협 공판장이 문을 열자 짱구댁은 그때부터 길 쪽에 있는 벽면을 헐어 문을 내기로 결심한 듯했다.

짱구댁의 슈퍼와 나란히 어깨를 하고 있는 정육점, 햄버거집, 보수센터, 치킨집, 그 다음이 구석진 내 가게였다.

그 가게들은 이미 길 쪽으로 유리문을 달아 손님들의 왕래가 이루어지고 있는 터였다. 나 역시 가게를 인수한 후 옆 가게들처럼 유리문을 달았지만 어찌 된 일인지 짱구댁만이 유일하게 침묵을 지킨 채 벽을 헐지 않고 있었다.

한 열흘 전이었다. 짱구댁이 본격적으로 공사를 시작하겠다며 인부를 데리고 상가에 나타났다. 공사가 막 시작되려고 하자 관리실에서 직원들이 달려왔다. 허락 없이 공사를 계속한다면 경찰서에 신고를 하겠다며 인부들에게 으름장을 놓아 인부들은 망연자실 주저앉아 더 이상 일을 계속 하지 않았다.

나는 유리문 앞에서 두 팔을 깍지 낀 채 짱구댁의 모습을 바라보았다. 깍지 낀 두 팔이 저려왔다. 그 저려 옴은 가슴속까지 파고들어 나를 옴짝달싹 하지 못하게 붙들고 있는 것만 같았다.

문득 로마 역 대합실에서 웅크리고 있었던 초라한 내 모습이 섬광처럼 떠올랐다. 웅크렸던 팔다리가 뻣뻣했다. 나는 두리번거리며 사방을 둘러보았다. 대합실 내는 기차를 타려는 사람들로 북적거렸다. 때마침 지나가는 역무원에게 다가갔다. 시네시티에 가려면 어디에서 버스를 타야 하는지를 서툰 이태리어로 물었다. 얼굴 전체가 수염으로 가득한 그는 친절하게 설명해주었다.

"시네마 천국을 감독한 유명한 사람도 그 도시에 있습니다. 학생입니까?"

나는 고개를 끄덕거렸다.

"방은 구했나요?"

그의 물음에 놀라 나는 멍하니 그를 올려다보았다. 그는 내 마음을 읽기나 한 것처럼, 대합실에서 지새우는 동양의 젊은 이들은 대부분 방 때문이더라고 했다. 그는 자신이 소개해 준 방만 해도 손가락으로 셀 수 없다며 어깨를 으쓱해 보였다. 자신뿐 아니라 다른 역무원들도 마찬가지라는 설명까지 덧붙이던 그에게 나는 방을 구해 줄 것을 부탁했다. 역무원이 꼼꼼하게 적어 준 메모를 들고 찾아 들어간 집은 닭장처럼 고만고만한 방들이 다닥다닥 붙어 있었다.

한국 같으면 싸구려 여인숙에도 미치지 못할 정도였으나 나는 이것저것 가릴 형편이 아니었다.

초인종을 누르자 칙칙한 쇼올을 걸친 채, 긴 파마머리를 아무렇게나 틀어 올린 한 흑인여자가 경계하는 듯한 표정으로 서 있었다. 나는 방 청소를 마친 후 가방을 베개 삼아 수만 길 늪 속에서 허우적거리고 있을 때 두들겨대는 문소리에 눈을 떴다. 사절지 도화지만큼 작은 창문에는 흑인 여자의 새까만 살갗 같은 어둠이 내려앉아 있었다. 문을 열어 준 흑인 여자였다.

"난 솔레라고 해요."

악수를 청하는 그녀의 검은 손을 잡으며 겸연쩍게 웃었다. 그녀가 이끄는 대로 따라 들어간 곳은 주방이었다. 타원형의 암갈색 식탁 위에는 김이 모락모락 오르고 있는 국수가 전등의 불빛을 받아 불그스름하게 끓어오르는 찌게 같았다. 평소 찌게를 좋아하던 나는 울컥 눈물이 솟구쳤다.

망설이는 나에게 그녀는 씨익 웃으며 포크를 집어 내 손에 쥐어 주었다. 나는 한 접시를 말끔히 비워냈다. 그녀의 표정이란! 자신이 만든 음식을 다 먹어치운 나를 쳐다보는 그녀의 몸매는 매우 탄력적이었고, 윤기가 반지르르하게 흘렀다. 솔레와 난 그날 밤 서툴게 이야기를 나누면서 말이 단절될 때마다 숨을 몰아 내쉬며 웃음으로 얼버무리곤 했다. 그녀의 고향이 소말리아라는 것에 나는 어떤 동질감을 어렴풋이 느끼고 있었다. 그것은 어쩌면 그녀와 내가 처해 있는 현실이 비슷해서였을까? 끊임 없이 전쟁을 치르고도 늘 전쟁의 두려움 속에 살고 있는 내 나라, 보고 싶은 얼굴들을 볼 수 없도록 얼기설기 뒤엉켜 있는 망, 억압된 땅의 사람들, 암울한 회색 하늘 아래 무대에서조차 마음대로 서 보지 못했던 분장한 얼굴들, 그 모든 것들이 솔레의 검은 얼굴에서 풍기는 동질감이었다. 화장품 가게를 열고 어렵게 시장사람들 틈바구니에서 뿌리를 내리던 와중에도 나는 수시로 솔레의 얼굴을 맞닥뜨렸다. 오늘처럼 팔을 걷어붙인 짱구댁의 얼굴을 보면 언뜻 솔레의 새까만 피부가 손끝에 와 닿는 듯하였다.

"씨펄, 진짜루 안 비킬래. 돌아버리기 전에 비켜."

조 반장은 아랑곳없다는 듯 꼼짝도 하지 않으며 다른 곳을 주시했다.

"콱, 모가지를 비틀어 버릴까 보다."

짱구댁의 욕설에 사람들은 이맛살을 찌푸렸다. 혀를 끌끌 차기도 했다. 조 반장은 어이가 없다는 듯 피식 웃었다.

"어쭈 웃어, 증말 열 받게 하네."

짱구댁이 침을 모아 시멘트 바닥에 타악 뱉을 때였다. 유리문이 거칠게 밀쳐졌다. 경찰복 차림의 두 사내가 들어섰다. 나는 그들의 제복을 보며 경직된 듯 몸이 굳어져 왔다. 그들이 들어서기 무섭게 긴장감이 감돌았다. 한 사내의 키는 작았지만 눌러 쓴 모자 밑으로 보이는 가는 눈매가 날카로워 보였다. 그의 허리춤에 꽂혀 있는 방망이는 사내를 더욱 단단하고 성깔 사나워 보이게 했다. 다른 사내는 중키에 마른 체구를 하고 있었지만 그 역시 쌍꺼풀이 없는 눈매는 예사로워 보이는 형은 아니었다.

"무슨 일입니까? 신고가 들어와서 나왔습니다."

한 사내가 짱구댁과 조 반장을 향해 묻고 있을 즈음이었다.

24

치익 치익 하는 기계음이 마른 체구의 사내 허리춤에서 울어
댔다. 사내는 빠르게 무전기를 뽑아 입으로 가져갔다.

'아, 오바, 말하라. 오바 여기는 삼 단지에 있는 종합상가다.
상황을 알아보는 중이다.' 사내의 손에 들려 있는 무전기에서
는 계속해서 치익 치이익 하는 소리와 상대방이 보내는 말소
리까지 섞여 시끄럽기 짝이 없었다. 아이들은 그들의 손 움직
임에 따라 눈망울을 굴리며 신기해 했다. 좀 전까지 펄펄 날뛰
던 짱구댁이 웬일이지 목을 잔뜩 움츠러뜨린 채 아무 말도 하
지 않고 있었다. 모여 있는 사람들의 표정도 마찬가지였다. 장
례식을 치르는 사람들처럼 엄숙하게 서 있을 뿐이었다.

"무슨 일인지 물었습니다."

한 사내가 재차 물었지만 누구 하나 입을 떼려고 하지 않았
다. 잘못 입을 뗐다가는 어떤 불이익을 당할지 모른다는 우려
와 이럴 때는 그저 벙어리가 되는 게 상책일 것이라는 두 가지
생각 속에서 있는 듯했다.

"별일 아니면 돌아가겠습니다. 시장 안의 문제인 것 같은데
잘 협조해서 처리하시기 바랍니다. 그럼."

그들이 문 밖으로 사라지자 사람들은 그제서야 제각기 안도
의 숨을 내쉬었다. 수군거리며 사람들은 짱구댁을 바라보았
다. 그들은 누가 신고했느냐, 서로가 서로를 쳐다보며 의심하

는 듯했다. 그들의 눈에는 각자 지니고 있는 생각과 의심까지 합해져 요상스런 빛을 발하고 있었다.

나는 짱구댁의 눈치를 살피는 시장 사람들의 시선을 직감적으로 느낄 수 있었다. 시장은 약육강식의 세상, 그 한 표본이었다. 내가 화장품 값을 결재하기로 약속된 월말 경이었다. 각 화장품 회사에서 수금하러 나온 수금사원들이 들락거렸다. 제대로 수금이 안 되자 화를 내는 이도 있었고 다음 달 초에 결재를 좀 더 해 달라고 사정하는 이도 있었다. 수금사원 중 한 사내가 큰 소리로 떠들었다.

"화장품 판 돈은 다 어쨌어요. 다달이 이 집만 속을 썩인다니까, 빨리 내 놔요."

시장사람들이 하나둘 가게 앞으로 몰려들었다. 그들은 나를 돈 떼어먹는 몰염치한 사람으로 쳐다보았다.

"아니 돈이 저렇게 없을까! 장사 밑천두 안 갖구 시작했나 배운 것도 제법 있다매? 허이구 허우대는 멀쩡해가지구."

이 사람, 저 사람들이 입을 모아 수군거렸다. 나는 창피함과 모욕감으로 얼굴을 들지 못했다. 그들이 사라질 때까지 참담함과 수치심으로 떨고만 있었다. 경제력이 모든 인격을 가늠한다는 사실 앞에 아연실색했지만 결국은 비굴해질 수밖에 없었다. 모여 있는 사람들의 표정은 여전히 변하지 않고 있었다.

벽을 허무는 것에는 비록 동참을 하지 않았더라도 한 상가 안에서 해결할 수 있는 문제를 발 빠르게 신고했다는 사실 앞에 모두들 놀라움을 감추지 못하는 듯했다.

"오늘 내가 끝장을 안 내면 사람이 아니다."

짱구댁의 목소리가 멀어지는 듯하더니 내가 바라보고 있는 유리문 밖으로 휑하니 지나갔다. 나는 얼굴이 화닥거리는 느낌 때문에 고개를 돌렸다. 막이 내린 객석처럼 웅성거리던 사람들은 그녀가 사라지자 다시 막이 오른 것처럼 잠잠해졌다.

그들은 무표정한 표정으로 아무 일 없었다는 듯 각자의 점포로 흩어져 버렸다.

투명한 봄볕이 가게 안 구석구석에 가득 차 있다. 알 수 없는 것들이 가슴 저 밑바닥에서 꿈틀댔다. 그것이 무엇인지는 실마리를 잡을 수가 없다. 팽팽히 당겨진 화살촉처럼 박힐 곳을 찾고만 있었다. 어딘가에 몰두해야 한다. 팽팽한 줄을 끊어버려야 한다. 나는 그 줄을 끊어버리기 위해 마른 걸레를 집어 들었다. 햇볕에 반사돼 더욱 선명하게 보이고 있는 먼지를 털어내기 시작했다. 손목에 힘을 가득 넣었다. 털어낸 먼지는 멀리 날아가지 못하고 되레 제 자리에 앉곤 한다. 나는 하던 걸레질을 포기하며 의자에 털썩 주저앉았다. 진열대 위에 오밀조밀하게 올려진 용기들이 나를 조롱하듯 내려다보고 있었다.

나는 그것들을 모조리 쓸어 내동댕이치고 싶었다.

"색시 분 없수?"

노파 하나가 구부정한 몸을 진열장에 힘겹게 기대며 물었다. 흰 머리에 햇볕이 반짝거렸다.

"무슨 분을 찾으시는데요?"

노파는 얼굴을 가리켰다. 노파가 집는 곳마다 검버섯이 얼룩덜룩 피어오르고 있었다.

"보기 흉하지? 색시 나 다니는 게 창피해 분칠하면 덮어질까 허구 용기를 냈어."

"아니 할머니가 화장품 사시게요?"

언제 왔는지 치킨집 여자가 호들갑을 떨며 노파 옆으로 다가갔다.

"호오! 우스워라. 할머니가 화장품을 사시다니."

치킨집 여자가 너스레를 떨자 노파는 한 번 힐끗 쳐다보더니 아랑곳없다는 듯 진열장 안을 더듬어 나갔다. 노파가 그중에 있는 분 케이스를 끄집어낼 때였다.

"야. 비켜!"

짱구댁의 목소리가 찢어질 듯 고막을 할퀴었다.

'또 붙었나?' 하며 치킨집 여자가 쪼르륵 뛰어나갔다. 나는 천천히 분첩을 포장지에 쌌다. 굳이 포장을 하지 않아도 되었지만 노파마저 가버리고 나면 난 어떻게 해야 될지 암담했다. 노파는 포장을 하는 동안 내내 화장품 용기들을 요것저것 만지작거렸다.

"이쁘기두 해라. 언제 이런 걸 발랐을꼬. 세월도 참 무심타."

노파의 두런거리는 소리마다 늙음이 주는 설움이 흠뻑 배어 있었다.

느린 걸음으로 노파가 진열대 뒤로 사라질 때까지 짱구댁의 목소리는 여전히 들려왔다. 슈퍼 앞은 벌써 많은 사람들이 모여 있었다. 아이스크림 박스 앞에는 동네 조무래기들이 앞을 다투며 서성댔다.

사람들 사이를 헤치고 벽 쪽으로 향하는 짱구댁의 손에는 쇠망치가 들려 있었다. 손잡이는 짧아보였지만 제법 무게가 나갈 것 같은 망치를 든 그녀의 모습은 어디에라도 내동댕이칠 기세였다. 조 반장이 짱구댁 앞을 가로막았다.

"아주머니 제발, 이러지 마슈, 왜 하필 내가 근무하는 날 이러는 거유."

조 반장의 말투는 애원에 가까웠다.

"다른 놈들하고 싸우는 것보다 조 반장하구 싸우는 게 차라리 내 속은 더 편해. 똑바로 보고 관리실에 가서 그대로 전해."

짱구댁이 순간 망치를 높이 쳐들었다. 나는 두 눈을 꼭 감아

버렸다. 감은 눈 주위가 어둑한 빛에 눌려왔다.

"누구야. 어떤 놈이 두꺼비집 내렸어. 이것들이 증말 뒷구멍에 앉아서 별짓 다 하네. 어떤 놈야. 나와, 개 같은 놈들아."

거품을 뿜으며 날뛰는 짱구댁의 눈은 흰자위만 남아 있었다. 점포주들이 우르르 몰려 나갔다. 채 십 분이나 됐을까? 상가 안은 다시 밝은 조명 속에서 활기를 되찾고 있었다.

냉장고 물은 벌컥 열어젖힌 짱구댁이 석수통 마개를 비틀었다. 물통을 거꾸로 든 그녀는 머리 꼭대기에 쏟아 부었다. 억세게 쏟아지는 소나기를 얻어맞은 듯 물을 뒤집어쓴 짱구댁이 빗물 같은 물줄기를 손바닥으로 쓰윽쓰윽 문질러 세수를 했다. 흐른 물은 그녀의 목덜미로 이어졌고 이어진 물은 그녀의 얇은 티셔츠를 흠뻑 적셨다. 젖은 짱구댁의 가슴은 거칠게 들썩였다.

나는 그녀의 젖은 가슴을 안아주고 싶다는 충동을 느꼈다. 헐떡이는 짐승의 숨결처럼 들썩이는 저런 가슴을 보았던 적이 있다. 솔레의 가슴이었다. 솔레는 내 가슴에 얼굴을 묻고 몸부림쳤다. 일주일에 한두 번씩 헤이 솔레하고 부르던 꼼빠니아 주인을 따라 나간 지 두 시간쯤 지났을 때였다. 킴, 킴 부르는 소리에 얼핏 들었던 잠을 깨우며 방문을 열었다.

"솔레, 무슨 일이야."

'킴' 하며 쓰러지는 그녀의 모습은 차마 볼 수가 없었다. 솔레의 육감적인 몸매는 불법 체류하던 그녀의 유일한 수단이기도 했다. 하지만 그 순간의 그녀의 몸은 무참히 짓밟혀 있었다. 잠시 후 헌병들이 솔레를 찾았다. 꼼빠니아 주인은 엉거주춤하게 선 채 헌병들 뒤에서 쭈뼛거렸다. 훌랑 벗겨진 이마가 불빛에 번들거렸다.

"킴, 나오지 마. 문 걸고 가만히 있어 내 일에 참견했다가 잘못되면 체류허가증 검열 받을 때 불리할 수 있어."

나는 밖의 동정에 귀를 기울이며 숨을 죽였다. 꼭 쥐고 있는 손이 땀으로 축축이 젖어 왔다. 얼마쯤 시간이 흘렀다. 눈물로 얼룩진 솔레가 내게로 쓰러졌다. 커다란 그녀의 젖가슴이 출렁 쏟아졌다. 솔레는 꼼빠니아 주인이 쥐어주는 돈으로 공중전화박스를 찾았다. 막 동전을 넣고 있을 때 그들은 그녀를 가로막았다. 그녀는 소말리아에 단 하루도 빠짐없이 전화를 걸곤 했다. 전쟁 속에 있는 가족들의 생사 확인은 그녀가 또한 살아 있다는 기쁨이기도 했고, 확인이기도 했다.

"킴은 이상해. 집에 전화하고 싶지 않아? 전화해 봐. 킴. 난 말야 내가 가족에게 송금하고 전화할 때가 제일 행복해. 전화를 받지 않으면 난 여기 있을 필요가 없거든. 아침에 눈 뜨면 오늘은 전화를 받을까 내일은 받게 될까, 아니 지금 이 순간은 어떻게 됐을까?"

나는 그 날 솔레를 따라 공중전화박스 안으로 들어섰다. 솔레는 내게 먼저 전화를 하라며 어깻짓을 해보였다.

"태희야! 잘 있지? 에미 걱정은 말아라 아버지 묘지에도 다녀왔다."

아버지 직업이 무엇인지 나는 구체적으로 알 수 없었다. 어머니는 급한 일이 생기면 아버지 친구 회사라는 곳으로 전화를 하곤 했다.

'아버지의 직업은 과연 무엇일까?' 의구심을 가지기 시작한 것은 내가 대학에 들어가서였다. 선배들은 나를 두고 맹활약 중인 박 언니를 닮았다고 추켜세웠다.

"태희 너는 지금보다 서른을 넘겨야 해. 두고 봐. 최고의 연극인이 될 테니까."

나는 그 날을 꿈꾸었다. 혼신의 힘을 모아 연습에 열중했다. 비록 잠깐 나오는 단역을 맡더라도 나는 최선을 다하려고 애썼다. 무대 뒤에서는 선배들의 온갖 심부름을 도맡아 하는 것까지도 즐거웠다.

연극의 내용이 시대를 풍자하는 풍자극이었다. 우리들은 무대에 올리어지는 날을 손꼽아 기다렸다. 전날 밤 리허설 준비로 작은 창고 안은 열기로 가득했다. 대여섯 명의 짧은 머리 사내들이 들이닥쳤다. 그들에게 걸어 채인 허벅지가 얼얼했다. 감각을 잃으며 앞으로 폭삭 고꾸라졌다. 무릎을 강제로 꿇게 했다. 내 앞에는 한 움큼 뽑아져 나온 머리카락이 보일 뿐이었다. 닭장차에 실린 채 어딘가로 끌려가고 있었지만 모두 침묵만을 지켰다. 본능적인 침묵이었다. 억압된 상황 속에서 살아날 수 있는 유일한 방법이었다. 다음 날 밤이 되자 나를 호명한 사내가 군용 잠바를 내 어깨에 걸쳐주었다. 사내는 내 신상과 연극을 하게 된 동기에 대하여 물은 뒤 집으로 돌아가라고 했다. 선배들이 궁금했지만 그들도 나처럼 돌아가리라는 한 가닥 희망을 품으며, 집 안에 들어서자 아버지의 얼굴은 노기가 가득했다.

"나라가 지금 어떻게 돌아가는 줄 알아? 이 판국에 애비 얼굴에 똥칠을 해! 연극도 나라가 있어야 하는 거야 이 한심한 것들아! 더 이상 긴말 않겠다. 유학준비하거라."

가슴에 예리한 날이 선을 그으며 지나갔다. 아버지는 뒷짐을 진 채 헛기침을 크게 뱉으며 현관문을 나섰다. 나는 아버지에게 달려가 항의를 하든지 변명이라도 해야만 했다. 하지만 아버지는 틈을 전혀 보이지 않았다. 아버지의 단단하고 견고한 껍질 속으로 비집고 들어갈 곳은 바늘구멍만큼도 찾을 수 없었다. 아버지가 정부기관의 고위층에 있다는 것으로 나만

석방이 되었다. 아버지의 삶과 무관하게 살고 싶었지만 절대 무관하지 않은 끈이 매여져 있다는 사실에 깊은 절망을 느껴야 했다. 그 절망은 골이 깊어졌고, 선배들을 볼 면목이 없어졌던 나는 어딘가로 도망치려 애썼다. 아버지 뜻대로 따르기로 결심했다. 그 길이 설령 나를 더 가두는 곳이라 해도 일단 떠나기로 했다. 내게 있어 유학준비의 의미는 처음에는 아버지를 떠나기 위해서였다. 하지만 유학길에 오를 때는 두려운 땅으로부터 도망치기 위해서였다. 노선을 달리했던 아버지는 누구에겐가 각목으로 린치를 당한 것이 틀림없었다. 아버지가 과로로 쓰러졌다는 연락을 받고 처음 목격한 아버지의 온몸은 피멍으로 얼룩져 있었다.

그 모든 의혹을 국립묘지에 묻히는 것으로 어머니는 위안을 삼으며 가슴에 싸안고 있었다. 뒤에 버티고 서 있는 힘을 나는 짐작할 수 있었지만 나는 나설 수가 없었다. 또 그런 일이 어머니한테 일어난다 해도 나는 그냥 나인 채, 똬리를 꽁꽁 틀었을 것이다. 그러나 솔레를 만나 그녀와 한 집에 기거한 이후 나는 나를 찾아 헤매이기 시작했다. 나는 누구인가? 무엇 때문에 떠나왔는가? 내 안에서 방황하고 있을 때 솔레의 정신 분열은 커다란 충격으로 나를 몰고 갔다. 그녀는 머리 위에 꽃을 꽂았다. 날이 지날수록 그녀가 꽂는 꽃의 숫자가 늘어갔다. 형형색색의 화려한 색상으로 치장한 그녀의 모습은 놀랍게도 무대 위에서 분장한 내 얼굴이었다. 전화 통화가 불통이던 날 울부짖던 그녀의 초점 없는 눈망울. 긴 목을 빼고 하늘 저만치를 바라보았다. 모딜리아니 그림에 등장하는 여인들의 긴 목을 닮은 그녀의 목이 그녀를 더욱 애처롭게 만들었다. 잠깐 정신이 돌아올 때마다 '킴, 어머니한테 돌아가. 나는 가고 싶어도 갈 곳이 없어' 하던 그녀의 모습이 아직도 선명하다. 그럴 즈음 알게 된 남편은 귀국 두 달을 앞두고 있는 터였다.

내가 붙들고 돌아갈 수 있는 튼튼한 줄이었다. 귀국하기 며칠 전 거리에서 본 솔레는 여전히 꽃을 꽂은 채 공중전화 박스 주변을 기웃거리고 있었다. 아버지의 퉁퉁 부은 시퍼런 주검의 얼굴 앞에서도 말 한 마디 하지 못하고 두려움으로 도망쳤던 나였다. 내가 이탈리아로 떠날 때 어머니가 우려하며 쉬쉬했지만 난 이미 모든 것을 알았다는 것이, 알고도 떠났다는 것이 더욱 나를 괴롭혔다. 떠날 수밖에 없었던 두려운 땅이라고 스스로를 자위하며 살았다. 나는 솔레를 뒤로 하며 다시 두려운 땅으로 돌아왔다. 아니 그녀로부터 도망쳤다. 돌아서는 내 뒤로 솔레의 넋 나간 모습이 따라다녔다. 거기서 나는 또 왜 도망쳐야 했나.

나는 짱구댁의 망치 든 손을 바라보며 상납금을 주고 뚫은 내 가게 유리문을 가리고 싶은 수치심으로 서 있을 뿐이었다. 짱구댁이 어울리지 않게 훌쩍거리며 눈물은 훔쳤다. 악다구니 치는 모습을 보면서 느낄 수 없었던 감정이 나를 충동질한다. 그녀가 앉아 있는 옆으로 쇠망치가 보인다. 두려운 땅도 이기적인 사람들도, 침묵하는 사람들도 모두 내가 서 있는 자리에서 시작되었던 것이다. 나는 서서히 무대로 나아갔다. 무대 위에는 짱구댁이 훌쩍거리며 책상 앞에 앉아 있다. 나는 그녀의 책상 옆에 놓여 있던 쇠망치에 조명이 옮겨지는 것을 본다. 나는 천천히 쇠망치를 집어 든다. 내가 선택한 무대다. 이제부터는 내 차례다. 나는 짱구댁이 '문을 내려' 하는 벽을 향해 섰다. 조명이 내게 강하게 비추어진다. 쇠망치를 휘두른다. 구으응! 쿠웅.

객석에서는 비명과 탄식소리가 뒤범벅이 된다. 한 번, 두 번 계속되는 망치소리에 흙먼지가 인다. 서 있는 자들을 비웃듯, 내 뒤로 서서히 막이 내리고 있는 게 느껴졌다.

황달수 연구 주임

"아니, 상을 누가 받든 웬 참견이십니까아? 그럼 국회의원
상이나 시장상은 누가 선정한다고 봅니까? 에. 글쎄에. 우체국
장상도 마찬가지라니까요, 최고 저축자에게 주는 게 아니다
그겁니다. 아셨습니까? 에?"

말끝마다 '까?' '에?'를 붙이며 대답하는 황 주임의 말투에
교무실 안에 있던 동료 교사들은 불안한 눈길을 주고받았다.
평상시에도 그의 어르는 듯한 말투는 상대방 기분을 종종 망
가뜨리곤 했었다. 1미터 80센티가 넘는 훤칠한 키에다 유순해
보이는 외모하고는 전혀 어울리지 않는 어투였다.

졸업식날이라고 학부모들이 마련해 준 점심식사 도중에 곁
들인 반주 탓만은 아닌 듯하였다.

"뭐요! 개근상요. 아 그야 결석이 없는 아이한테 주는 거 아닙니까? 결석한 아이한테는 당연히 못 주죠…. 근거요, 우체국장상에 무슨 근거가 필요합니까? 상 못 받은 게 그렇게 섭섭하십니까? 마음대로 하세요. 우체국에 가서 따지든 교육청에 가서 따지든…."

황 주임은 수화기를 소리가 나도록 내려놓았다. 황 주임은 자신에게 쏠려 있는 동료들의 시선을 느끼며 의자를 돌려 앉았다.

재수가 없으려니까! 아침에 출근할 때였다. 자동차가 시동이 걸리지 않아 애를 먹었다. 평일대로 일곱 시 십 분에 집을 나섰었다. 어찌된 영문인지 키를 꽂은 후 기어를 넣었지만 자동차는 노인네 목에 차 있는 가래처럼 크릉 크르릉 소리만 뱉어낼 뿐이었다.

그러기를 수십 번 한 듯했다. 겨우 시동이 걸렸을 때는 사십 분이란 시간을 잡아먹은 후였다. 그 바람에 출근 시간이 임박해서야 가까스로 교문에 들어설 수가 있었다. 교문에서 주차장까지 오늘처럼 아득해 보인 날도 처음이었다. 자동차를 주차시킨 후, 시계를 들여다 본 황 주임은 기가 막혔다. 교무회의가 시작되고도 한참이 지나 있을 시간이었다. 뛰어가다시피 교무실 문을 빼꼼이 열고 들어서자 교장은 벌레 씹은 듯한 표정으로 황 주임을 쳐다보았다. 자신의 책상 앞으로 다가간 황 주임이 의자를 살그머니 끌어내었다. 엉덩이를 채 붙이기도 전, 교장의 볼멘소리가 튀어나왔다.

"황 주임님 오늘이 무슨 날입니까?"

"죄송합니다."

"사과를 듣자고 물은 게 아닙니다. 오늘이 무슨 날인가를 물었습니다."

"졸업식…"

"졸업식이라는 것을 알고 있는 양반이 이제 옵니까?"

"저 실은 자동차가 고장이 나서…."

"누구 자동차가요? 황 주임 자동차가요? 원세상에 이런 일이, 쯧쯧."

교장은 낯빛을 바꾸어 가며 혀를 찼다. 그제서야 황 주임은 교장의 노여움이 풀린 듯해 입안에 고여 있던 침을 꿀꺽 삼켰다. 꿀꺽 하는 소리가 유달리 크게 들려와 황 주임은 움찔거리며 엄숙하게 앉아 있는 동료 교사들을 둘러보았다. 휴우, 하며 황 주임이 안도의 숨을 내쉬는 순간 교장의 다음 소리가 튀어나왔다.

"이 세상 자동차들이 모두 다 고장이 났다면 몰라도 황 주임님 자동차가 고장이 났다는 건 이해할 수가 없습니다."

교장의 말이 끝나자 킥킥거리는 웃음소리가 여기저기서 들려왔다. 입들을 막고 최대한으로 웃음소리를 내지 않으려는 듯했지만 그럼으로 해서 웃음소리는 오히려 더 크게 들려왔다. 그것도 하필 졸업식날 말이다. 아니, 그리고 자동차는 다 똑같은 자동차지, 이 황달수 자동차는 뭐 하늘에서 내렸다, 고장날 수도 있는 거지, 쩝. 혀를 쩝쩝거리던 황 주임은 담배에 불을 붙였다. 입 안은 마치 소태를 씹은 듯 쓰기만 하였다.

"퇴근 후 한잔 하는 게 어떻습니까? 기분도 그렇지 않은데…."

황 주임은 자신의 감정을 감추기라도 하려는 듯 일부러 큰 소리로 떠들었다.

"황 주임님이 사시는 겁니까?"

3학년 1반 담임을 맡고 있는 김진만 선생이 분명히 하고 넘어가자는 투로 물었다.

"누가 사는 게 무슨 문제야."

김진만이 못마땅하다는 듯 황 주임은 반말 비슷한 소리로 되받아쳤다. 가뜩이나 고귀한 선비인양 행세하는 김진만의 행동거지가 눈에 거슬리던 차였다. 자신을 대하는 태도가 마치 송충이 보듯 한다는 것을 이미 알고 있던 그로서는 애송이에 불과한 새파란 것이 학교일이라면 이골이 붙은 자신을 감히 우습게 여기는 폼이 괘씸하기까지 했다.

학부모들이 건네주는 촌지를 아이 편에 돌려보내는 정도가 아니라 만리장성으로 편지까지 써서 보낸다는 소문이 동료들이나 학부모들 간에도 자자하던 터였다.

마음 한 번 고쳐먹으면 될 일을 가지고 쯧쯧, 지지리도 못난 놈, 그러니까 지금껏 그 흔한 자동차 한 대 굴리지 못하고, 만원전철로 출퇴근하느라 파김치된 꼴이라니…. 양복바지는 언제 보아도 구김살 투성이이고 회식 때마다 얼마씩 걷는 회비조차 제대로 내지 못하면서 음식이 나왔다 하면 또 얼마나 게걸스럽게 처넣는지, 눈 뜨고는 못 봐 줄 지경이었다. 상계동에 있는 열아홉 평 아파트에 늙은 부모와 아내, 아이가 둘이라고 했지, 안 보아도 그들의 생활이 강 건너 불 보듯 훤했다. 눈 한번 질끈 감으면 훨씬 나아질 생활일 텐데 말이다.

어디 네놈이 언제까지 그러고 사는가 지켜보자는 게 황 주임의 생각이었다. 그런 놈 때문에 신경을 쓰는 자신이 우스웠다. 황 주임은 재빨리 생각을 바꿨다. 더군다나 오늘은 다른 날도 아닌 졸업식을 마친 홀가분한 날이 아닌가? 졸업생 학부형 중에서도 예의가 바른 이들은 '일 년 동안 수고하셨습니다.' 하며 봉투를 찔러 넣어 주었다. 그 봉투가 제법 되었다.

주머니가 두둑하게 손끝에 만져졌다. 우체국장상을 추천하여 상을 받게 된 인열이 엄마의 봉투가 그 중에서 제일 두둑하였다. 인열이가 그 상을 받도록 하기 위해 자신이 애를 쓴 거에 비하면 그리 만족스럽지는 않았지만 그래도 다른 봉투보다는 두둑하다는 게 위안이 되었다. 오늘 일어난 문제만 해도 그렇다. 바로 인열이 때문에 생긴 일이 아니었던가. 그런 것에 비하면 까짓 봉투는 아무것도 아니라는 생각까지 들게 했다. 공부를 특출나게 잘 하지는 않았다. 자타가 공인하는 모범생이지는 않았지만 예의바른 제 엄마를 둔 탓에 상을 받을만 했다. 그 아이의 엄마는 무슨 일이든 물불을 가리지 않았다. 매달 한 번씩 찔러 넣어주는 봉투 또한 어느 학부모보다 뛰어났다. 그런데 까짓 상 한 개가 문제랴. 한 개가 아니라 열 개인들 주고 싶지 않겠는가? 생각하고 결심한 끝에 겨우 한 개의 상을 준 것뿐인데, 그게 어떻게 잘못됐다고 볼 수 있단 말인가?

졸업식을 앞두고 아이들에게 주어질 상을 선별하는 데 있어 나름대로 고심한 끝에 인열이 몫으로 제일 합당할 것 같은 우체국장상을 챙겨 놓았었다. 6학년 담임들이 전부 참석할 필요도 없는 진행이었으니, 문제가 있을 리는 없었다. 주임선에서 마무리 짓는 게 학교의 관습이었기 때문이었다. 더구나 황 주임 자신은 한참 고참인데다 연구 주임이어서 자신에게 의견을 제시할 교사는 없었다. 황 주임은 자신의 직책을 수행하는 데 있어 조금도 거리낌 없이 일처리를 할 수 있었다.

우체국장상을 놓고 황 주임은 아주 잠깐 고심을 하기는 했었다. 우체국에 적금을 육 년 동안 꼬박꼬박 부은 상현이란 아이가 있었기 때문이다. 그러나 저축만 많이 한다고 저축상을 받는다면 누군들 선생에 대한 존경심이 생기겠는가. 얼마큼 선생님을 대접할 줄 알았나에 그 모든 관권이 달려 있는데 말이다.

상현이는 공부는 상위권이었다. 비교적 말썽도 일으키지 않는 아이였다. 그러나 자신은 그 아이에 머리를 쓰다듬어 준다든가 등을 토닥여 준 일은 단 한 번도 없었다. 한 번만이라도 그 아이 부모가 자신을 찾아와 주었다면 자신의 생각이 바뀌었을지도 모른다. 하지만 그 아이 부모는 끝내 모습을 드러내지 않았다. 일 년 동안 말이다. 그런 판국에 그 아이에게 상을 준다는 건 있을 수 없는 일이었다.

저금을 많이 한다고 해서 주라는 상이 따로 있냐면 그건 아니니까. 기관의 이름을 빌리는 건 형식적이었다. 모범생을 선별해 상을 주었다고 하면 그걸 문제 삼는 사람을 지금껏 보지 못했다.

그렇기 때문에 상현이가 상을 못 받게 된 데 대한 책임은 황 주임 자신한테 있는 게 아니었다. 굳이 책임을 따진다면 그 아이 부모 잘못이었다. 때문에 그 일에 있어 자신은 미안하다든가, 우울하다는 기분 속에 있을 필요가 없었다. 또한 오늘 술 한 잔 사라고 한 김진만의 말대로 기분 좋게 인심 한 번 쓰리라는 생각까지 갖게 하였다.

한 잔 산다고 해서 주머니 사정이 크게 달라지는 것 또한 아니잖은가. 새 학기가 시작되면 학부모들의 발걸음이 잦아질 터이니. 황 주임은 금방이라도 교무실 문이 열리고 봉투를 슬쩍 건네주고는 종종 걸음 치는 학부모들의 모습이 보이는 것만 같았다.

"황달수 선생님 좀 뵈러 왔는데요."

"일 년 동안 잘 부탁드립니다."

"우리 아이는 낯가림이 심한 편이에요."

"우리 아이는 눈이 나쁘거든요."

갖가지 이유를 붙이면서 자신의 아이들이 담임의 눈에 들게 하려는 부모들의 성화는 실로 대단하였다.

그 때마다 황 주임은 미리 준비해 둔 대답만 하면 되는 것이었다.

"네, 그러세요. 알겠습니다. 참고하겠습니다."

황 주임은 학부모들이 보는 앞에서 수첩을 꺼내 들곤 하였다. 아이의 이름을 다시 확인하면서 수첩에 적었다. 학부모들은 자기들 아이의 이름을 외울 양으로 메모를 하는 줄 알고는 감지덕지한 표정과 황송해 어쩔 줄 모르는 몸짓을 하곤 하였다.

하지만 천만의 말씀이었다. 물론 처음 한 달쯤은 학부모와의 약속을 지킨다. 눈이 나쁘다는 아이는 앞자리에 앉힌다. 낯가림이 심하다는 아이는 일부러라도 다가가 머리와 등을 자주 쓰다듬어 주었다.

한 달이 지나갈 때쯤이면 등을 쓰다듬어 주는 일은 차츰 줄어들게 되어 있고 앞자리에 앉아 있던 아이한테는 '어쩌지, 저 친구가 너보다 눈이 더 나쁘구나.' 하며 뒷자리로 밀려나기 마련이었다.

"선생님이 나를 모른 체해요."

"뒷자리에 앉았단 말에요."

아이들의 투정이 심해져 가면 그 아이들 부모들은 단걸음으로 달려오게 되어 있다. 그러니까 황 주임이 수첩에 이름을 올리는 건 때가 되면 빨리 찾아오라는 명단이란 것을 학부모들이 알 리가 없었다. 자신은 단 한 번도 드러내놓고 봉투를 달라고 한 적이 있었냐 하면, 없었다. 잘났다고 설쳐대며, 자신의 자식들만 대우를 받기를 원하는 학부모들 때문에 봉투를 챙긴 것뿐이었다. 그러니 황 주임 자신은 그저 수첩에 오른 아이들만 챙기면서 뺑뺑이 치듯 돌아가면서 확인만 할 뿐이었다.

황 주임은 자신이 하고 있는 일에 있어 양심이란 거창한 것을 두고 생각해 보았냐 하면 당연히 노우였다. 아니 생각할 필요성조차 느끼지 않았다. 왜냐하면 봉투를 주기 시작한 것은 학부형들이 가르친 일이고, 받아쓰다 보니 생활에 보탬이 되었다. 그러다 보니 봉투의 맛에 길들여지는 건 당연한 이치인 것이다. 그렇다면 자신은 그야말로 현실을 직시할 줄 아는 엘리트 교사가 아니고 무엇이란 말인가? 오히려 긍지를 갖고 자부심마저 들 지경이었다.

S대 교대를 우수한 성적으로 졸업한 자신이 아니던가? 이 학교에 자신과 같은 학벌에 머리가 좋은 선생 있으면 나와 보라고 소리라도 지르고 싶은 심정이었다. 그렇다면 거기에 맞는 대우를 받고 싶은 게 잘못은 아니잖은가? 받을 것을 받아 챙기는 것뿐이었다. 황 주임은 자신이 하고 있는 행위가 지극히 합당하다는 생각가지 했다. 그 합당함을 뒷받침하기 위해서 나름대로 원칙도 세우고 있었다. 우선 아이들 가르치는 데 있어 그 어느 교사보다 몇 배씩 연구하며, 목이 쉬도록 열심히 지도했다. 성적이 부진한 아이들에겐 방과 후 한 시간씩이나 보충 수업을 시켰다. 주변 교사들보다 먼저 출근해 학교 주변을 둘러보는 일도 그 중 하나였다. 혹시라도 학교 주변을 맴도는 불량배들이 있을까 해서였다.

만약 누가 이런 모습을 본다면 이 세상에 둘도 없는 교사라

고 입을 모을 터였다. 아니 스승의 은혜는 하늘이라고 노래라
도 부를 것이다. 그런 건 애당초 바라지도 않는다. 그저 학부
형들이 돌아가면서 교실 문을 드르륵 열고 들어와 주기만 한
다면 이보다 더한 일도 할 수 있을 것 같았다.

생각해 보라. 요즈음 아이들이 어디 보통인가. 자칫하다가
는 머리 꼭대기에 앉아 서태지 춤이라도 출 놈들이 아닌가?
집 안에 두 시간만 함께 있어 본다면 금방 알 수 있는 일이다.
아이들과 씨름한다는 게 얼마나 힘이 들고 머리가 지끈거리는
지를…. 그 부모들은 두 시간은커녕 한 시간도 못 견디고 질식
할 것이다. 해서 학원으로 놀이터로, 심지어 비디오를 빌려오
게 할 것이다. 하물며 하루에 보통 대여섯 시간씩이나 함께
지내는 교사 입장을 생각해 본다면 교사들의 하루가 얼마만큼
고달픈가를 알 수 있을 것이다. 거기다가 말귀를 제대로 알아
듣나, 숙제를 해 오나, 뻑 하면 준비물을 빠뜨리고는 손가락이
나 빨고 있지, 그런 아이들을 가르치고, 타이르고 하는 일들을
아무나 할 수 있느냔 말이다.

그건 또 약과다. 더욱 가관인 것은 사춘기에 접어드는 고학
년이 되면 반항심만 커져 가지고는 꼬박꼬박 말대꾸지, 이성
에 눈을 떠 반지르한 계집아이 하나 좋고 주먹질이지, 이런
와중에 나는 참다운 교육자입니다, 이러지 마십시오, 하는 현

실을 직시하지 못하는 햇병아리 교사를 보면 구정물통에 쑤셔 넣고 싶은 게 황 주임의 솔직한 심정이었다. 꼭두새벽부터 만원버스나, 혹은 전철로 출근했다고 치자. 엉망진창으로 흐트러진 자세에다, 지쳐 버려 기진맥진한 몸으로 어떻게 교단에 설 수 있는가 말이다. 무슨 힘으로 아이들을 가르칠 수 있겠는가? 그래서 황 주임은 자동차를 구입했던 것이다. 황 주임은 학부모들이 내미는 촌지를 거절할 이유가 전혀 없었다. 삶에 찌든 모습을, 마악 피어나는 이 땅의 어린이들, 이 나라를 장차 등에 짊어질 아이들에게 그런 모습을 보여주고 싶은 생각은 추호도 없기 때문이었다.

선생님들은 다들 저렇게 사나보다, 라는 의문부호를 아이들에게 심어줄 필요가 굳이 있을까? 커 보면 어차피 알게 될 날이 오지마는 그건 그때 가서 생각할 문제이고, 아무튼 황 주임 자신은 자신의 품위를 지키기 위해서라도 촌지는 필요한 것이었다. 자본주의란 무어냐. 능력 있는 자가 살아남는 게 현실이니까.

교무실 안은 조금도 다를 바가 없었다. 졸업반을 맡고 있던 교사들이나 그렇지 않은 교사들이나 오늘이 졸업식이었던 것조차 까마득히 잊은 듯 희희낙락이었다. 어머니 회장단에서

점심에 육개장을 낸 것에 대한 화제가 한창이었다.

"지난 해에는 등심을 먹었는데."

2학년 3반을 담당하고 있는 여교사가 불만스럽다는 듯 말하고 나자 모여 있던 교사들 역시 고개를 끄덕거렸다. 한마디로 꼴값을 떠는 폼이라니. 황 주임은 혀를 찼다. 그까짓 등심 사서 먹으면 되지 얻어먹는 주제들이 더운 밥 찬 밥 가리기는. 자기들 돈으로 먹을 때는 주머니 생각하느라 잔머리 굴리면서 남에게 얻어먹을 때는 최고이기를 바라니. 참….

뒤돌아서 내숭을 떠는 교사들에 비하면 자신이 훨씬 인간다운 인간이라고 황 주임은 생각했다. 술기운이 돌아서일까? 이따금씩 나오는 하품 때문에 황 주임의 입이 저절로 벌어졌다.

"딱 한 잔씩만 하시면 되잖아요. 다른 날도 아니잖아요."

음식점에서 회장 대표 어머니가 교장 앞에 놓여 있는 빈 컵에 맥주를 가득 따라 부었다.

"낮술은 하지 않습니다."

교장이 손까지 내저으며 극구 사양했지만 술잔을 안 비우고는 도저히 안 될 것 같았는지 교장이 잔을 들었다. 둘러앉은 교사들 잔에도 어머니 회원들은 똑같은 소리를 하며 술을 따랐다. 한 잔 두 잔 오고 간 것이 결국 남선생 몇의 얼굴이 벌게지고 나서야 음식점 문을 나섰던 것이다.

황 주임뿐만이 아니었다. 동료 교사들 역시 하품을 참아내느라 양미간을 찌푸리곤 하였다. 황 주임은 밀려오는 졸음을 쫓아내기라도 하려는 듯 운동장이 바라보이는 창가로 다가가 창밖을 내다보았다. 운동장은 텅 비어 있었다. 빈 바람만이 운동장을 할퀴고 지나 다녔다.

줄지어 서 있던 아이들은 졸업식 노래를 끝으로 흩어진 뒤라 쓰레기 조각들만이 아이들이 서 있었다는 흔적을 보여줄 뿐이었다. 졸업식을 끝으로 교문을 나선 아이들이, 저 날리는 휴지조각만큼이나 스승에 대한 기억을 간직하고나 있을지. 비단 아이들뿐만 아닐지도 모른다. 교사들 역시 마찬가지가 아닐까.

"황 주임님, 교장실로 오시래요."

사환 아이가 교무실 문을 빼꼼이 연 채 소리쳤다. 황 주임은 순간 조금 전 받았던 학부형의 전화 때문일 거라는 생각이 퍼뜩 떠올랐다. 모르긴 몰라도 갑자기 교장이 찾는 것을 보면 그 이유 말고는 자신을 찾을 아무런 이유가 없다는 생각에 미치자 졸업식을 앞두고 부르짖던 교장의 말소리가 들리는 듯했다.

"공정하게 상을 주도록 하세요. 명분 없이 주어지는 상은 커가는 아이들에게 거짓을 가르치고 있다는 것을 명심들 하세요."

주어질 상이 주임 선에서 마무리된다는 걸 알고 있는 교장이 주임회의 때마다 늘어놓던 잔소리였다. 그때마다 황 주임은 한 귀로 듣고 한 귀로는 흘려보냈었다. 상 받을 아이들 명단을 작성해 황 주임이 결재를 받으러 들어갔을 때 교장은 찬찬히 훑어보기만 할 뿐 별 말이 없었다. 갑자기 자신만을 찾는 것을 보면 필경 일이 생긴 모양이었다. 황 주임은 넥타이를 고쳐 맨 후 양복저고리를 걸쳤다.

교장실에 들어서자 교장의 얼굴은 붉으락푸르락한 듯이 보였다. 일이 터진 듯했다. 하지만 황 주임은 침착하게 긴 소파에 엉덩이를 붙였다.

"황 선생님, 대체 어떻게 된 겁니까? 6학년 10반이라면 선생님 반 아이 아닙니까? 조금 전 허상현이 어머니라는 분이 다녀갔습니다. 적금통장을 들고 말입니다. 우체국에 가서 확인까지 했답니다. 우체국에서는 당연히 상현이가 상을 받은 줄 알더랍니다."

교장은 한꺼번에 여러 말들을 쏟아내느라 힘이 들었던지 탁자 위에 놓여 있던 물 컵을 들어 단숨에 비워 버렸다. 벌컥벌컥 물을 들이킬 때마다 불룩 튀어나온 그의 배가 산고를 치르고 있는 임산부의 배처럼 들썩거렸다. 그 모습을 바라보던 황 주임은 문득 저러다가 그의 배가 터지는 건 아닌가 하는 불안감마저 들었다. 소리 없이 웃음마저 튀어나오려 하였다. 하지만 지금 이 자리에서 웃었다가는 교장은 분명 물 컵을 들어 자신의 면상에 던질 것만 같았다.

"교육청에 가든 마음대로 하라고 하셨다면서요. 사과하고 이해시키느라 진땀을 흘렸단 말입니다."

교장은 뒷주머니에서 손수건을 꺼내 아직도 흐르고 있는 이마의 땀을 닦아내었다.

"제가 누누이 말씀드렸죠. 공정하고 명분 있게 상을 주도록 하라구요. 오늘 문제만 해도 그래요. 상현이 통장을 보니까 불입한 액수가 오백만원에 가깝던데. 더구나 입학했을 당시에 근면 정신을 아이들에게 심어준다는 의도 아래 우체국에서 직접 나와 권했기 때문에 가입했답니다. 그러면 우체국에서는 누구에게 상을 주어야 합니까? 상식이 없는 사람이 생각해도 최고 저축자에게 주어야 한다고 안 하겠어요. 어느 누가 듣고 보아도 상현이 상이라고 말 안 할 수 있겠습니까? 근거가 뚜렷한데… 아무튼 오늘 일은 덮어 두겠습니다. 확인도 안 해 보고 도장만 꾹꾹 찍은 내 잘못이 더 크니까. 상현이 어머니 또한 이제 와서 뒤집는다한들 무슨 소용이 있겠느냐, 더구나 상현이 대신 상 받은 아이는 뭐가 되겠느냐, 차후부터는 상현이와 같은 아이가 두 번 다시 생기지 않도록 각별히 신경을 써 달라며 돌아갔습니다. 이만 하기를 다행이라고 생각하세요."

한껏 핏대를 세우는 교장에게 머리 숙여 명심하겠다는 몸짓을 하며 황 주임은 교장실을 나왔다. 하지만 이만한 일에 외눈 하나 깜짝할 황 주임은 아니었다. 이런 일쯤은 앞으로도 얼마든지 있을 수 있는 일이다, 라고 오히려 스스로를 위로했다.

당연히 받아야 할 아이가 못 받고 거꾸로 못 받을 아이가 받을 수 있도록 한다는 것이 선생의 재량이 아니면 누가 할 수 있는 일이냐 말이다. 일 년 동안 인열이 어머니가 자신에게 대접해 준 거를 생각해 본다면 이런 일쯤은 감수하고도 남음이 있었다. 사람으로 태어나 누군가를 대신해, 그것도 다름 아닌 예의바른 어머니를 둔 인열이를 위해 자신이 그 일을 해냈다는 데 대한 뿌듯함마저 들었다. 그 생각에 미치자 황 주임의 마음은 부풀어 오른 풍선처럼 가슴이 커지는 느낌이었다. 교무실로 향하던 황 주임은 오늘만큼은 자신이 취하고 싶어서라도 한 잔 해야 될 것 같았다.

"퇴근 안 하세요."

김진만 선생이었다. 계단을 바쁘게 내려오던 그는 무슨 영문인지 걸음을 멈추었다. 김진만이 내려오지 않고 있는 바람에 계단을 올라가던 황 주임 역시 걸음을 멈출 수밖에 없었다. 그 바람에 닭 쫓던 개 지붕 쳐다보는 것처럼 황 주임이 고개를 쳐든 채, 김진만이를 올려다보는 꼴이 된 셈이었다. 황 주임 자신이 내려다보는 거라면 혹시 몰라도 어찌 감히 김진만이가 자신을 내려다보느냔 말이다. 빨리 저놈을 비켜 올라가리라. 헌데 어찌된 노릇인지 이놈의 다리가 움직이지를 않으니…. 황 주임은 부리부리한 두 눈을 껌뻑거리며 멍하니 서 있어야 했다. 무슨 말인가 할 말이 있는 듯한 표정으로 서 있던 김진만이가 내려올 생각은 안 하고 씽긋 웃기까지 하는 게 아닌가. 어색한 분위기가 싫어서라도 마주 웃어주어야 하는데 입 언저리가 마비가 된 듯, 자꾸만 입술이 뒤틀려지기만 했다. 아니 도대체 저놈이 언제까지 저러고 있을 참인가? 그래, 네놈이 내려오지 않겠다면 이 황달수가 올라갈 수밖에. 황 주임이 한 발짝 걸음을 떼어 놓으려는 찰나 황 주임의 속마음을 훤히 들여다보았다는 듯, 김진만이가 한 발 먼저 계단을 향해 내딛는 게 아닌가? 도둑질하다 들킨 것처럼 황 주임의 두 다리는 그 자리에서 굳은 듯 꼼짝을 하지 않았다.

"왜 안 가세요?"

"으응, 가야지."

김진만이가 활짝 웃으며 황 주임 코앞까지 가까이 다가와 말을 건넸다. 황 주임은 자신도 모르게 김진만을 비켜 벽 쪽으로 섰다. 김진만이는 마치 개선장군처럼 뚜벅뚜벅 일정한 발

소리를 내며 계단을 내려갔다.

"한잔 안 하고."

황 주임이 김진만이의 뒤통수를 향해 할 수 있는 말은 그뿐이었다.

"다들 퇴근했습니다. 다음에 하죠, 그때는 제가 사겠습니다. 그럼 내일 뵙겠습니다."

그의 뒷모습을 멀거니 바라보던 황 주임은 마음먹고 한 잔 사려고 했더니만, 옆에 누가 있기라도 한 듯 중얼거렸다. 사십오 년을 사는 동안 오늘처럼 시답잖은 일만 생기는 날은 처음이었다.

아침부터 속을 썩인 자동차를 시작해서 지금 이 시간까지 그랬다. 황 주임은 내친 김에 정비소에 가 볼까? 아니면 아주 이번 기회에 새 자동차를 구입해 버려, 잠시 고개를 갸우뚱거리며 생각에 잠겼다. 새 자동차를 구입한다 하더라도 일단 정비소에 가 보는 게 우선일 듯했다.

황 주임은 주머니에서 자동차 열쇠를 찾아 들었다. 자동차 앞으로 다가갔을 때였다. 황 주임의 입이 그만 벌어져 닫히기를 않았다. 아이들이 자동차 지붕에 올라가 뛰었는지 신발 자국이 선명했다. 그뿐만이 아니었다. 차문이며 꽁무니며 할 것 없이 긁힌 자국 투성이었다. 마치 알몸으로 가시덩굴 속을 헤매다 나와 쓰러져 있는 형상이었다. 황 주임은 기가 막혔다. 대체 어떤 놈들이 감히 황달수 자동차를 이렇게 해 놓을 수 있단 말인가? 다른 사람 자동차도 아닌 이 황 달수 자동차에 말이다.

황 주임은 울화가 부글부글 끓어 올라와 견딜 수가 없었다. 꽥꽥 목구멍이 터져라 소리라도 지르고 싶은 심정이었다. 아니 목 놓아 펑펑 울고 싶은 지경이었다. 자동차를 이 지경으로 만든 놈들이 만약 이 자리에 있다면 주리를 틀고 말 일이었다. 하지만 더한 일도 참아낸 황 주임이 아니었던가. 이만한 일로 자신의 품위를 떨어뜨릴 순 없었다. 그것은 결국 황 주임 자신에게 손해가 아니겠는가. 이럴수록 정신을 차려야지. 황 주임은 자신의 가슴을 쓸며 씁쓸한 기분을 다스렸다.

쩝, 까짓것 더욱 봉투를 열심히 받아내면 될 일이었다. 그런 후 이 기회에 아주 새 자동차로 바꾸고야 말겠다고 다짐하면서 고개를 끄덕거렸다. 다만 마저 잠재우지 못한 감정을 참아 내느라 이를 악무는 듯하더니 황 주임은 천천히 내뱉는 것이었다.

"이것 보라구. 아이들이 이 모양인데 이런 놈들을 가르치고 사람 만드는 데 어떻게 봉투를 안 챙길 수 있겠는가."

금색종

어린 생쥐, 부들부들 떨며 몸도 제대로 가누지 못한다. 엷은 잿빛 털의 생쥐는 책상 모서리에서 연신 눈을 깜박인다. 호기심을 잔뜩 품은 표정이다. 정애는 다른 때 같았으면 '어머, 쥐' 하며 호들갑을 떨었을 것이다. 하지만 어미 품에서 떨어져 나온 지 얼마 안 된 것 같은 생쥐까지도 오늘은 측은하기만 하다. 순간 정애의 눈과 마주친 생쥐는 큰 짐승에 대한 본능적인 두려움이 드는지 슬그머니 목을 움츠렸다. 유리문이 쑤욱 밀쳐졌다. 창안으로 써 붙여 놓은 '아르바이트생 구함, 책을 좋아하는 사람이면 더욱 환영함.' 흰 종이가 부르르 떤다. 들어오는 바람이 예사롭지 않은 게 한 차례 한파를 몰고 올 모양이다. 문을 밀치면 인기척을 느끼도록 매달아 놓은 금색 종이 바람

소리에 놀라 딸랑거린다. 정애는 그때마다 고개를 돌린다. 형자가 여느 때와 마찬가지로 종소리와 함께 들어설 것만 같아서다. 금색 종을 사다 매단 것도 형자였다. 오전 열 시만 되면 들어서는 형자를 발견하지 못한 채 책 정리에 빠져 있는 것을 보고는 '아무래도 안 되겠어. 다 집어가도 모르겠다. 대책을 세워야지'. 정애는 금색 종을 툭 쳐 본다. 종소리에 형자의 얼굴이 겹쳐진다. 정애는 형자의 환영을 쫓으며 유리문 밖으로 시선을 돌렸다.

눈발은 어지럽게 흩날리고 있었다. 길 건너 바로 보이는 상가 점포마다 셔터 문이 굳게 내려져 있어 거리는 스산하고도 썰렁하다. 작년 가을까지만 해도 서점 앞부터 15단지 입구까지 많은 사람들로 북새통을 이루었다. 어느 날부터인가 한 사람 한 사람 펼쳐 놓고 팔기 시작한 파, 상추, 쑥갓 등등의 온갖 야채들은 한껏 싱싱함을 뽐내며 인근 주민들에게 팔려나가곤 했다. 그러자 어떻게 알았는지 같은 장사꾼들이 모여들기 시작하더니 웬만한 시장을 방불케 할 만큼 큰 시장이 형성돼 버렸다. 하지만 그 시장은 오래 가지 못했다. 시에서 나온 노점 단속반들은 자진 철거하라는 가두방송을 하며 거리를 쓸고 다녔지만 강제 철거는 강행하지 않았다. 거개가 15단지에 사는 입주민들이 생활보호대상자라는 걸 알고 있기 때문이었다. 결국 단지 내 지하상가를 저렴한 가격으로 장기 분할한다는 조건 아래 노점 상인들은 지하상가로 입주하기에 이르렀다. 그 이후로 거리는 행인들의 발걸음이 뜸해졌고 한산해져 갔다. 서점 옆 상가 점포들도 서둘러 세일에 들어갔고 비어 있는 점포도 늘어가기 시작했다. 정애 역시 서점을 내놓은 상태였지만 지금껏 가게가 나가지 않고 있었다. 그런데다 형자마저 나오지 않고 있어 정애는 심란하기만 하다. 손님 중에는 형자의 안부를 묻는 사람이 여러 명 있었다. 씩씩한 아줌마 어디 아파요. 그 아줌마가 없어서인지 서점 안이 썰렁해 보이네. '기집애' 정애는 뜬금없이 솟구치는 눈물로 형자가 앞에 있기라도 한 듯 중얼거렸다. 형자의 핏기 없던 얼굴이 자꾸만 떠올라 정애는 어린아이처럼 손바닥으로 유리창을 북북 문질렀다. 유리창 밖에는 남자아이와 여자아이가 지나가는 것이 눈에 띄었다. 양손에는 감자튀김 봉지와 콜라를 든 채였다. 후줄근하게 젖어 펄럭거리던 신문지가 그들의 발에 걸렸다. 툭툭 아무렇게나 걸어찼다. 비어 있던 서점 옆 상가에 24시 체인점이 한 달 전 문을 연 후, 저런 모습의 청소년들을 자주 볼 수 있었다. 크리스마스를 며칠 앞두고 서였다. 본드를 흡입한 청소년이 체인점 앞에서 쓰러져 경찰과 앰뷸런스가 달려온 일도 있었다. 가뜩이나 주변에서 일어나는 불미스러운 일을 두고 영구 임대아파트가 있는 탓으로 돌리던 차에 일어난 일이라 한동안 떠들썩했었다.

남자아이는 옆머리를 바싹 쳐 올렸고 여자아이는 앞머리 한 가운데를 가르마로 가른 뒤 양옆으로 달라 붙여 놓았다. 약속 이라도 한 듯 흰 힙합바지, 감색 힙합잠바가 엉덩이 아래까지 덮은 그들은 얼핏 보아선 남녀 구별하기가 쉽지 않았다. 바싹 쳐 올린 옆머리에서 잠시 푸르스름한 빛이 발한다고 느껴질 때쯤 눈을 찌르는지 남자아이는 아랫입술을 혹하고 불었다. 몇 올의 머리카락이 이마 위로 붕 떠올랐다. 정애가 청소년 상담원만 아니었다면 그들은 필경 스무 살 안쪽의 젊은이들로 보아졌을 것이다. 하지만 그들은 틀림없는 고등학생이거나 그 쯤의 나이가 정확할 것 같았다.

신호등 가에 낯익은 얼굴들이 서 있다. 앞 단지 부녀회원들 과 통장들이다. 과자 상자를 곧추세우던 그들은 추위에 몸을 움츠리며 발을 동동 구른다. 새해를 맞아 영구 임대아파트에 살고 있는 소년소녀가장 집을 방문하곤 하던 것을 익히 알고 있는 터였다. 삼 년 전 처음 서점 문을 열었을 때 안면이 있는 통장과 방문한 그들은 동참해 줄 수 있겠느냐고 물어 왔었다. 소년소녀가장들이 이웃에 의외로 많다는 것에 정애는 놀라움 을 금치 못했었다. 그 후 성금 외에도 학습지, 동화책 등을 가끔 보내기도 했었다. 어느 날 가판대에 꽂혀 있는 주간 라이프 지를 우연히 본 적이 있었다. 소년소녀들의 모습과 부녀회원 들은 얼굴에 가득 웃음을 띤 채였다. 알 수 없는 울화가 부글 부글 끓어올랐다. 웃고 있는 여자들에 비해 소년소녀들은 애 잔한 얼굴을 하고 있었다. 너무나 대조적이었다. 대통령 선거 였던가? 어린아이를 안고 있던 야심에 찬 눈과 천진한 눈망울 이 왜 그 순간 떠올랐을까?

"넌 순진한 거니, 세상을 모르는 거니. 뻔하잖아."

형자는 혀를 끌끌 차며 한마디 툭 던졌다.

새삼 그녀의 한마디 한마디가 녹음을 시켰다 틀어 놓은 것처 럼 되살아나자 가슴 밑바닥에 세찬 바람이 후려치는 듯하다.

금색 종이 다시 울렸다. 바람 때문일 거야 하면서도 고개는 저절로 돌려졌다.

"아줌마 새해 복 많이 받으세요. 근데 고등어 있어요?"

유독 연애소설만 찾는 목욕탕 미스 김이다. 늘 요란스럽게 떠들며 웃는 그녀가 오늘은 짜증스럽기만 하다. 정애는 짐짓 외면해 버리는 것으로 그녀를 무시하려 애썼다. 형자가 있었 다면 고등어는 생성가게에서 찾아야지, 서점에서 왜 찾아, 하 며 그녀의 엉덩이를 툭 쳤을 텐데.

정애가 대꾸 없이 손끝으로 가리키자 미스 김은 정애의 눈치를 슬며시 보고는 소설을 비치해 놓은 진열대 쪽으로 걸어 갔다.

바라다 보이는 끝 구석에 매달아 놓은 볼록 거울에 비친 미스 김 모습이 커다란 풍선처럼 부풀어져 있다. 아이들은 호기심으로 그런다지만 어른들까지 집어 가는 책들이 늘어 가자 막막하기만 했다. 가슴은 두 방망이질 쳤다. 얼굴은 취기가 오른 뒤끝처럼 열로 확확 내달았다. 말까지 더듬거려졌다.

"어리숙하기는."

형자가 그렇게 말하던 날, 구석에 거울을 달아 두면 그런 일이 줄어든다는 말을 어디서 들었는지 거울집 총각을 앞세우고 들어와서는 '이곳에 달아요', 뚝딱 일을 해치우게 했다. 그래서일까? 아무튼 요즈음은 그런 일을 거의 보지 못한 것 같기도 하다. 무슨 일이든 쉽고 간단하게 처리하는 형자였다. 그러한 그녀를 정애는 많이 부러워했다. 일이 생길 때마다 누구의 힘을 빌리지 않으면 안 되는 줄만 알고 사는 자신에 비하면 형자는 언제나 자신에 차 있었고 당당했다.

서점 또한 형자가 나서 주지 않았다면 정애는 감히 엄두도 내지 못했을 것이다. 계약에서 인수, 문을 열기까지 형자는 일사천리로 진행해 나갔다. 형자가 주인이었고 정애는 그저 지켜보는 종업원인 양 굼뜬 행동을 했었다.

지난달에도 관리실에서는 관리비 청구서를 형자에게 내밀었다.

"아니 일반 관리비가 또 올랐단 말예요. 화장실 변기 새는 건 언제 보수할거죠. 공동 수도세가 지난달보다 많이 나왔잖아요."

형자는 조목조목 물으며 따졌다.

마치 여러 개 방을 세놓은 주인아줌마가 전기세며 수도세를 나누고 있는 듯한 모습이었다. 언제나 그렇게 씩씩하고 당찬 형자를 보고 있노라면 매사에 너무 따지고 드는 것 같아 정애 자신이 무안해져 슬그머니 자리를 피한 적이 한두 번이 아니었다. 그러나 그뿐이었다. 큰언니처럼 다독거리며 감싸주는 형자 앞에 정애는 언제나 철없는 동생이었다. 어려운 일은 늘 혼자 도맡았다. 무슨 일이든 쉽게 쉽게 해치우던 형자다. 사다리를 밟고 올라가 책을 끼울라치면 눈을 동그랗게 뜨며 '키 큰 내가 해야지. 빨리 내려와' 소리치던 형자. 정애는 금색 종을 쳐다본다. 맑은 소리가 퍼져 가며 이내 형자의 목소리가 되어 들려온다.

"빨리 와줘, 정애야."

형자의 동생에게서 전화가 걸려 왔던 날 정애는 형자가 입원해 있다는 병원으로 놀라 뛰어가며 그녀의 목소리가 환청처럼 들리는 것 같았다.

형자는 입을 꾹 다문 채 눈을 감고 있었다. 형자는 실어증이라고 했다. 환자의 충격이 무엇인지 먼저 알아야만 치료에 도움이 된다. 시일은 장담할 수 없다. 담당의사의 말은 그런 요지였다.

『고등어』 소설책을 손에 든 미스 김이 정애의 얼굴을 빤히 쳐다보았다.

"형자 아줌마 때문에 그러시죠. 좀 어떠세요."

평소에 그녀답지 않은 표정으로 근심스럽게 물어보던 미스 김은 책을 들고는 종소리를 내며 문을 밀쳤다.

정애는 벽에 걸려 있는 시계를 올려다본다. 시간은 어느새 열한 시를 넘어 십오 분으로 향하여 가고 있었다. 서둘러야 한다. 서두르지 않으면 늦을지 모른다는 불안감이 턱밑으로 감겨들었다.

형자의 담당의사를 만나던 날이 공교롭게도 청소년 상담하는 날이었다. 길이 막혀 상담실에 도착했을 때는 40분이나 흐른 후였다.

"시간 지켜, 전화는 오지, 애들은 기웃거리지 진짬 뺐단 말야."

양 선생이 불만스럽게 말했다. 무슨 말이든 자신의 틀에 끼워 뱉어야만이 직성이 풀리는 그녀의 성격을 알고 있기 때문에 정애는 잠자코 있었다. 사실은 형자에게 다녀오는 길이었어, 채 말이 끝나기도 전에 양 선생은 머쓱한 표정을 지었다.

한 단지는 아니지만 두 블록 떨어진 단지 내에 살고 있는 양 선생은 걸핏 하면 정애의 서점에 들락거렸다. 그러다 보니 자연히 형자가 혼자 산다는 것을 알게 되고는 은연중에 그녀를 깔보고 있었다. 청소년 아이들 문제의 심각성은 결손가정에 있다. 더 큰 문제는 그러한 가정을 만들어 준 부모들한테 책임이 있다고 말하며 형자의 눈치를 슬금슬금 살피던 일. 그러거나 말거나 형자는 이렇다 할 대꾸도 없이 빠져나간 책 끼우는 일에만 몰두했다. 맞서 반격도 하지 않았다. 어찌 된 것이 꿀 먹은 벙어리였다. 그때마다 정애는 아슬아슬한 고비를 넘긴 게 다행이다 싶어 안도의 숨을 내쉬곤 했었다.

정애는 부리나케 나무 옷걸이에서 코트를 집어 들었다가 순간 무언가 잊어버린 게 있는 것 같아 서점 안을 둘러보던 그녀는 전화기에 자동응답을 틀어 놓았다.

상담을 끝마치고 서둘러 온다 해도 최소한 일곱 시까지는 서점 문을 닫아야 한다. 어제 새벽 지리산으로 겨울 산행을 떠난 남편과 아이들 걱정도 걱정이었지만 형자 병실을 지키고 있는 여동생이 급한 일이 생기면 '전화 할게 언니.' 하던 게 퍼뜩 떠올랐기 때문이었다.

눈발은 그치지 않고 여전히 흩날렸다. 길이 미끄러워서인지, 지나다니는 자동차들이 엉뜨게 걸어가는 것처럼 보였다. 마치 굼벵이가 꿈틀꿈틀 기어가는 듯하다.

매서운 바람이 아파트 벽면을 후려쳤다. 그 바람이 휘돌아 나와 정애의 몸속으로 마구 파고들었다. 입술을 꼬옥 다물었는데도 입김은 막무가내로 새어 나왔다. 정애의 안경이 금세 부옇게 흐려졌다.

상담을 끝내고 추위에 떨며 들어서는 정애 앞에 형자는 늘 따뜻하게 데워진 우유를 내놓곤 했었다.

"섬세한 구석도 있었네."

"몰랐었니, 유감인데."

고마움을 감추느라 농담처럼 짐짓 던졌던 말들, 씽긋 웃으며 맞장구쳐 주던 형자. 형자가 없었다면 청소년 상담 자원봉사를 할 수 있었을까. 큰아이가 중학교 입학을 하면서 가족사항을 본 담임이 결혼 전 교직에 있었다는 것을 알고는 추천을 한 것이 오늘까지 이어졌다. 처음 담임이 청소년 상담 자원봉사를 부탁했을 때 거절하고 싶었다. 하지만 담임에게 폐가 될지 모른다는 걱정이 앞섰다. 아니 솔직히 말한다면 아이에게 영향이 끼칠지 모른다는 불안감이 먼저였다.

정애는 열흘 동안 수원까지 전철로 오가면서 교육을 받아야 했다. 괜한 짓을 하는 건 아닌가 하는 후회가 일기도 했었다. '이왕 시작한 건데.' 하는 마음이 들었을 때는 열흘이 후딱 지나가고 있었다.

명예 교사 자격증과 상담원 수료증이 주어지자 정애는 서점 때문에 어떡해야 할지 안절부절못했었다. 그런 그녀에게 걱정 말라고 잔등을 토닥거려 주던 형자였다.

교생 실습을 나갔던 남자 중학교에서 형자를 알게 되었다. 버스 안에서부터 메스꺼웠던 가슴속은 수업 도중 내내 더 심해져 갔다. 벨소리가 울리기가 무섭게 화장실로 달려갔다. 심한 구역질과 함께 음식 찌꺼기가 쏟아져 나왔다. 눈앞이 아찔함과 동시에 현기증이 일면서 타일 바닥에 엎어졌다. 그때 화장실 문이 열리면서 누군가 뛰어 들어왔다. 정애를 양호실까지 업고 뛴 것은 형자였다.

그 후 정애와 형자는 잊어버렸던 친구를 만난 것처럼 붙어 다니며 나눈 집안 얘기와 자라 온 얘기로 시간 가는 줄 몰랐다. 홀어머니 밑에서 외롭게 자라 온 정애에게 여러 형제 속에서 자란 형자의 마음씀씀이는 언제나 정애를 푸근하게 했다. 형자의 다섯 형제가 모두 여자라는 것, 남자 동생을 원하던 그녀의 아버지 바람을 접을 수 있었던 것은 형자의 당당한 성격과 씩씩함이 당신을 닮았다는 것 때문이었다고 했다.

스팀이 알맞도록 들어와 있는 스무 평 정도의 상담실은 훈훈하다.

양 선생은 아직 도착하지 않고 있었다. 코트를 벗으려는 찰나 전화벨이 또르륵또르륵 울렸다. 한쪽 팔을 빼내던 정애는 빠르게 수화기를 집어 들었다.

"여보세요, 여보세요."

아무런 대답이 없다. 정애는 숨을 가다듬었다. 조심스럽게 물었다.

"여보세요, 여보세요."

재차 물었지만 대답 대신 한숨을 내쉬는 소리만이 간헐적으로 들려왔다.

"여보세요."

다시 또 불러 보았을 때는 이미 수화기를 놓은 후였다. 뚜우 뚜우 뚜우우 하는 기계음만이 길게 전해져 왔다. 종종 있는 일이기 때문에 새삼스럽지는 않지만 마음은 영 개운하지를 않았다. 어느 날인가는 그런 전화만 6시간 동안 받다가 맥이 빠져 기진해서 돌아간 적도 있었다. 말 못할 고민을 지닌 채 방황하고 있을 전화 속의 아이들 때문에 밤잠을 설치는 일도 없지 않았다. 그런 심정을 달리 호소할 데가 없었던 정애는 형자에게 털어놓았다.

"네 마음이 여려서 그럴꺼야. 너는 지금 최선을 다하고 있잖니. 그렇게 바라다볼 줄 아는 네 마음이 중요한 거 아니니."

형자는 웃음을 가득 담은 채 말했다. 그 말이 정애의 가슴에 새록새록 피어난다.

노크 소리와 함께 회색 철문이 빼꼼이 열렸다. 열댓 살쯤의 소녀가 상담실 안을 기웃거렸다.

"들어와요."

정애가 손을 들어 손짓을 했다. 소녀는 머뭇거렸다. 고개를 숙인 채 엉거주춤하게 서 있는 소녀 곁으로 정애가 다가섰다. 어깨를 감싸 안은 뒤 원형테이블 의자에 앉게 했다. 상담실을 찾아오기까지 소녀는 오래 망설인 듯 가는 어깨를 떨었다.

"춥니."

소녀는 대답 대신 희미한 웃음을 지으며 머리를 쓸어 올렸다.

칸막이 대용으로 쳐 놓은 홀딩 도어가 형광등 불빛을 받아 푸르게 비추기 때문일까? 파리해 보이는 소녀의 얼굴이 창백하기 그지없다.

"여기서 하는 얘기는 절대적으로 비밀이 보장되니까 하고 싶은 말이 있으면 무슨 말이든 얘기해 보아요."

소녀는 아랫입술을 잘근잘근 깨물며 테이블 끝을 만지작거렸다.

형자가 처음 아이 얘기를 꺼내던 날도 저 소녀처럼 길쭉한 손끝으로 테이블 모서리를 쓸고 있었다. 비슷한 시기에 결혼한 탓에 형자의 딸과 정애의 큰아이와는 서너 달 간격을 두고 태어났다. 아이 이름의 승희, 그래 승희. 형자는 승희라는 이름에 힘을 주었다.

"승희를 입양시켰다는 것 같아. 너한테 말은 안 했지만 쭈욱 알아봤어. 어디로 보내졌는지를 모르겠어."

좀처럼 눈물을 볼 수 없었던 형자의 눈가에는 소나기 같은 굵은 빗줄기가 쏟아져 내렸다.

"저, 정말 제가 하는 얘기 비밀로 지켜 주실 수 있나요."

소녀는 용기를 냈는지 내리깔고 있던 눈을 치켜떴다. 소녀는 입술을 앙다물었다. 홀딩도어 틈새로 슬쩍 들여다보던 양 선생이 눈을 찡긋하고는 돌아섰다.

"말씀하세요, 여보세요." 하는 다소 신경질적인 양 선생의 소리에 소녀가 움찔거렸다. 정애가 받았을 때도 말을 하지 않고 끊고 하던 전화가 다시 온 모양이었다.

"식당 일이 늦게 끝나는 엄마를 기다리다 잠이 들었어요. 숨이 막혀 왔고 가슴이 답답했어요. 죽을 것만 같아 눈을 떴어요. 커다란 얼굴이 보였어요. 두 번째 아버지였어요."

소녀의 말이 충격적일수록 정애는 왜 자꾸 형자의 일이 생각나는 것일까.

소녀가 승희 또래여서 그런지도 모르겠다.

승희가 없어졌다는 걸 알았을 때, '설마 자기 자식을…' 하는 말만 되풀이하는 형자. 입양이 현실로 다가왔을 때 형자는 오히려 담담했다. 정애는 형자의 표정을 살펴보았지만 내색은 커녕 전과 다름없이 서점 일을 돌보아 주었다.

정애 자신이라면 까무러쳐도 몇 번은 까무러칠 일이었다. 한편으로는 다행이다 싶으면서도 자식 일인데 하는 못마땅함도 드는 게 사실이었다.

이혼할 때만 해도 그랬다. 형자의 남편 성격을 잘 알고 있는 정애가 볼 때 형자의 남편은 이혼으로 몰고 갈 위인이 못 되었다. 극구 말렸지만 형자는 요지부동이었다.

"내가 서 있는 자리에서 사람답게 살고 싶어."

난산 끝에 승희를 출산한 형자가 아기를 갖는다는 건 불가능이었다.

노시모의 불같은 성화가 차라리 안쓰럽기만 하다고 말하던 형자였다. 바라던 대로 손자를 안았다고 했다. 하지만 어린 승희를 입양시켜야 했던 이유를 정애는 알 길이 없었다.

"상담 선생님, 좋아하는 남자 친구가 있어요. 분명 나를 좋아했었는데, 이제 와서는 다른 여자아이가 좋대요. 그 일을 당한 걸 안 건 아닐까요."

소녀가 흐느꼈다. 가는 어깨가 심하게 출렁거렸다. 정애는 굳어지는 입술에 힘을 주었다. 소녀가 어항 속의 금붕어처럼 불룩 튀어 나와 보였다.

중학교 내에 있는 상담실에서 상담하던 내용과는 판이하게 다르다. 진로 문제, 이성 문제, 친구와의 갈등, 부모의 무관심 등 아주 사소하고 일상적인 일들을 예민하게 받아들이는 아이들이 찾아오곤 했다. 학교나 이름 등을 상담자가 알고 있다는 게 벽을 쌓고 있는지도 몰랐다.

오늘의 교육 방침은 문제를 일으키기 전, 즉 심성 수련을 통한 시간을 갖게 하는 것이다. 그러나 청소년 상담실은 본인이 말하기 전에는 전화번호, 주소, 나이, 이름 등 그 무엇도 물을 수 없게 되어 있었다. 그래서인지 성폭행 문제를 상담해 오는 경우가 상담의 많은 부분을 차지했다.

정애는 2년 전 처음 상담을 하던 날이 불현듯 떠올랐다. 초등학교 5~6학년 정도나 됐을까 한 아이는 자신을 중학교 2학년이라고 스스로 밝혔다.

"친한 친구가 있는데요, 국민학교 2학년 때 의붓아버지에게 폭행을 당했대요. 처벌에 대한 법적 시효가 언제까지인지 알아보고 오랬어요."

정애는 자신의 얘기를 친한 친구의 일로 빗대어 말할 수밖에 없는 그 아이의 아픔을 어떻게 해 줄 수 없는 게 안타깝기만 했었다.

"그 친구에게 전해 주겠니? 소중한 물건을 잃어버렸을 때의 슬픔은 크겠지만 소중한 것일수록 곁을 일찍 떠나는 것이란다. 그 친구에게는 소중한 물건이 다른 사람의 것보다 조금 일찍 떠난 것뿐, 변한 건 아무것도 없단다. 더구나 그 친구는 어렸기 때문에 간직하고 싶어도 어떻게 해볼 수도 없었을 거야."

하지만 신체의 일부를 어찌 물건에다 비유하여 말할 수 있단 말인가? 누구의 잘못으로 인하여 저 어린 소녀들의 가슴에 저토록 처참한 고통을 안겨 주었을까? 절망 사이를 얼마나 더 헤집고 다녀야 할까? 절망은 끝이 있는 걸까? 그 소녀들을 상대해 상담이라고 응하고 앉아 있는 목각 인형.

차라리 정애는 그 소녀들의 무릎 앞에 풀썩 고꾸라지고 싶었다.

반쯤 남아 있던 티슈 통이 바닥을 보일 즈음 소녀가 일어섰다. 검정빛깔의 반코트를 팔에 낄 수 있도록 도왔다. 소녀는 배시시 웃었다. 상담실에 들어올 때와는 달리 눈빛은 젖어 있었지만 조금은 후련한 듯한 얼굴이었다.

"좀 후련해졌니?"

순간 소녀는 멈칫 하는 듯하더니 정애를 올려다보았다. 아차 싶었다. 그렇게 묻는 게 아니었는데…….

"아니 내 말은 울고 나니까……."

"괜찮아요. 미안해하실 것 없어요. 털어놓고 나니까 후련한 건 사실이니까요."

그런 일을 겪었다는 게 믿어지지 않을 정도로 소녀는 해맑은 얼굴이었다.

보송보송한 솜털, 봉긋 솟기 시작했을 젖가슴, 때문에 브래지어 사이즈를 걱정해야 할 소녀, 가수나 탤런트의 포스터를 방 벽에 붙여 놓고 가슴 설레며 있어야 할 소녀인 것이다.

소녀가 인사를 꾸벅 하고는 등을 돌렸다. 뒷모습을 바라보던 정애는 한숨이 저절로 새어 나왔다. 입안은 소태를 씹은 듯 쌉쓸하기만 하다.

순간, 아이들에게 자신의 아이들을 대하듯 진심으로 대하고 있나 하는 의문이 들었다. 아픔을 제대로 헤아렸는지, 아니면 자신이 하고자 하는 말만 형식에 묶어 상식적인 말만 하지는 않았는지 하는 깊은 회의가 파도가 밀려오듯 거세게 달려들었다. 정서적으로 안정을 찾아야 한다. 무서운 기억에서 벗어나야 한다. 틀에 박힌 그 말들이 다 무슨 소용이란 말인가? 상담을 끝내고 혼자가 되었을 때 모든 것이 다 부질없다는 생각이 고개를 바싹 쳐들곤 했다.

그런 생각 때문에 어느 날, 이 일을 그만두어야겠다는 소리를 내뱉은 적이 있었다. 형자는 큰일이라도 난 것처럼 야단법석을 떨었다.

"도대체 왜 그러니. 그만한 일로 그만두겠다는 게 말이나 되니. 너는 겉멋으로 상담원 노릇을 한 거니."

"너 말 함부로 하지 마. 내 기분 모르니까. 이젠 정말 아이들 대하기가 무섭고 두려워. 아이들은 곳곳에 숨어 있다가 복병처럼 내게 달려든단 말이야. 꿈속에서까지 나타난다고."

정애는 끝내 울음을 터뜨렸다. 형자는 잠시 침묵을 지켰다. 무거운 정적만이 서점 안에 가득 드리워졌다. 먼저 침묵을 깬 것은 형자였다.

"누군가 해야 할 일을 네가 하고 있는 거야. 다들 너처럼 그런다면 그나마 그 아이들이 어디로 가겠니. 이유가 어떻든 그런 아이를 경멸하듯 바라보는 게 현실이잖니."

"말은 잘 한다. 그럼 네가 해보지 그러니?"

정애는 자신도 모르게 빈정거렸다. 순간 형자의 양 눈썹이 치켜졌다. 종소리가 크게 들렸다. 형자가 휘청휘청 걸어가고 있었다. 때 늦은 후회로 몸을 떨었지만 이미 엎질러진 물이었다. 형자의 뒷모습이 금방이라도 돌아서서 정애 앞에 씽긋 웃으며 서 있을 것만 같다. 다시 생각해, 꼭 그럴 거라고 나는 믿어, 하던 형자의 목소리가 생생하다.

정애는 목젖이 금세 뜨뜻해져 왔다. 빤히 쳐다보던 양 선생이 의자 뒤로 몸을 젖히며 기지개를 켰다.

"자꾸만 힘들다는 생각이 들어. 아이들 앞에 앉아 있다는 게 두렵고."

묵직하게 느껴지는 머리를 짚으며 정애가 중얼거렸다.

'왜? 무슨 일 있어.' 하는 눈빛으로 양 선생이 기지개 켰던 팔을 거두어들이며 물었다. 그 눈빛에는 그러기에 대충 넘어가, 하는 것만 같아 정애는 시선을 돌려 버렸다. 희끄무레한 형광등 빛에 반사된 채 유리 창가로 눈발이 부딪히는 게 어렴풋이 보였다. 가는 나뭇가지들이 바람을 이기지 못해 흔들거렸다.

"으응, 끝나가. 시간은 지켜야지. 올 애들은 다 왔다 간 것 같은데. 전화는 올 수 있거든. 말썽 생기면 그렇잖아. 그래 이사해야 돼. 떨어져 있지만 한 동네는 한 동네지 뭐. 영구 임대 아파트도 있는 데다 아파트형 공장까지 생겼잖아. 애들 교육 때문에."

전화로 수다를 떨고 있던 양 선생이 정애를 의식해서인지 영구 임대아파트니, 아파트형 공장 운운하는 소리에서는 목소리를 낮췄다. 한창 더위가 기승을 부리던 작년 7월이었다. 아파트형 공장이 들어서는 것을 반대하는 주민들의 기세는 무더운 하늘을 찌를 것 같았다. 빽빽이 늘어선 주민들은 수많은 구호를 적은 피켓을 든 채 도로와 인도를 가득 메웠다.

"아파트형 공장 결사반대, 주거지에 공장이 웬 말이냐. 물러가라. 물러가라."

이미 집집마다 베란다 창에는 붉은 글씨로 구호를 적은 흰 종이가 붙어 있었다. 나오지 않는 세대에게는 벌금을 받겠다, 세입자는 반드시 집주인에게 연락을 하기 바란다, 동참할 것을 호소하는 동 대표 회장의 흥분된 목소리가 이른 아침부터 스피커를 타고 흘러 나왔다.

일단 집주인에게 연락을 하라는 남편의 말에 전화를 넣었었다.

"공장이 들어오든 상관없어요. 어차피 팔 집인데."

정애는 무안해져 슬그머니 수화기를 놓아 버렸다. 연이는 시위에 진압 경찰들이 강경한 자세를 취하던 날, 주모자 격의 주민 몇 사람을 연행해 갔다고 했다. 그러던 며칠 후였다. 더운 날씨에다 휴가철로 서점이나 거리는 한산하기만 했다.

"우리도 휴가나 떠나자. 이거 원 더워서 어디 살겠니, 손님이라도 많던가."

형자는 입맛을 쩍쩍 다시며 얼음물을 들이켰다.

"참 타결은 어떻게 보았대?"

입가를 쓰윽 닦으며 형자는 생각났다는 듯 정애에게 물었다.

"시장실에 찾아 갔을 때나 경찰서에 연행됐을 때 들은 얘기는 똑같더래. 대통령께서 영구 임대아파트는 생활 보호자들을 위한 일환으로 추진하시는 일이기 때문에 어쩔 수 없습니다. 불우한 이웃을 돕는다는 마음으로 양해해 주십시오… 하더래, 반대편 단지 외곽에 담을 쌓기로 하고 소음 없는 공장만을 분양하겠다는 각서를 받았다나 봐. 시에서 중재에 나섰고, 주민 대표자들과 아파트형 공장을 짓고 있던 건설회사가 합의를 보았다는 거야."

형자와 마주앉아 그런 얘기를 주고받으며 있을 때였다. 금색 종이 딸랑거렸다. 요란한 무늬의 양산을 접으며 양 선생이 들어섰다.

"무슨 날씨가 이렇게 더워. 데모는 끝났나 봐. 그런 거라도 구경하면 더위가 가실 텐데. 공장 들어오면 이 동네 집값 떨어질걸. 별의별 사람들이다 몰려들 텐데, 청소년 문제가 더 심각해지는 건 아닌지 모르겠네."

"이봐요. 양 선생."

다소 격양된 목소리로 양 선생을 부른 건 다름 아닌 형자였다.

"데모하는 사람들이 할 일 없어서 양 선생 더위 가시라고 데모한 줄 알아요? 공장이 들어와서 집값이 떨어질 것이다, 계산해 가며 그랬겠어요? 청소년 문제 운운하는데 공장이 들어온다고 청소년 문제가 심각해진다는 근거가 어디 있죠. 공장에서 일하는 사람들은 다 문제랍디까? 그건 임대아파트가 있으니까 거기에 빗대어 한 말 아니에요. 강남 같은 데는 공장이 없어서 청소년 문제가 없군요."

연설문을 낭독하듯 형자가 단숨에 많은 말들을 토해냈다. 그리고 다시 말을 이었다.

"제발 우리라도 그러지 맙시다. 나보다 못한 사람은 깔보고 무시하고 모든 문제가 마치 그들로 인해 일어나는 것처럼 몰아붙이고, 그러면서 내 일 아니니까, 하다가 자신의 일이다 싶으면 물불 안 가리고 덤벼들었다가, 풀려고 하니까 문제는 더 생기는 걸 왜들 모를까? 바람이 불 때 소리를 들어 보면 알거에요. 바람 속에는 수많은 소리들이 들어 있어요. 바람이 부니까 소리가 나고 보여지고 사물이 흔들린다는 것 외에는 사람들은 알려고 하지 않아요. 저 문에 매달려 있는 종을 흔들어 봐요. 바람이 불어서 저절로 흔들리는 소리와 사람들이 흔들어서 나는 소리가 어떻게 다른지를……."

형자의 말에 정애와 양 선생은 그녀가 가리키고 있는 금색 종을 물끄러미 바라다보고 있었다.

"안가? 6시 넘었어."

양 선생이 핸드백을 어깨에 걸치며 묻는 소리가 들렸다. 그제야 정애는 형자의 생각에서 벗어나며 몸을 일으켰다.

밖으로 나오자 눈발은 자취를 감추었고 거리에는 어둠이 깔려 있었다. 서점으로 가기 위해 터벅터벅 걷던 정애는 문득 걸음을 멈추었다. 불현듯 도로를 가로질러 뛰었다.

"승희를 찾았어. 정애야."

하던 형자의 말이 그 순간 섬광처럼 번쩍였다.

"승희는 어디 있니, 어디서 찾았어."

"나중에 이야기 해 줄게. 우선 큰언니 집에 맡겼어."

흥분에 쌓여 묻던 정애에 비해 형자의 대답은 너무나 차분하기만 했다. 그런 형자가 승희를 찾은 지 사흘 만에 병원에 입원한 것을 보면……. 엉켜 있던 실마리가 풀릴 것 같았다. 정애는 마음이 다급해졌다.

"야, 죽으려고 환장했냐. 아니 저게 돌았다. 에잇 재수가 없으려니까."

버스가 급정거했다. 기사가 목을 내밀고 고래고래 고함을 질러댔다. 남양주까지 가려면 서둘러야 한다. 왕복 차비를 주기로 하고 택시를 대절한 정애는 우울하게 차창 밖을 응시했다. 눈이 내린 거리는 어둑발이 짙게 깔려 있었다. 그런데다

도로가 얼어붙어 택시는 제대로 속도를 내지 못했지만, 어쨌든 남양주 표지 앞에 멈추어 섰다. 정애가 코트 주머니에서 약도를 꺼내 보이자 기사는 핸들을 오른쪽으로 꺾었다.

"아주머니, 다행인 줄 아세요. 이래 뵈도 운전만 십 년째예요. 해서 빨리 온 거라구요."

기사는 정애가 듣든 말든 계속 떠들었다. 라디오에서 흘러나오는 여가수의 노래를 흥얼흥얼 따라 부르며 가끔 무릎을 쳐 박자를 맞추는 기사를 보며 정애는 형자 여동생이 그려 준 배나무집의 약도를 찬찬히 들여다보았다. 배나무집이라면 모르는 집이 없다고 했다. 택시는 정확하게 배나무집 앞에서 멈추었다.

배나무들은 괴이하게 다가섰다. 가지들이 바람에 흔들릴 때마다 정애는 소스라치곤 했다. 지척을 분간할 수 없는 어둠 속에서 가끔 지나가는 차 불빛만이 어둠을 가로질렀다. 배나무밭을 빠져 나오자 백열등 불빛이 대문임을 밝혀 주고 있을 뿐 괴괴했다. 그때 어디선가 정애 발소리에 놀란 개가 짖어댔다. 그러자 금방 온 동네가 개 짖는 소리로 가득 찼다. 정애는 허겁지겁 걸음을 재촉하여 대문 앞으로 다가섰다. 대문을 두드리자 형자 언니임을 단번에 알아볼 수 있는 여자가 문을 열었다.

"밤중에 오느라 애 먹었겠어. 막내 동생이 전화해서 기다리고 있었어."

정애는 형자 언니를 따라 방으로 들어섰다. 불도 켜지 않은 방구석에 뱀이 똬리 틀 듯 있는 것은 사람의 형상이 아니었다. 스위치를 올리자 환한 불빛에 승희는 더욱 웅크리며 몸을 틀었다. 뭉텅뭉텅 빠져 버린 머리, 깊고 길게 패인 홈, 버러지 모양의 문신, 불에 지진 것 같은 여러 개의 점. 승희의 온몸은 성한 곳이 단 한 곳도 없는 듯했다. 반쯤 넋이 나간 정애를 물끄러미 바라보던 형자 언니가 승희를 안으려고 할 때였다. 승희는 벌떡 일어났다. 무릎을 꿇었다. 두 손을 마주 모아 싹싹 빌었다.

"잘못했어요. 다시는 안 그럴게요."

"괜찮아. 승희야. 이모야. 이모."

형자의 언니가 재빨리 승희를 보듬어 안았다. 승희는 상처 난 짐승의 소리처럼 내지르다가 구석으로 돌아가 몸을 웅크려 들였다.

정애는 벌어진 입을 다물지 못한 채였다. 불량소녀의 이야 기도 의붓아비에게 폭행을 당했다는 어느 소녀의 이야기도 아니었다. 상담실은 더욱 아니다. 정애는 꿈을 꾸고 있다는 생각을 했다. 어떻게 이런 일이 있을 수가 있단 말인가?

그것도 형자의 딸 승희에게, 단지 엄마를 찾으며 운다는 것으로, 오줌을 자주 싼다는 이유로 아이 없는 어느 집에 양딸로 보내졌던 승희. 못된 포주를 어머니라 불러야 했던 승희.

동이 트면서 시작된 일은 새벽이 가까워져야 끝이 났다. 웅크리고 새우잠을 잘 수 있었던 서너 시간, 그나마 손님이 없을 때뿐이었다. 아니 그것마저도 허락하지 않았다. 양어머니의 앙칼진 부름에 채 눈도 못 뜨는 승희에게 가해지는 매질. 감시의 눈을 피해 도망가다 잡히던 날, 우락부락한 체구의 손에 의해 맞는 바람에 며칠 밤을 실신해야 했고, 굶주린 배를 움켜쥐어야 했다. 엉덩이를 토닥거려 주며 볼에 입맞춤을 하던 엄마가 보고 싶었다. 엄마의 얼굴이 자꾸만 흐려졌다. 엄마의 얼굴을 똑바로 볼 수 있다면 얼마나 좋을까? 그 생각만 하면 승희는 웃음이 새어 나왔다. 어떻게 하든 엄마를 만나야 한다.

그러기 위해선 양어머니의 마음을 상하게 해선 안 되었다. 양어머니의 생일날이었다. 양어머니도 감시하던 우락부락한 사람도 술에 취해 비틀거렸다.

승희는 필사적으로 뛰기 시작했다. 얼마나 뛰었는지 모른다. 맨발이었지만 발이 시리지도 않았다. 또 뛰었다. 아버지, 새엄마와 남동생이 눈앞에 보였다. 그 뒤에 어서 오라고 손을 흔드는 엄마가 서 있었다. 승희는 그들을 헤치고 뛰어가 엄마 품으로 달려들었다.

뜬눈으로 승희 옆에서 밤을 지새운 정애는 부옇게 새벽이 밝아 오는 것을 보면서 대문을 나섰다.

형자의 성격으로 보아 승희의 저런 모습 때문에 실어증에 걸린 것 같지는 않았다. 분명 승희 일보다 더 큰 충격이 있을 것만 같았다. 대체 실어증까지 가게 된 이유는 무엇일까? 정애는 곰곰이 되짚어 보았다. 문득 형자언니의 한탄하듯 하던 소리가 귓가에 윙윙거렸다.

"지 엄마 보자 학교 가고 싶어 했어. 그 못된 여자 딸로 되어 있으니 찾아 갈 수도 없지. 학교 다닌 근거를 떼어 올 수도 없고 해서 승희 아버지를 만나러 갔었어. 혼자 간다는 걸 따라 나섰지. 이제 와서 찾은 이유가 뭐냐. 찾은 사람이 알아서 해야 하는 거 아니냐. 버린 건 너나 나나 마찬가지라며."

이제야 알 듯하다.

승희가 저렇게 된 건 결국 승희 아버지와 형자 자신이 저질러 놓은 일이라는 것, 승희가 그렇게 될 때까지 팽개쳐 놓았다는 것, 형자 자신의 책임이 더 크다는 것, 자신을 용서할 수 없다는 자책에 몸부림치며 고통 속에서 허우적거렸을 것이다. 그러다가 끝내 실어증에 자신을 던지고 만 형자, 아무도 없는 집에 불 켤 때가 제일 싫다는 형자, 상담실에 오는 아이들에게 진심으로 대해 주라던 형자. 지금껏 형자의 어느 한 곳도 진정

알지 못했다는 죄책감이 몰려왔다. 형자 앞에 다시는 바로 서지 못할 것 같았다. 바로 서기 위해서라도 이제부터는 정애 자신이 나서야 하지 않은가. 그것이 어쩌면 진정한 의미의 상담 활동일 테니.

정애는 형자가 입원해 있는 병실에 들어섰다. 형자의 동생은 보이지 않았다. 형자만이 초점 없는 눈으로 천장을 응시한 채 반듯이 누워 있었다. 정애는 형자 곁으로 다가가 찬찬히 내려다보았다. 형자의 핏기 없는 얼굴을 대하자 뜨거운 덩어리가 가슴속에서 용솟음쳤다. 눈물이 쏟아졌다. 이렇게 누워 있는 건 너 답지 않아. 정말 잘못하고 있는 건 지금 네 모습인지도 몰라. 승희를 바로 볼 수 없어서 도망쳐 버린 것 같단 말이야. 그런 말들이 터져 나오려다 입안에서 뱅뱅 돌기만 했다. 정애는 흐르는 눈물을 닦아 내며 형자의 손을 잡아 쥐었다.

"형자야. 나 지금 승희 만나보고 오는 길이야. 많이 놀랐어. 너는 더했겠지. 네 심정을 안다고 하면 알긴 무얼 아냐고 화낼래? 형자야, 승희가 그렇게 된 걸 네 책임이라고 자학하고 있니? 내 말이 맞아? 맞는다면 일어나. 일어나서 승희를 일으켜 세우란 말이야. 지금도 늦지 않았어. 네가 이렇게 누워 있으면 자꾸 늦어진다는 생각은 안 해. 학교도 보내야 될 걸 아냐. 학교 보낼 수 있어. 너 혼자가 아냐. 승희가 있잖아. 이제 우리의

승희로 키우는 거야. 학교도 보내고, 그 누구보다도 밝고 아름
답게 키워 보자. 으응, 형자야. 난 너한테 아무런 도움도 주지
못한 채 받기만 했어. 지금부터라도 네 앞에 바로 서고 싶어.
친구의 아픔도 승희의 그 어느 것 하나도 제대로 알지 못한
채 살아온 내가 청소년 상담을 한답시고 아이들 앞에 앉아 있
었어. 난 너무나 창피하고 진심으로 부끄럽다. 차라리 내가 입
을 다물어 버리고 싶다. 하지만 형자야, 지난 잘못 때문에 그
것을 붙잡고 허우적거리면 또 잘못을 저지르는 건 아닐까 하
는 생각이 들어. 이것 또한 나를 위한 변명인지는 몰라도 말이
야. 다른 변명은 나중에 또 하더라도 지금 제일 중요한 건 네
가 일어나는 거야. 형자야, 제발 일어나. 승희는 지금 애타게
너를 기다리고 있어. 지금 이 순간 엄마라는 사람이 승희한테
얼마나 절실한가는 네 자신이 더 잘 알거야. 이렇게 누워 있으
면 넌, 또 승희를 버리는 꼴밖에 안 돼. 정말 승희한테 용서를
바란다면 빨리 일어나서 승희를 일으켜 세워. 벌떡 일어나는
거야. 일어나야 해. 승희를 위해서. 우리의 승희 말이야. 듣고
있니? 내 말 듣고 있으면 뭐라고 말 좀 해 봐."

정애는 격해져 오는 감정을 추스르지 못해 형자의 팔을 잡
아 흔들었다. 침대가 심하게 출렁거렸다. 그때였다. 형자의 입
술이 무슨 말인가 할 것처럼 달싹 움직였다. 동시에 형자의

눈에서는 눈물이 흘러내리고 있었다.

이른 아침이라서인지 버스정류장은 텅 비어 있었다. 찬바람이 매섭게 불어와 정애의 몸을 휘어 감았다. 차도에 홀로 떠돌며 나뒹굴고 있던 쓰레기 조각들이 바람을 이기지 못해 어디론가 떠가고 있었다. 밤새 잠들었던 온갖 소리들이 그 바람을 타고 아침을 향하여 달려오고 있는 듯했다. 잠시 후면 모든 사람들이 하루를 준비하느라 분주해질 것이다. 그렇게 시작되는 하루는 또 얼마나 많을 일들이 벌어지고 사라질 것인가?

책상 귀퉁이에 몸을 숨긴 채 호기심 어린 눈으로 사람들이 살아가는 세상을 바라보는 생쥐처럼, 정애 역시 나른한 서점의 일상으로 돌아가 언제고 울릴 금색 종소리를 기다려야 한다.

뒤꿈치 들기

"어서 오십시오. 여기서부터는 충청북도입니다."

청록색의 도 경계 표지판이 아침햇살 아래 선하품을 하며 깨어나고 있는 듯 맑게 보였다.

나는 안전벨트를 잡아당겨 느슨하게 했다. 무엇인가가 내내 가슴팍을 욱죄고 있었던 게 안전벨트 때문이기라도 한 것처럼….

낮잠을 길게 자고 일어났을 때처럼 의식은 몽롱한 채였다. 차창에 부딪쳐 들어오는 햇살이 어찌나 강렬한지 도로 한가운데 서면 금방이라도 머리끝이 바스라질 것만 같았다.

잠시 후면 수안보에 닿으리라…. 몇 분의 시간이라도 앞당기어 따뜻한 물에 온몸을 담그고 싶었다. 켜켜이 달라붙어 있는 것 같은 먼지 입자. 아니 그보다 진드기처럼 떨어지지 않을 것 같은 R의 끈적거리는 타액들을 몰아내고 싶은 마음이 조급함을 불러일으키는지도 몰랐다.

무엇이 나를 이토록 조급하게 하는지, 지난밤 아니 그보다 더 거슬러 올라간 며칠 전부터였을 것이다. 그 허둥거림 앞에 김 부장의 불퉁거림이 급기야 쏘아놓은 화살촉처럼 내 가슴 한복판을 명중시켰다.

"오 기자 도대체 서원철이는 취재할 거야 말 거야. 전화질만 하지 말고 발로 뛰어 뛰란 말이야."

근 달포 가까이 들어온 잔소리였다. 때문에 새삼스러울 것도 없었다. "걔 만나기가 하늘에 별 따기보다 더 어려울 줄은 예전에 몰랐었다구요, 수배령이 내려 한참 도망 다닐 때 손목시계까지 빼 주었는데…." 궁여지책으로 한 말이었지만 사실이었다.

같은 과 동기였던 서원철은 그 당시 꽤 큰 규모의 데모를 주동한 후 경찰에 쫓기는 몸이 되었다. 사회주의의 절대적인 신봉자에다 민중 해방을 외쳤던 그는, 공산주의 사상에 물든 적색분자라기보다 순수하고 이상적인 젊은이일 뿐이었다. 과 친구들은 대부분 그의 논리에 동조했고, 나 역시 데모에 참가하지는 않았지만 그의 행동이 옳다고 생각했다. 그는 요리조리 경찰의 눈을 잘 피해 다녔으나 끝내 검거되었고 학교도 물론 제적당했다. 나중에 안 일이었지만 그가 오랫동안 피신할 수 있었던 것은 과 친구들의 도움이 컸으며, 나 역시 그 대상자 중의 하나였다. 그 후 서원철의 소식을 듣지 못했으나 이번 취재 대상자가 알고 보니 바로 그였다. 서원철은 기획회사를 차렸고 그 방면에서는 제법 외형이 큰 업체로 키워 놓았다. 철저히 자본주의 사회의 논리와 대중의 취향에 영향을 받는다고 할 수 있는 업종에서 그가 성공했다니 뜻밖이었다. 반가운 마음에 전화를 걸어 내 이름을 밝히고 취재 의사를 타진했다. 처음엔 서원철도 무척 반기는 기색이었으나, 나의 취재 목적을 듣고는 당황해 하는 것 같았다. 약속을 미루고 몇 번 다시 전화를 했을 때 그는 외출했다거나 출장중이라거나 항상 자리에 없었다. 나의 이름을 확인한 여직원은 사무적인 어투로 늘 같은 대답만 되풀이 했다. 그가 나를 피하고 있음이 분명했다.

그러나 이상하게도 나 역시 그를 만나고 싶지 않았다. 김부장 앞에서 나는 의무적으로 전화를 걸었고, 그가 부재중이라는 말을 들으면 안도하곤 했다.

부장 역시 누구보다 나와 서원철의 관계를 잘 알고 있던 터라 더욱 닥달이었다. "그러니까 오 기자더러 빨리 만나보라는 것 아니야. 전화는 무슨, 그냥 찾아가면 되지. 동창이 좋다는 게 뭐겠어. 다른 잡지사에다 빼앗기기 전에."라는 말로 일단락 짓곤 했었다. 그러나 그날은 달랐다. 부장의 어투는 노골적으로 나의 무능력을 비난하듯 몰아세웠다. 그러나 내 마음속은 무언가 나사가 맞지 않은 채 덜거덕거리고 있었다.

나 역시 서원철의 변신의 과정이나 현재의 모습이 궁금하지 않은 것은 아니었다. 그가 나를 피하고 있듯이 나도 무언가를 두려워하고 있었다. 서원철은 내가 아닌 다른 사람이 취재를 청했다면 기분 좋게 응했을지도 몰랐다. 그러나 과거의 자신을 알고 있는 사람에게 현재의 자신을 보여주고 싶지 않은 것은, 노출시키고 싶지 않은 어떤 아킬레스건이 있기 때문일 것이었다. 순수한 열정을 지켜내지 못한 사람, 다른 사람 눈에는 성공한 인물로 비쳐질지 모르지만 그것은 자기 자신에 대한 크나큰 배신이 아니겠는가. 자기 자신을 배신하는 자, 그것은 무엇을 의미하는 것일까.

어젯밤 외출했다 돌아왔을 때 전화응답기에는 김 부장과 R의 목소리가 차례로 흘러나왔다.

"이봐 오 기자, 우리 이러는 거 한두 번 아니었잖아. 나와, 나와서 이야기하자구."

"나요 대체 왜 이러는 거요. 볼 수 없겠소."

그 목소리들은 서로 약속이나 한 듯 나와 만나기를 원했다.

하지만 나는 그들의 말투들이 이물스럽게 느껴졌고, 나를 낯선 시간 속으로 밀어 넣고 있는 듯한 생각만이 들 뿐이었다.

전화선을 빼 버리고 책상 위에 놓여 있던 종이 뭉치를 집어 던졌다. A4용지들이 어지럽게 휘날렸다. 서원철을 인터뷰하지 않은 채, 지금까지의 취재 경험을 살려 거짓 기사를 쓸 작정으로 초고한 것들이었다. 그 원고 뭉치는 누구를 향해 던졌다기보다 바로 나 자신에게 던진 것이었다.

전화기에 녹음된 R의 목소리를 듣는 순간, 나는 이 모든 문제가 바로 R로 인하여 빚어진 것임을 깨달았다. 내가 서원철과 대면하기를 두려워한 것은 R 때문이었다. 서원철과 R을 나는 동일선상에 두었던 것이었다. 서원철을 통해 R이라는 인물을 이해하고자 한 것이었다.

뚜렷한 대책 없이 자취방에서 뒹굴고 있을 때 국문학을 전공한 여자, 나이가 들었어도 상관없다, 미혼이면 된다, 딱 네가 적임자더라, 한창 잘 나가고 있는 출판사에서 편집을 보고 있는 해란이의 소개로 이 일을 하기 시작한 게 얼추 3년 가까이 돼가고 있었다.

월간 『만남』이 주는 뉘앙스대로 사회 계층에서 밀려나 있는 인물들을 찾아내어 취재하고 기사를 쓰는 게 내게 주어진 일

이었다. 70년대 산업화에 밀려난 노동자, 80년대 민주화에 앞
장섰던 사람, 혹은 희생된 인물과 그 가족들, 지금은 어디서
무엇을 하며 사는지 그런 부류들을 다루며 나는 취재를 하고
날밤을 새워 기사를 작성하곤 했었다. 하지만 부장이 건네주
는 명함이나, 내가 찾아낸 사람이나, 『만남』의 표지를 장식하
는 인물들의 표정은 그럴싸했다. 담배 연기 속의 얼굴이든 회
상에 잠긴 듯한 얼굴이든 그들은 결코 패배자의 모습은 아니
었다. 나름대로 사회계층 깊숙이 파고들어 성공하여 이제는
부를 누리며 안정된 삶을 살아가고 있다는 게 참으로 아이러
니했다.

『만남』에서 내가 부장에게서 넘겨받은 자료를 토대로 처음
취재라는 것을 위해 R의 골프 숍을 찾아갔을 때 책상 위에
놓여 있는 흑백사진이 내 눈길을 끌었었다. 세 사람은 계단
아래 앉아 있었고, 네 사람은 그들 뒤에 선 채였다. 4.19탑을
배경으로 찍은 사진이었다.

부장이 사전에 귀띔해 준 대로 나의 취재에 응하는 그는 성
공한 사업가답게 내내 호탕하게 웃으며 묻는 말에 언변 좋게
대답하곤 했다. 시사토론가나 혹은 문학평론가라 해도 성공했
을 법한 그의 입담은 그가 나를 취재하는 게 아닌가 하는 착각
이 들 정도였다. 취재를 마치고 돌아서는 내게 그는 불쑥 골프

를 할 줄 아느냐고 물었다.

"요즘 세상은 독신일수록 골프를 알아야 합니다. 골프는 사치가 아닙니다. 오락입니다."

'S대 문리대 학생회 시절, 삼선개헌 반대시위로 투옥, 모진 시절을 이겨낸 그가 이제는 청담동에서 골프 숍으로 성공'. 표지에 실린 그의 사진 아래 18포인트의 청보랏빛 활자로 뽑아낸 사진 설명은 그를 대단히 만족스럽게 했다. 판매부수가 어느 달보다도 훨씬 많았다. 독자층은 알 수 없었지만 우리 측에서도 알바가 아니었다.

월간지 『만남』은 개혁을 자처했던 투사들을 잡지 표면에 고뇌의 표정을 짓고 있도록 만들어, 사람들의 호기심을 자극하는 상업성에서 일단 성공을 거둔 셈이었다. 잡지사에서는 현실과의 비굴한 타협을 한 그들을 고급 포장지로 포장하는 일에 적극적인 자세를 취했고, 나 또한 그들의 하수인으로서의 역할을 서슴지 않았다.

문민정부를 들어서게 한 사람이나, 그 수하에 있는 사람들 역시 한때는 투사가 아니었던가. 단식을 하며 민주화의 꽃망울을 터뜨리기 위해 애쓰던 사람들이 아니었던가. 이제 그들이 펴는 논리는 무엇인지, 어쩌면 그들도 안정된 부르주아에 속해 있는 것은 아닌지, 하는 생각들을 접어두려 해도 자꾸만 내 머릿속에 헤집고 들어와 빗금처럼 선을 긋곤 했다.

그들이 원하고 있는 빤한 질문을 하고, 부장의 몸짓 하나에 어느 줄을 고쳐야 하고, 결국에는 서로가 좋자는 식의 글이 되고야 마는, 해서 판매부수를 늘어가게 하고, 정해진 보수 외에 챙겨 주는 봉투를 스스럼없이 받아 고가의 옷을 걸치며 높은 구두를 신고, 진흙을 딛지 않으며 살 수 있었다. 행여 잘 포장된 아스팔트의 끝이 진흙투성이의 길이면 어떻게 하나, 하는 걱정을 붙안은 채 나는 돌아서 갈망정 결코 그 길을 밟지 않고 싶었다. 어차피 세상이란 높은 곳에서 낮은 곳으로 일방적으로 흐르는 것이 순리 아니던가? 그런데 하물며 내가 그 순리를 거역할 수 있겠는가? 그저 흐름대로 따라 내려가는 게 내 신상이 편했고, 내 삶이 윤택해진다는 것을 나는 이미 깨우친 뒤였다.

음습한 지하 자취방에서 알전구의 불빛에 놀라 쏜살같이 사라지던 바퀴벌레들, 햇볕이 들어오지 않는 방은 늘 곰팡이 냄새에 휩싸여 있었다. 그러나 지금은 날씨 변화에 따라 온방이 되고 냉방이 되며, 꼭지를 비틀기만 하면 내가 원하는 물이 분출되곤 했다. 그 안락함이 주는 평온함과 지고이네르바이젠의 '집시의 달' 같은 감미로운 선율을 들으며 나는 살아 있는 따뜻한 체온과 만나곤 했었다. 그러한 모든 것들과 타협하지 않는다면 그 안온함과 편안함은 내게 주어지지 않을 것이었다.

나의 안락함에 따듯함을 더해 주던 R. 나는 그가 단지 가족들과 휴가를 갔다는 것에 왜 심한 굴욕감을 느껴야 했는지 지금도 알 수가 없다.

"휴가 안 가요?"

집시의 달이 땀방울로 뒤범벅이 된 내 젖가슴 위로 내려앉고 있었다. 그의 손이 내 손등 위에 포개져 있었던가?

"못갈 것 같은데, 바빠서 말이야."

단 한 번도 그가 내 사람이어야 한다고 생각해 보았던 적이 있었던가? 아니었다. 오히려 그에게 가족이 있다는 게 나는 편안했다. 그의 모든 것을 소유한다는 것은 나로서도 부담스러운 생각이 들었다. 주말에 곤지암에 있는 필드로 나가자고 제안한 그가 가족들과 호주로 휴가를 갔다니. 그의 상냥한 여비서의 목소리가 전화선을 타고 들려올 때 알 수 없는 현기증이 들던 까닭은 무엇이었을까?

스멀스멀 피어오르는 안개처럼 모멸감은 내 전신을 더듬으며 자욱한 안개 뿜이를 해댔다. 그 수증기에 휩싸여 숨결이 조여 오고 끝내는 내 존재마저 지워져 버릴 것 같은 암담함이 엄습했다.

드디어 음성 인터체인지로 들어가는 화살표가 보였다. 나는 그 길을 따라 서서히 진입해 들어갔다. 차창으로 스쳐 지나가는 짙푸른 나무들은 무수한 이파리들이 힘에 겨운 듯 가지마다 고개를 떨어뜨린 채 힘겹게 버티고 있었다. 지난주만 해도 잔서(殘署)의 여열(餘熱)은 기승을 부렸었다. 도시의 회색 건물들은 흐느적거리며, 거친 숨을 몰아 내쉬는 듯했고, 아스팔트는 녹아내릴 듯 쿨렁거렸다. 하지만 지금 차창 밖으로 저만치 보이는 하늘은 푸른 물감을 마구 풀어놓은 듯이 청명하기만 하였다. 하늘에 떠 있는 새 날개 같은 구름이 무수한 깃털이 되어 흩날리며 내 어깨 위로 내려앉고 있었다. 아득하게 뻗어 있는 논들의 이삭들은 갈바람에 묻힌 채 쏟아지는 햇살을 미친 듯이 알몸으로 받아내고 있었다. 알몸 위로 시트 자락을 끌어올려 주던 R의 환영이 벼 이삭 속에서 흔들거렸다. 눈이 시리었다. 빛 때문에 반사적으로 눈이 감기어 버리는 것처럼. 결코 시트 색깔이 희어서만은 아니었으리라.

흔치 않은 내 눈물은 양쪽 볼을 적셨고 땀에 젖은 머릿속으로 흘렀다. 흐릿한 시야 안으로 맨살인 R의 등판이 아득한 평행을 이루고 있었다. 둘 곳 없는 눈망울은 그 평행을 좇고 있었다. 그 시선의 끝에서 나는 무엇을 보려 했던가?

흑백사진 속에 있던 4.19탑 앞의 그의 모습은 이제 찾을 수 없었다. 그렇다. 그는 그때의 패기어린 청년도 아니었고, 투사도 아니었다. 새치를 뽑아 버리기에는 너무 많은 흰머리. 도망치려 해도 굼뜬 몸 때문에 막다른 골목이 아니더라도 잡혀 버리고야 말 것 같은 그의 몸피. 내가 운 이유를 그렇게 말하면 그는 무어라고 할까?

이명으로 들려오는 듯한 건조한 그의 음성이 자동차 소음 속에서 되살아나고 있었다. '증권을 좀 팔려고 해. 이번엔 자동차 바꾸도록 해.'

그는 내 잔등을 쓸며 말했다. 따뜻한 그의 손길이 젖은 내 머릿결을 어루만졌다. 말 잘 듣는 어린아이처럼, 그의 가슴에 얼굴을 묻은 내 모습이 차창으로 밀려나고 있었다. 차창 가득 가을 햇발이 사방으로 내리꽂히고 있었다. 자동차의 진동에 따라 햇살은 마치 수면 위에서 춤을 추고 있는 듯했다. 논둑에는 화려한 옷을 걸친 허수아비가 웃을 듯한 예의 그 표정으로 나를 쳐다보고 있었다. 나는 황망히 허수아비에게서 눈길을 돌렸다. 왠지 그 눈빛으로 인해 내 가슴 한쪽이 형체도 없이 녹아내릴 것만 같아서였다. 무엇이 나를 똑바로 바라보지 못하게 하는 걸까? 내 삶이 구불구불한 철사마냥 꼬여 있어서일까?

원래의 제 모습을 찾기에는 상당한 시간을 소요하게 될지도 모른다는 생각이 문득 명치끝을 치받고 있었다.

"옹골차고 기가 쎄서 말이야."

내게 흔히 던지던 말들이었다.

멸치볶음, 장조림, 김치 따위를 담은 밀폐된 용기들을 보자기에 싸 가지고 오는 어머니에게조차 나의 그런 성격은 드러나곤 했다. 딸년의 그런 방자함 앞에서 어머니는 자신의 죄인양 그저 눈물을 훔치며 돌아서곤 했다. 밥은 꼭 제때에 챙겨 먹어라. 밀폐용기 속의 반찬들이 허연 곰팡이를 피며 쓰레기봉투 속으로 들어갈 줄 번연히 알면서도 어머니는 그 일을 게을리 하지 않았다.

그러면서도 나는 문득 어머니의 구부정한 등에 팔을 두르며 내 얼굴을 비비고 싶은 간절함이 무시로 찾아들곤 했었다. 하지만 나는 열 살의 어린아이도 스무 살의 대학생도 아니었다. 서른을 넘긴 버거운 딸년이었다. 내 등을 토닥여 달라고 할 사람은 따로 있어야 했다.

제우스신이 갈라놓았다는 내 반쪽인 나만의 사람. 명분에 충실하며 현실과 타협하지 않는 남자. 해서 늘 현실에 안주하며 타협에 물들어 있는 나를 치료해 줄 수 있는 그런 남자를 만나고 싶었다. 그랬다. 정말 나만의 사람을 찾고 싶었다. 따사로운 빛살이 창을 비집고 들어오면 함께 눈을 뜨며 체온을 느끼고 어둠이 찾아들면 갓등의 줄을 함께 당겨 줄….

애써 억누르면 억누를수록 불쑥불쑥 튀어나오는 내 감정을 잠재우느라 나는 깊은 허탈감 속에서 몸부림치며 온밤을 지새우곤 했었다. 그러나 R은 아니었다. 그런 사실을 모르지 않았지만 지금 그에 대한 분노를 나는 어떻게 이해해야 하는가.

자동차는 어느새 월악산 국립공원 안으로 진입해 있었다. 마치 내 의지로 운전하고 있는 게 아니고 누군가에 의해 이끌려온 것처럼 운전대를 잡고 있는 내가 생소하기만 했다. 이정표는 좌측으로 수안보 10km, 우측으로는 미륵사지라는 화살표를 그려 놓은 채 하늘 가까이 떠 있었다.

우선 어디든지 찾아들어 때 늦은 요기를 해야 할 것만 같았다. 현관문을 나서며 생수 한 컵이 고작이었다. 꼬르륵거리는 뱃속의 울부짖음도 멎은 지 오래였다. 차선을 바꾸며 나는 미륵사지 입구로 들어섰다. 휴가철이 끝났기 때문인지 주차장은 텅 비어 있었다. 밀접해 있는 식당 주변도 한가로워 보였다. 매표소 입구에 앉아 있는 매표 요원만이 지루한 시선으로 산자락을 바라보고 있었다.

자동차 밖으로 나오자 오소소 한기가 일 정도의 깊은 갈바람이 전신을 휘돌아 감았다. 갈바람을 맞으며 나는 검푸른 빛으로 물들어 있는 산기슭을 바라보았다. 이제 며칠 후면 저 빛들도 홍조를 띄우리라. 문득 알 수 없는 서러움과 그리움이 밀물처럼 밀려들었다. 나는 도리머리를 치다가 감정의 늪에 빠질세라 서둘러 몸을 돌렸다.

장시간 운전을 한 탓에 온몸은 물먹은 솜처럼 무거웠지만 의식은 명료하게 빛나고 있었다.

나는 즐비하게 붙어 있는 식당 간판들을 헤아려 보았다. 식당들은 거개가 산 속에 있을 듯한 음식점의 모양새가 아니었다. 도시 어느 곳에서나 흔히 마주하는 잘 지어진 양옥들이었다. 일층은 음식점, 2~3층에는 민박임을 알리는 아크릴 간판이 붙어 있었다. 그래서일까? 내 시야는 한 집에 머물렀다. '보리밥집'이라고 씌어진, 간판이라고 부르기에도 민망할 정도로 허술한 나무판자가 나지막한 처마 아래 달려 있었다. 페인트칠이 곳곳에 벗겨져 내렸고 베니어판은 녹슨 철사에 얼기설기 매달려 있어 금방이라도 툭하고 떨어져 내릴 듯이 위태로워 보였다. 그 집이 내 시선을 붙잡고 있는 것은 어쩌면 도시 간이음식점들과는 다른 생경한 느낌 때문일 것이었다. 생각보다 먼저 내 두 눈이 나를 그곳으로 이끌어가고 있는 것만 같았다. 나는 강한 자석에 이끌리듯 그 집으로 걸음을 떼어놓았다.

나는 열려 있는 문 안으로 들어섰다. 식탁 한가운데에는 늙수그레한 사내 서너 명이 벌건 고추장을 보리밥에 얹어 쓱쓱 비벼대고 있을 뿐, 식당은 한가로웠다. 나는 사내들을 비껴 한

쪽 구석 끝 의자를 끌어내었다. 밖에서 보던 것보다 실내는 더욱 엉성했다. 벽지는 알 수 없는 빛깔을 띠운 채 전기 줄이 얼기설기 내려앉아 있었다. 한쪽 벽에 있는 선풍기는 먼지가 수북했다.

온갖 냄새로 뒤범벅이 된 야릇한 냄새가 내 후각을 마비시킬 것처럼 달려들었다. 주방 옆으로는 2~3평 남짓한 방이 보였다. 한쪽 벽면에 커튼까지 쳐 놓아 식당 안은 더욱 어수선했다.

"색시두 보리밥 자실티어?"

주방에서 주인인 듯한 노파가 고개를 비죽이 내밀며 나를 향해 물었다. 내가 짐짓 고개를 끄덕이자 노파는 알았다는 듯 마주 고개를 주억거렸다.

잠시 후 노파는 자글자글 끓고 있는 뚝배기를 행주에 싸가지고 나왔다.

"다 끓었슈."

식사를 하던 사내들 중 한 사내가 말했다.

"된장찌개는 그저 바글바글 끓어야 혀."

노파는 구부정한 허리를 종주먹으로 툭툭 쳤다.

"근디 종수는 어디 갔데유? 아침나절에 매표소 앞에서 본 뒤로 통 안 보이는구먼유."

"절터에 갔던지, 산에 약초 캐러 갔겠지 무어."

"그러구 싸댕기지 말구 잔일이라두 거들어 주면 아줌니가 좀 편할 거 아녀유."

"아이구 뭔 소리랴. 잔일이라니 갸가 어떤 몸인디, 나랏일 하다가 다친 몸이 아닌감."

노파의 두 눈이 화등잔만 해지며 호들갑스럽게 언성을 높였다.

"그러는 아줌니 몸은 성하슈?"

"내 몸뚱이가 지금 뭔 대수랴, 종수 장가가는 거나 볼라나 모르겠구먼. 손주나 한 번 안아 보구 가야 헐 틴디……."

나는 그들이 주고받는 이야기를 들으며 노파가 역성을 드는 종수라는 사내가 누구인지 자못 궁금해졌다. 더구나 나랏일 하다가 다쳤다는 소리에 내 직업적인 촉각이 더듬이를 쳐들기 시작했다. 나랏일이란 무엇을 두고 하는 말인가? 군대를 두고 그렇게 말하는 것인가? 나는 뜬금없이 솟아나는 호기심을 다른 사람들에게 들킬세라 보리밥에 시선을 고정시킨 채 밥을 비비기 시작했다. 그러나 모든 신경은 그들이 하는 이야기에 집중되어 있었다.

노파의 이야기는 계속 이어지고 있었다.

"우리 종수가 군대 가서 큰공을 세워잖여. 비록 몸뚱아리는 저 지경이 됐지만 말이여. 후딱 하면 병원에 가야 하구. 그러다 보니게 그저 죄 없는 나라에 폐만 끼치구. 신세지는 것두 한두 번이재, 뭔 염치루 받기만 허것어. 집 줬지. 매달 생활비에다 쌀꺼정 주지. 참말로 사람의 탈을 쓰고 헐일이 아니더면, 쩟. 종수가 이리루 내려오면 병이 나을 것 같다구 혀서 온게 아닌감. 아 서울 가면 종수 앞으로 된 집두 떡 버티구 있구면. 그게 다아 나라에서 베푼 은혜지만 말여, 참말 감사헐 일이제, 그 신세를 다 워떻게 갚어야 헐 지 모르겠구면."

사내들은 노파가 떠들거나 말거나 시큰둥하게 앉아 있을 뿐 대꾸가 없었다. 그들의 표정은 노파의 그런 소리는 이제 넌덜머리가 난다는 듯 묘한 시선으로 노파를 바라보다가 화제를 다른 곳으로 돌렸다. 단풍놀이 때문에 차량이 홍수를 이룰 거라는 둥 통행세가 또 오르지 않겠냐는 둥 두런거렸다. 노파는 사내들이 자신의 말을 자르고 있다는 것을 눈치 챘는지 입매를 씰룩거리며 주방 쪽으로 향하고 있었다.

나는 노파의 행동거지에서 두 가지 상반된 점을 발견할 수 있었다.

첫째는 종수라는 사내의 이야기를 하는 동안에는 열에 들뜬 사람처럼 목청을 돋우며 감격스러워 어찌할 바를 몰라 안절부절못한다는 점이었다. 두 번째 이상한 점은 나라라고 지칭할 때였는데 이번에는 반대로 송구스러움과 죄책감으로 똘똘 뭉

쳐 있다는 점이었다. 그 몸짓은 쥐구멍이라도 있으면 들어갈 것처럼 목을 잔뜩 움츠려든다는 것이었다. 만약 나라라는 대상이 여기에 있다면 노파는 틀림없이 엎드려 큰절을 한없이 올릴 것만 같았다. 나는 노파의 그런 모습에서 티끌만큼의 거짓이나 가식을 찾아볼 수가 없었다. 적어도 내 눈에 비친 노파의 모습을 그랬다.

너무나 대조적인 행동거지였다. 그러나 등을 보인 채 휘적 휘적 걸어가는 노파의 뒷모습은 풀기 빠진 명주 천처럼 축 처져 있었다.

"언제꺼정 저럴 거여."

"종수가 입을 꾹 다무는디 누가 말할 거여. 우리두 아름아름 애들 편에 들은 소문 아닌감. 확실한 것두 아니잖남."

"확실하지 않기는 이 사람아. 세상이 다 아는 일인디. 정부에다 피해보상 한다는 단첸가 뭔가 있다구. 종수가 그 모임에 들락거리다 그만둔 거 자네는 모르남. 약초 판 돈 모아서 삼십만원이나 만들어 갖구 갔었는디."

"근디 왜 그만뒀댜."

"모르긴 몰러두 아 그때 그 사람들이 다 감옥에 가 있는데 뭔 보상을 받을겨. 그러니 자꾸 서울 오르락내리락 허다 보면 아줌니가 눈치 못채겠어. 또 은제 발작이 도질지도 모르구 말여.”

“중핵교 댕길 때만 혀두 똑똑허구 인물이 훤했지. 괜스레 대핵교 간다고 서울 가더니만, 멀쩡한 애만 병신을 만들었지. 쯧쯧. 근디 말여 내가 보기에는 저 아줌니두 지 정신이 아닌 것 같혀.”

“예끼 이 사람들아. 쓸데없는 소리 작작들 허구 일어서.”

한껏 목소리를 낮추어 쑤군거리는 사내들 앞에 앉아 담배를 피고 있던 한 사내가 그들을 향해 툭 쏘아붙이며 일어섰다.

노파를 불러 계산을 마친 사내들이 문 밖으로 나서자 노파는 “혹시 우리 종수 보면 빨랑 오라구 혀. 즘심 먹게 이잉.” 하며 그들 등 뒤에 대고 소리를 질렀다.

사내들이 사라지자 식당 안은 적막함만이 무겁게 감돌고 있었다. 그 적막함을 깨듯 내가 수저질하는 소리만이 떠돌아다녔다.

“색시는 서울서 왔남.”

노파의 말소리에 나는 하던 수저질을 멈추며 고개를 들어 노파를 바라보았다. 노파는 내가 앉아 있는 맞은편 의자를 끌어내어 덜퍼덕 주저앉았다. 몸뻬바지 주머니를 뒤적거리던 노파가 한라산 담뱃갑을 꺼내었다. 담배 한 개비를 익숙하게 빼어 문 노파는 비사표라고 씌어 있는 성냥갑에 알 성냥을 그 어대고 있었다. 성냥갑 표면은 이미 닳고 닳아 너덜너덜해져 있어 쉽게 불이 켜지지 않았다. 노파가 힘껏 밀어 겨우 불이 당겨질 때쯤 나는 궁금증을 참지 못하고 입을 떼었다.

"저 아드님이 나라에 큰 공을 세웠나 보지요."

내가 조심스럽게 운을 떼자 마치 그 말이 나오기를 기다리고 있었다는 듯 노파의 안면은 화색이 가득 번졌다.

"아이고매 색시가 그걸 워떻게 알았디아. 색시는 아적 우리 종수를 못 봤으니께 잘 모를 거여. 을매나 멀끔한지 한번 볼티어?"

내가 미처 대답할 겨를도 없이 노파가 일어섰다. 그리곤 벽에 쳐 있던 커튼을 활짝 열어젖혔다.

나는 그 순간 어느 시선과 마주쳤다. 심장이 헉 하고 멎는 듯했다. 사절지 액자 속에 들어 있는 흑백사진 속의 얼굴 때문이었다. 저 눈빛은 어디서 보았을까? 내 시선은 사진 속에서 거두어질 줄 모른 채였다. 검정 교복에 학생모를 단정하게 쓴 사진 속의 얼굴은 단아한 모습으로 웃을 듯 말 듯한 표정을 짓고 있었다.

반듯한 이마, 오뚝한 콧날, 노파의 말대로 잘 생긴 얼굴이었다. 나는 고개를 돌렸다. 사진 속의 눈빛을 마주볼 자신이 없었다.

지금껏 살아오면서 나는 단 한 번도 사람의 눈빛에 대해 심각하게 생각해 본 적이 없었다. 나는 어느 순간부터 저런 눈빛을 잃어버렸을까. 철이 들면서부터였을까. 위선에 찬 나의 눈빛과 내 주변 사람들의 가식적인 눈빛들, 나는 거기에 너무 익숙해져 있었던 것이 아닐까.

내가 어머니의 눈길을 피해 왔던 것은 어머니를 증오해서라기보다 위선적인 나의 눈빛에 있었을 것이었다. 다섯 살 계집아이를 외숙모에게 맡긴 채 개가한 어머니에게 내가 해줄 수 있는 건 내 눈에 빛을 바꾸는 일밖에 없었다. 야릇한 흥분과 아픔을 동시에 느끼며 망연히 있을 때였다.

"아줌니, 아줌니."

조금 전에 식사를 하고 나갔던 사내들 중 한 사내가 다급한 어조로 노파를 찾으며 들어섰다.

"종수가 쓰러졌구먼유."

뒤이어 동네 남자들에게 종수라는 사내가 업혀 들어왔다. 노파는 전혀 놀란다거나 허둥거리지 않았다. 요를 꺼내 깐 뒤, 베개를 끄집어내는 노파의 행동은 어찌나 침착한지 마치 이런 일에 이골이 나 있는 듯했다. 체크무늬 남방에 청색 운동복 바지를 입은 그는 덥수룩한 머리만 아니라면 언뜻 보기에는 건강한 사내였다. 노파가 수건으로 사내의 이마를 닦아주며 혀를 끌끌 찼다.

"즘심두 안 먹구 다니니께 또 병이 도지잖여, 한동안 뜸하다 했더니 뭣을 맛나게 해서 먹인댜아."

나는 놀라움으로 우두커니 서서 그들 모자를 내려다보고 있을 뿐, 무엇을 어떻게 해야 될지 아무런 생각도 들지 않았다.

웅얼웅얼거리던 노파가 수건을 챙겨 들며 일어섰다.

"쪼끔 있으면 깨어날 거구먼."

나를 향해 말하는 건지 혼잣말인지 알 수가 없었지만 나는 그의 보호자라도 된 듯 얌전히 누워 있는 그를 바라보고 있었다.

"으응, 으응……."

끙끙거리는 신음이 간간이 그의 입술을 비집고 새어 나왔다. 순간 그의 두 팔이 허공을 향해 휘저었다.

"제발, 제발…."

그의 얼굴이 심하게 일그러지면서 몸을 뒤틀었다. 굼벵이가 몸을 뒤틀 듯 온몸을 사방으로 굴리던 그가 꿈틀꿈틀 몸을 일으켜 앉았다. 무릎을 꿇은 채 두 손을 마주모아 싹싹 문지르며 있었다.

나는 그가 깨어나고 있는 중이라고 생각했다. 그러나 그의 두 눈은 꼭 감긴 채였다. 그렇다면 그는 지금 무의식 상태에서 헤매고 있단 말인가? 아니면 몽유병의 일종인가?

땀으로 범벅이 된 그를 바라보고 있어야 한다는 것이 나는 무서웠다. 전신이 사시나무 떨리듯 덜덜 떨려왔다.

하지만 나는 용기를 내고 싶었다. 그의 손을 잡아주고 싶었다. 그가 만약 악몽을 꾸고 있다면 빨리 깨어날 수 있도록 도와주고 싶었다.

나도 저렇게 두 손을 허우적거린 적이 수없이 있었지 아니한가? 심한 몸살로 오한이 일었을 때, R과의 관계로 병원을 찾았을 때 차가운 금속성이 내 자궁을 훑어내리는 한기 속에서 얼마나 마주잡을 손을 애타게 찾았던가? 나는 무릎걸음으로 그의 곁으로 다가갔다. 그의 손을 잡아 쥐었다.

그가 두 눈을 홉뜨며 벌떡 일어선 건 그때였다.

"이상 없습니다."

거수경례를 하듯 이마에 손을 얹는 그의 돌발적인 행동에 하마터면 나는 놀라 넘어질 뻔했다.

움직일 기력조차 상실한 나는 벽에 기댄 채 숨조차 머금어야 했다.

얼마의 시간이 흐르고 있었다. 서서히 정신을 가다듬은 그가 멍하니 나를 쳐다보았다. 그리곤 세차게 머리를 흔들었다. 나는 그가 숨기고 있는 감정을 빠르게 읽어 내려갔다. 그의 그런 몸짓과 눈빛 속에는 자신의 치부를 보였다는 당혹감과 슬픔 같은 것이 한데 뒤엉켜 있는 것이 분명했다.

나는 마른 침을 모아들이며 그에게 자초지종을 설명했다. 『만남』이라는 잡지를 통해 이 사회에서 밀려나 있는 사람을 취재하는 나의 사명감까지 과장해 가며 소상히 말했다.

나는 가방에서 명함을 꺼내어 그에게 내밀었다. 그는 내 명함을 찬찬히 훑어보았다. 오희주라는 내 이름을 외우기라도 하듯 그는 몇 번이나 되뇌고 있었다.

한동안 무거운 침묵이 낮은 천정을 향해 올라갔다. 가끔 그가 내뱉는 깊은 날숨만이 공허하게 들려오고 있었다. 무엇이 그를 자극했는지 알 수는 없었지만 한 번 입을 떼기 시작하자 그는 의외로 이야기를 술술 풀어갔다.

종수는 그날 영등포역 부근에서 동료 영호와 술을 마셨다. 문래동에 있던 국제철강이라는 회사를 다닐 때였다. 말이 회사지 사무실에는 여상을 갓 졸업한 경리와 운전수, 사장뿐이었다. 종수가 하는 일은 쇠가 절단된 곳을 땜질하는 용접공이었다. 하루 종일 철 헬멧을 쓰고 땜질을 해도 살갗에 빛이 닿았다. 빛이 닿은 곳마다 술 마신 후처럼 벌겋게 달아올랐고, 뜨끔거리기가 일쑤였다. 얼굴은 더욱 심했다. 물에 불은 등줄기에서 때가 밀려나오듯 껍질이 훌훌 벗겨져 내렸다. 일은 고

달프지만 그래도 5시 전에 퇴근할 수 있다는 것이 종수의 양 다리를 잡았다.

5시 40분부터 시작되는 강의 시간 때문이었다.

그곳에서 일하는 동안 제 날짜에 월급을 받아본 게 손꼽을 정도였다. 그 달은 하루하루 미루어지더니 끝내는 다음 달로 미루어졌다.

그러자 참다못한 영호가 산소 절단기를 내동댕이쳤다.

"십팔 젊은 년 끼구 맨날 골프나 치러 다니면서 월급을 또 미뤄."

종수와 나이가 비슷한 영호가 하는 일은 종수와 반대로 쇠를 자르는 절단공이었다. 영호는 더 이상 못참겠다는 듯 목청을 높이며 씩씩거렸다.

"영호야 조금만 참아보자. 어음이 곧 떨어진데잖어."

영호는 막무가내였다. 그도 그럴 것이 고아로 자란 그가 새끼 하나 물었다며 희희낙락하더니 셋방을 얻어 살림을 차린 게 지난달이었다. 그런데다 임신을 했다는 소리를 영호는 힘없이 털어놓았었다. 급한 걸로 말하자면 종수도 마찬가지였다. 학원 등록 마감이 차일피일 미루어져 종수는 학원 문 앞에서 한참을 서성거려야 했다.

이제 서너 달만 고생하면 될 일이었지만 등록이 늦어질수록 대학의 문은 그만큼 멀리 달아나는 것만 같았다. 무슨 일이 있어도 이번에는 꼭 합격해 주름진 어머니 얼굴에 핀 함박웃음을 보고 싶었다.

영호는 사무실 문을 박차고 뛰어 들어갔다.

"야, 월급은 주는 거야 마는 거야? 대체 언제 줄 거야."

경리를 보는 미스 리에게 영호가 퍼부어댔다.

"그걸 내가 어떻게 알아요. 사장님이나 알지."

미스 리가 앙칼지게 쏘아 붙였다.

"사장 좋아하네, 사장은 월급 아무 때나 주는 게 사장이냐?"

한창 언성이 높아졌다. 미스 리가 책상에 엎드려 엉엉 울어댔다. 사무실 문이 열리면서 사장이 들어섰다. 운전기사가 골프채를 들고 낑낑거리며 뒤따랐다.

"뭐야 이 새끼가 어디서 행패야."

불룩 튀어나온 배가 금방이라도 터질 듯 요동을 쳤다.

"내가 니 새끼냐. 씨팔! 돈이나 줘."

영호가 빈정거렸다.

"아니 이 후레자식이 어디다 대고."

"후레자식이 뭔데, 그러는 너는 딸 같은 년들 죄다 주어 먹는 놈이잖어. 이 책상에 앉아 있던 애들 니놈이 다 절단냈잖어, 그런 놈은 어떤 자식이라고 하냐."

사장의 입술이 파랗게 변했다. 쩌억 벌린 입은 다물 줄 몰랐다.

종수는 그 누구도 말리지 못하고 어정쩡하게 서 있었다.

사장과 대거리를 한 후 그들은 거리로 나왔다. 빈속이었다. 두부김치 한 접시에 소주 대여섯 병쯤 먹어 치운 것 같았다. 처음 몇 병은 사장을 욕하며 마셨다. 마지막 병을 비울 때쯤은 종수는 어머니에게로 영호는 코딱지만한 방에서 기다리고 있을 임신한 여자에게로 돌아가자고 했다.

내일 공장에서 꼬옥 보자고 했다. 어깨동무를 한 채 서로의 머리를 비볐다.

"나 아이 낳을 테니 너두 임마 새끼 하나 물어. 대학교에도 척 붙고."

영호가 혀 꼬부라진 소리를 하며 종수의 귀를 잡아당길 때였다.

"이 새끼들 뭐야. 죽여 버려."

등짝에 둔탁한 것이 가해졌다. 발자국 소리가 우르르 몰려들었다. 두려움으로 술기운이 한꺼번에 걷혀 갔다. 그들의 얼굴을 보려고 고개를 들었다.

"대가리 처박아 이 새끼들아."

머리통으로 몽둥이가 날아들었다. 보이는 건 푹 눌러쓴 모자와 시커먼 군복이었다.

그 길로 그렇게 끌려갔던 종수가 삼청교육대에서 세상에 나오자 그의 노모는, "군대를 또 가야 허는 경우가 있다드면 니가 그럴 줄은 몰랐다"라며 아무것도 눈치 채지 못하고 있었다. 그러는 어머니 앞에서 종수는 차마 입을 열 수가 없었다.

동사무소에서 생활보호대상자로 추천을 받은 게 계기가 되어 사 년 전 겨울 구로동에 있는 영구 임대아파트로 입주를 하게 되자, 그의 노모는 밤잠을 설치며 종수의 등을 쓰다듬었다.

"니가 그렇게 됐어도 나라에서 모른 체 허두 할 수 없는 일이여. 군대 가서 빙신 된 사람이 한둘인 감. 그저 고맙습니다. 감사합니다, 허구 인사라도 혀야 될 일이구먼. 하늘이 무심하지 않으신겨. 아암 우리 모자에게 복을 내린 거구먼."

그의 노모는 나라에서 내린 집인 줄 알지만 그곳에서 나올 때 손에 쥔 건 보증금 132만원이 전부였다. 고향이 이곳인 그들 모자에게 이 집을 맡긴 것은 집안 당숙의 배려였다. 농사 지을 땅이나 밭이 있는 것도 아니지만 있다 한들 무슨 소용이 있겠는가?

약초 뿌리를 캐어 가루를 만들어 관광객들에게 내다 팔고 하는 생활이 언제까지 이어질지 모르겠다고 말하는 그의 얼굴에 짙은 음영이 깔리고 있었다.

이야기를 마친 그는 깊은 한숨을 내쉬었다.

"다 지난 일입니다. 이제 와서 새삼스러울 것도 없습니다. 재수 없는 놈이 어디 나 혼자뿐이겠습니까?"

나는 손수건을 꺼내어 그에게 내밀었다. 내가 해 줄 수 있는 일은 그 일 밖에 없는 것처럼…….

순간적으로 가해졌던 대퇴부의 충격으로 종종 그런 발작을 일으킨다는 그의 움푹 파인 두 눈을 나는 바로 바라볼 수가 없었다.

어느 새 산자락에 매달려 있던 햇살이 얼핏얼핏 거리더니 꼬리를 빠르게 거두어들이고 있었다.

나는 갈바람에 등을 돌린 채 그들 모자와 작별 인사를 하며 서 있었다.

"서울에 오시게 되면 전화하는 거죠."

내가 설핏 웃으며 묻자 그는 퀭한 눈으로 마주 웃기만 할 뿐이었다.

그 닭장 같은 아파트가 더욱 그의 숨통을 조이는 듯했고, 경비 복장을 한 사내들만 보면 어김없이 거수경례를 하며 "이 상 없습니다"를 외쳐야만 하는 자신이 견딜 수 없이 혐오스러 워 떠나오게 됐다는 그가 서울에 오게 될지는 알 수 없는 일이 었다.

짓무른 눈가를 손등으로 문지르며 굳이 저녁을 먹고 가라며 붙드는 노파의 청을 뒤로 한 채 나는 서둘러 주차장으로 향했다. 서원철이를 취재 못했으면 어떠랴. 사실 그는 취재 대상이 되어서는 안 되지 않겠는가? 처음 만남이 찾고자 했던 인물은 바로 김종수 같은 사람이 아니었던가? 우리가 돌아보고, 함께 아파하고 치료하고 반드시 극복하여 다시는 이 땅의 자식들이 이러한 고통을 당하지 않도록 우리가 나서야 될 일이 아니던가?

그가 말한 것처럼 재수 없는 일이 그 누구에게도 일어나지 않도록 하기 위해서라도…….

빨리 기사를 작성해 내일 아침 당당하게 출근하리라. 그러자 조급함으로 떠나올 때처럼 또 다른 조급증이 등허리를 떠다밀었다. 내 가슴에서 타닥타닥 불을 지피던 불씨가 타오르고 있었다.

사위는 점점 어두움으로 물들어갔다. 갈바람에 묻혀 일렁거리던 무수한 이파리들이 더욱 짙푸른 빛으로 변해 가고 있었다. 그 이파리들처럼 파랗게 사색이 된 부장의 얼굴이 차창에 커다랗게 떠올랐다.

'이걸 실어? 누구 망하는 거 보려구 작정했어?'

원고지가 너울너울 춤을 추며 날아다녔다. 나는 급브레이크를 밟았다. 끼이익 끼이이익 하는 소리가 내 고막을 할퀴었다. 뒤따라오던 자동차들이 급정거하는 소리와 함께 욕설이 쉴 새없이 튀어 나왔다. 나는 운전대에 고개를 묻었다. 어쩌면 그의 이야기는 영원히 사장될지도 모른다는 절망감이 머리를 짓눌렀다. 설령 부장이 승낙을 해 싣는다 해도 뭇사람들이 그에게 얼마큼의 눈길을 돌릴지, 관심이나 가질지 그것 또한 알 수 없는 일이었다. 설사 그에게 어떠한 보탬이 되는 일이 일어난다 해도 치명적인 상처를 입은 그의 청춘을 어떻게 보상받을 수 있겠으며, 이제 서른아홉을 넘긴 그의 앞날을 누가 책임진다고 말할 수 있을까?

행여 누군가가 나서 모든 것을 보상한다 하더라도 발작하여 뒤틀어진 몸뚱이를 감당해야만 하는 그의 처절하고 애소에 차 있던 눈빛을 예전 사진 속의 얼굴처럼 되돌려 놓을 수 있을런지……

나 역시 내일 아침이면 아무 일도 없었던 것처럼 또 하루를 시작할 것이었다. 진흙 밟기를 꺼려하며 R의 전화를 받고 뒤꿈치를 높이 쳐든 채 걸어갈 것이다. 내가 별 의식 없이, 의미 없이 취재하며 편하게 살아가는 것도 내 삶을 꾸려 가는 한 방식이었으니까. 그런데 지금 이 순간 꼭 그의 기사를 쓰고 싶은 이 욕구는 무엇이란 말인가? 아니 기필코 쓰고 말리라. 써야만 한다.

나는 마치 주술에 걸린 듯 그렇게 중얼거리고 있었다. 그러자 벌써 문장들이 앞 다투어 머릿속을 메워 나갔고, 내 열 손가락은 자판 위에서 춤을 추고 있었다.

만약 그가 피해자라면 가해자는 누구인가? 나는 그것을 R 혹은 서원철, 김 부장이라고 생각해 온 것인지 몰랐다. 가해자는 R일 수도 서원철일 수도 나일 수도 있었다. 그 누군지 모를, 가해자는 어쩌면 우리 모두인지도 몰랐다.

뒤에서 들려오는 경적 소리에 나는 차를 움직였다. 내 발은 가속기를 밟고 있었다. 차창 문을 열었다. 시린 갈바람이 어둠에 묻혀 있다가 한꺼번에 달려들었다. 나는 심호흡으로 그 바람들을 깊숙이 들이마시며 완전한 어둠 속에 잠겨 버린 끝없는 들판을 바라보았다.

멀리 월악산 끝자락이 오도카니 떠 있었다.

화해

언덕배기 동네 놀이터엔 지구본이 돌아가고

모래 속에 어떤 아이의 손이 숨어 있고

하늘 높이 뛰고 있고, 그네에는 어떤 아이의 높낮이가 보이고

어스름한 저녁때가 되면 아이들은 하나, 둘씩

제각기 흩어져 버리고

어느새 혼자라는 사실에 털썩 주저앉아 목 놓아 울어 버리고

한참 시간이 흐른 후에야 낯익은 골목으로 들어서면

내 어머니 날 부르는 목소리가 아스라이 들려오던

내 유년시절의 골목에 대한 기억들.

—은수의 일기 중에서

"언니. 무슨 요일이야."

몇 번째 물음인가? 의식이 돌아올 때마다 은수는 요일을 물었다. 중요한 약속을 앞두고 있는 사람처럼. 은수가 그렇게 물어올 때마다, 나는 간이침대에 누워 있다가 벌떡 일어났다.

"금요일."

그럴 때마다 나는 은수의 이마를 쓰다듬거나, 머리카락을 쓸어주며 표정을 살폈다. 가쁘게 몰아 내쉬는 숨소리가 쉿소리처럼 그렁거렸다. 할 말을 다 못한 사람처럼 은수는 입을 달싹거렸다. 하지만 혀가 안으로 말려들어 가는지 입 밖으로는 뱉어내지 못했다. 어느 순간, 달싹거리던 은수의 입에서 엄마 하고 부르는 것이었다. 환청인가. 나는 내 귀를 의심했다. 환청이라고 여기기에는 너무나 또렷한 발음이었다. 나는 은수가 무심코 뱉어냈을 '엄마'라는 말을 되새기며 은수가 무엇을 말하려는가를 헤아려 보았다. 내 앞에서 단 한 번도 엄마라는 단어를 말했던 적이 있던가. 아니었다. 그렇다면 지금 은수는 무의식 속에서 누군가를 찾고 있는 것이 분명했다. 시간의 격차를 두고 구토와 통증을 동반하던 증세는 이제 매 초마다 몸을 뒤틀게 하는 모양이었다. 부어오른 배에서 복수를 빼 내어도 그때뿐이었다. 노르스름한 액체가 흰 고무주머니에서 무덤덤하게 떨어지고 있었다. 링거 병의 수액은 은수의 병과는 무관한 것처럼 느껴졌다. 그 무관함만큼이나 은수가 살아 있다는 것을 내게 알리는 것은 코로 연결된 가느다란 호스였다. 내장에서부터 올라오는 노폐물처럼 불그스름한 액체가 실개천처럼 흐르고 있었다. 은수는 무의식중에서도 정신이 들 때마다 코언저리로 손을 들어 허둥거렸다. 답답한 모양이었다. 고무호스를 만져 보다가 심하게 얼굴을 찡그렸다. 둘 곳 없는 다섯 손가락이 허공에서 헛손질을 하다가 맥없이 떨어뜨리기도 했다. 혼곤히 빠진 잠 속에서 누군가와 마주앉아 있는지 도란도란 이야기를 나누기도 했다. 그러다가는 염불을 외는 것처럼 중얼중얼거리다가 알아들을 수 없는 헛소리가 이어졌다. 간간히 몸서리를 치며 비명을 질렀고 무엇을 잡으려는 것처럼 양손을 허우적거렸다.

"막바지인 거 같아요. 언제 어느 곳이 터질지 예측할 수 없군요. 환자 곁을 잠시라도 비우지 마세요."

주치의는 빠르게 돌아섰다. 더 이상의 설명은 필요 없다는 듯. 오래되어 각질화되어 버린 습관처럼. 끄윽끄윽 성마른 트림을 하던 어느 날 은수는 병원에 다녀왔다.

"위가 많이 부었대. 한 열흘 정도 치료 받으라네."

언제나처럼 머리를 성글게 쓸어 넘기며 은수가 말했을 때 나는 대수롭지 않게 여겼었다.

"밥을 제때에 안 먹으니까 그렇지. 제때에 챙겨 먹지 않으려 거든 당장 집으로 들어와. 알았어."

나는 퉁명스럽게 쏘아 부쳤다. 내 퉁박에도 은수는 아무런 대꾸도 없이 소파에 털썩 주저앉았다. 그러고 보니까 소파에 깊숙이 몸을 묻은 채 눈을 감고 있는 은수의 얼굴이 야위어 보였다. 하지만 나는 그것이 은수의 나이 탓이라고 치부해 버렸다. 서른셋이라는 나이에는 그 어떤 병도 연결 지을 수 없었던 것이었다.

은수가 입원한 것을 안 것은 그런 후 열흘 정도 지나서였다. 핸드폰으로 서로 연락이 오고갔기 때문이었다. 나는 은수의 입원 사실을 전혀 눈치 채지 못하고 있었다. 뜬금없이 어느 날, 보호자를 찾아. 언니가 와 주어야겠네. 내일 오전 열한 시까지! 지나가는 바람처럼 은수는 무심한 말투로 불쑥 말하곤 전화를 끊었다. 교감에게 외출을 승낙 받은 나는 은수의 병실을 찾았다. 굽슬굽슬한 웨이브가 졌던 은수의 머리는 찰랑찰랑한 생머리로 바뀌어져 있었다. 염색을 했는지 머리 색깔이 붉은 빛이었다. 그런 은수가 생경스러웠다. 창가 쪽으로 침대가 놓여 있어 유리창을 통과한 가을 햇살이 투명하게 비추고 있었다. 순간, 나는 멈칫했다. 햇볕 때문인가. 붉은 머리와 흰 벽처럼 느껴지는 은수의 얼굴빛이 묘한 분위기를 자아내고 있었기 때문이었다. 섬뜩함마저 불러일으켰다.

"위암입니다. 그것도 최악입니다. 위는 말할 것도 없고 이미 췌장과 십이지장까지 전이되어 있어서 저희로서는 어떻게 해 볼 도리가 없습니다. 조금만 일찍 발견했어도…… 최선의 방법은 S대 병원으로 옮겨서 그쪽 의견을 들어보는 게…."

수술도 안 해 보고, 어떻게 그런 책임 없는 말을 쉽게 할 수 있느냐고, 나는 따져 묻고 싶었다. 그런 내 마음을 읽기라도 한 것처럼, 주치의는 나보다 먼저 눈을 돌렸다. 나는 의사가 등을 돌린 채 걸어가고 있는 긴 복도를 멍 하니 바라만 보고 있었다. 그러자 갑자기 몸에서 한꺼번에 피가 빠져나가는 것처럼 의식이 혼미해졌다. 아득해지는 의식을 붙잡느라 나는 벽에 기댔다. 암이라니, 그것도 최악이라니. 누구에게, 바로 하나뿐인 내 동생 은수에게, 어떻게 그런 일이. 아냐, 그럴 리 없어. 무언가가 잘못된 거야. 지각의 영역들이 모두 빠져나간 듯 머릿속이 백지처럼 아무것도 느끼지질 않았다. 그 여백 속에서 수많은 물음들이 흩뿌려진 물감처럼 어지럽게 번지고 있었다.

제정신을 수습하자 은수와 대면할 자신이 없어졌다. 결과를 가지고 내가 돌아오기만을 기다리고 있을 터였다. 무어라고 변명을 해야 되나. 나는 또 다른 아득함에 사로잡혀 복도에서 한참이나 서성거려야만 했다. 병실문이 견고한 성문이 되어 내 손으로 결코 열 수 없다면 차라리 좋을 것 같았다. 아니 누군가를 붙잡고 매달려 소리치고 싶었다. 내 동생 은수를 살려 달라고. 아직 할 일이 너무 많은 나이라고. 결혼도 하지 않았으며 이제 겨우 서른셋이라고. 하지만 내 주위엔 아무도 없었다. 내가 은수의 보호자이듯, 은수 또한 내 보호자였다. 아무것도 해 줄 수 없는 보호자…. 차라리 그 허울을 벗어 던져버리고 싶은 심정이었다.

"암은 아니래지."

"암…. 아프면 다 암이니."

"휴우 다행이다. 저쪽에 누워 있는 저 뚱뚱한 아줌마 보이지. 혈압 때문에 입원해 있는데 나보고 대뜸 위암 같다고 하잖아. 자기 남편과 증세가 똑같다고. 그러면서 수술하고는 환갑이 넘은 지금까지 건강하다고 나보고 걱정하지 말래잖아. 더구나 아가씨는 젊어서 금방 나을 거라며 걱정하지 말라고."

은수가 바람 빠지는 풍선처럼 푸푸 웃고 있을 때 여고생 서너 명이 들어섰다. 고3병으로 입원해 있다는 친구를 위문 왔다며 먹을 것들을 잔뜩 풀어 놓았다. 김밥, 떡볶이, 오뎅, 만두 등등을 쩝쩝 소리를 내며 요란스럽게 먹어댔다. 그 모습을 우두커니 바라보며 은수가 입맛을 다셨다. 꿀꺽, 침 넘기는 소리가 내 고막을 아프게 할퀴고 있었다. 은수는 이미 죽조차 넘기지 못했고, 설령 넘긴다 해도 이내 토해 내었다.

"수술하려면 빨리 해야겠어. 실컷 먹을 수 있게, 참 언니 배고프겠다. 점심 안 먹었잖아 나가서 먹고 와. 아니면 시켜. 금새 갖다 주더라."

"배 고프지 않아."

"아냐 언니는 원래 제때에 잘 안 먹잖아. 밥도 조금밖에 안 먹으면서…."

은수야! 나는 은수가 토해 낸 이물질이 들어 있는 휴지통을 치우며 목울대를 박차고 올라오고 있는 뜨거운 덩어리를 삼켰다. 지금 누가 누굴 걱정해야 하는 거니. 나는 지금까지 너에게 얼마나 무심했었는데…. 수술만 받으면 금방 일어날 줄 알고 있는 은수의 바람이 제발 헛되지 않게 해 달라고 수없이 되뇌었다. 생명의 줄을 마음대로 움직이고 있는 절대적인 힘이 어딘가에 있다면, 꼭 은수여야만 하느냐고, 나와 바꾸면 안되겠냐고 떼를 쓰고 싶었다.

세면도구와 속옷들을 가방에 정리하는 은수의 목소리는 한껏 달떠 있었다. 5인실에 입원해 있던 은수는 S대 병원으로 옮기기로 했다며 병실에 환자들에게 일일이 인사를 건넸다. 혈압으로 입원해 있던 여자는 엘리베이터 앞까지 따라 나왔다.

S대 병원의 응급실은 아수라장이었다. 포로수용소처럼 빽

뼈이 놓여 있는 침대와 침대 사이로 환자의 가족들이 앉아 있
거나 서 있었다. 저쪽 병원에서 연락은 받았지만 병실은 며칠
지나야 비어질 것 같다는 말에 할 수 없이 구석진 침대에 은수
를 눕혔다. 은수의 몸은 야윌 대로 야위어 있었다. 가슴뼈가
움푹 들어가도록 패어 있었다. 부축할 때마다 마른 빗장 같은
뼈마디가 만져져 나는 죽음이 내 손에 닿은 듯 가슴이 철렁
내려앉곤 했다. 소견서, 엑스레이 사진, 차트가 있는데도 검사
는 새로 이어졌다. 은수는 머리를 흔들었다. 이제 피까지 넘어
오고 있었다. 피를 토해 낸 은수는 절망스럽게 울부짖었다.

"나 암이지. 그렇지. 맞지. 나 죽는 거지."

나는 은수를 끌어안으며 온갖 거짓말로 그녀를 안심시키려
했다. 왜 쓸데없이 추측하느냐고. 이러면 건강만 더 나빠진다
고. 나를 믿으라고. 간호사가 달려오고 진통제를 맞고서야 은
수는 조용해졌다.

"쯧쯧."

"젊은 아가씨가 웬일이야."

"본인은 아직 모르나 보아."

주변에서 수군거리는 소리를 들으며 나는 얼굴을 감쌌다.
결과는 그전 병원에서와 마찬가지였다. 위암에 있어 최고 권
위자라는 의사는 자상하게 설명해 주었다. 어려운 의학 용어

는 다 이해하지 못한다 하더라도 함축된 한 마디는 모든 것을
설명하고도 충분히 남았다.

"뚜껑을 열어 보았자 닫는 일만 있을 겁니다."

최고의 권위자 주위에 부동자세로 서 있는 사람들의 흰옷이
상복처럼 너울거리고 있는 듯도 했고 흰나비처럼 어딘가로 훨
훨 날아가는 것 같기도 했다. 매달리고 있던 한 가닥 가느다란
실줄기가 뚝 끊어지는 소리가 나며 가슴 밑바닥으로 무엇인가
쿵 무너져 내렸다. 집에서 가까운 병원을 찾아 통증관리나 해
주라는 것이 처방이었다. 은수에게 남겨진 생애는 고작 삼 개
월이라고 했다. S대 병원으로 옮긴 지 일 주일 되던 날 나는
퇴원 수속을 밟았다. 병실에 들어가지도 못한 채 응급실에서
다시 짐을 꾸리는 내게 은수는 짜증을 부렸다.

"검사만 하고선 왜 수술은 안 해 주는 거야. 그리고 다시 그
전 병원으로 가야 된다니, 도대체 뭐 이러냐구."

"은수야, 수술을 안 하는 게 아니라 몇 달 뒤로 미루어진 것
뿐이야. 지금 네 몸이 워낙 약해져 있어 수술하면 위험할 수도
있대. 우선 몸부터 회복시키래. 그리고 너도 알다시피 병실도
언제 비워질지 모르고."

은수는 무척 불쾌해 했다. 이곳으로 오면 완쾌되리라 믿었
던 듯, 은수의 입술이 미세하게 떨리고 있었다. 그곳에는 너와

오랜 친구인 박 과장도 있으니 얼마나 든든하니. 너두 심심하지 않고, 내가 볼일 때문에 병실을 비우게 되도 걱정을 덜 수 있고. 담당의와 주치의가 여자라 좋다고 너도 그랬잖아. 둘러댈 수 있는 모든 말들을 모아 나는 은수의 기분을 풀어주려 했다. 더 이상 은수는 캐묻지 않았다. 내 말에 순응하기라도 하는 것처럼 고개를 외로 틀며 눈을 감았다. 나는 은수의 붉은 머리를 쓸어 넘겨주다가 물었다. 머리카락을 왜 물들였으며 머리 스타일을 왜 바꿨는가를.

"그냥, 입원하라는 말에 문득 파마머리가 귀찮아졌어. 파마머리는 자고 나면 부스스해서 빗질이 잘 안 되잖아. 그 생각을 하니까 안 되겠다 싶어 잠깐 다녀올 때가 있다고 하고는 미용실로 달려갔지. 왜? 보기 안 좋아?"

리본으로 질끈 묶여 있는 머리는 은수의 병과 상관없이 풍성했다. 생뚱맞게 입원을 하면서 머리 모양을 바꿀 생각을 했을까? 다시는 누군가에게 머리 스타일을 다르게 해 달라고 할 수 없다는 걸 예견이나 한 것처럼.

깊은 잠 속에 빠져 있는 은수를 지켜보다가 나는 병실에서 나왔다. 간호사실을 거쳐 비상구 쪽으로 걸었다. 7층과 8층 사이를 연결하고 있는 계단은 사람의 왕래가 뜸한 곳이었다. 보자기만 한 창으로 비집고 들어오는 햇살이 다사로웠다. 창밖으로 바로 보이는 곳에는 테니스장이 있었다. 두 팀으로 나뉘어져 공을 맞받아치고 있다. 그 테니스장을 끼고 있는, 야트막한 야산은 병실에 누워 있는 환자들을 위해 누군가가 인공으로 만들어 놓은 것만 같았다. 은수가 처음 병원에 입원했을 때만 해도 짙푸르던 잎들이 조금씩 제 빛을 잃어가고 있었다. 퇴색한 잎들은 줄기가 여린 가지에서도, 조금 큰 활엽수에도 매달린 채 안간힘을 다해 매달려 있었다. 생성되면 소멸되어야 하는 자연의 이분법에 순응하기 싫은 건 모든 것이 마찬가지일 것이었다. 그렇지만 저 잎들은 내년이라는 시간을 위해 연초록의 싹을 틔우리라는 희망이 있다는 것이었다.

나는 은수 곁에서 시간의 흐름을 잊었다. 공간의 이동도 내가 아닌 타인에 의해 움직이는 것처럼 보내는 사이 가을은 깊어질 대로 깊어졌고, 은수의 병 또한 죽음을 향해 깊어져 있었다.

"여기 계셨군요. 병실에 들렀다가 안 계시길래 혹시 해서…."

박 과장이었다. 그는 하루에도 몇 번씩 진료가 없는 틈을 타 병실에 들렀다. 그때마다 은수는 박 과장이 마치 자신의 생명줄을 쥐고라도 있는 듯 캐물었다. 구토가 왜 점점 심해지는지, 복부에 만져지는 딱딱한 덩어리는 암 덩어리가 아니냐고.

"이 선생님 잘못하고 계신 겁니다. 은수 씨에게 사실대로 말해 주세요. 링거는 아무 소용이 없다는 거 잘 아시잖아요. 신경 차단막을 복부에 붙였지만, 그것도 소용이 없어집니다. 은수 씨 고통이 더 심해지기 전에 기력이 더 떨어지기 전에 가고 싶은 곳, 보고 싶은 사람, 만나야 될 사람들과 어울리며 주변을 정리할 수 있도록 도와주세요. 은수 씨는 야무져서 아마도 순순히 받아들일 것 같아요."

내 생각도 박 과장과 똑같지만 왜 이러고 있는지 모르겠다고 나는 하소연했다. 막상 은수 앞에 서면 단 한마디도 튀어나오지 않는다며, 박 과장이 대신 해주시면 안 되겠느냐고. 박 과장은 이 선생님이 말씀 못하시는 것처럼 저도 할 수가 없습니다. 보호자가 결심하셔야 합니다, 라며 거절했다. 참고 있던 눈물이 왈칵 쏟아졌다. 그런 나를 박 과장은 물끄러미 쳐다만보다가 창밖으로 고개를 돌렸다. 낮은 침묵 속에서 내가 흐느끼는 소리만 둑이 터진 것처럼 쉴새없이 어두운 층계를 향해 떠올라갔다.

다음날 박 과장을 찾아가 은수 곁을 비울 수가 없어 휴직계를 내야겠다고 하자 그가 어렵게 입을 열었다.

"은수를 우리 가정의학과에 맡기시면 안 되겠습니까. 링거는 주입하지 않습니다. 다만 통증을 관리하며 임종을 맞이할 수 있도록 준비를 시킵니다. 처음에는 받아들이지 않을지 모르지만 지금 제 병실에 환자 한 분이 계십니다. 마흔도 안 됐는데, 한 일주일은 몹시 힘들어하더니, 지금은 부인과 두 아이들과 죽음에 대해 이야기할 정도로 적응을 잘 하고 있습니다. 대신 환자가 분명히 알아야 됩니다. 자신의 병에 대해서."

박 과장은 더 이상 시간을 뺏지 말자고, 은수는 알아야 한다고. 그 권리를 빼앗을 수 없다고. 냉정하도록 차근차근 설명했다. 권리, 권리라니. 어쩔 수 없는 선택이 과연 권리라 할 수 있을까? 자신이 곧 죽는다는 것을 알았을 때 그것을 겸허히 받아들일 수 있는 사람이 몇이나 될까. 그것은 어디까지나 이야기 속에서나 가능한 일일 것이었다.

"요즘 어머니는 자주 안 오시나 봐요."

박 과장이 뜬금없이 어머니에 대해 물었다. 나는 그의 말귀를 제대로 이해하지 못한 사람처럼 망연히 서 있었다.

어머니는 은수 곁에 있기를 간절히 원했다. 시간을 달라고 은수에게 사죄할 수 있는 시간을. 어머니는 두 손을 비비며 애원했다. 야멸차게 돌아섰던 어머니는 이제 와서 무엇을 사죄하겠다는 건가. 그런다고 해서 은수가 나아지는 것도 아니지 않은가. 고민 끝에 나는 은수에게 거짓말을 했었다. 부부 동반으로 가는 여행이라 빠질 수가 없다고. 삼 일째 돌아오니까. 그때까지 이틀만 어머니와 있으면 안 되겠느냐고. 은수는 말없이 이불을 끌어당기더니 머리끝까지 뒤집어썼다. 그 행동이 무언의 허락이라고 여겼다. 어머니를 병실에 머물게 했다. 은수의 간병에서 놓여 나서인지 나는 피로가 한꺼번에 와락 달려들었다. 얼마나 잤을까. 전화벨이 울리는 소리에 눈을 떴다. 창밖은 강물처럼 푸르스름했다. 어머니였다. 은수가 병실 욕실에서 나오지 않는다고. 어떻게 병원까지 달려갔는지 기억이 없었다. 내 목소리를 듣고서야 은수는 버튼을 풀어 문을 열었다. 욕실 타일 벽에서 은수는 무릎까지 흘러내린 환자복을 거머쥔 채 울고 있었다. 처절하게. 화장실에 갈 때마다 부축을 받아야 하는 은수는 참는 데까지 참아내다가 욕실에 들어서는 순간 소변을 누어 버린 것이었다. 은수는 내 어깨를 끌어안았다.

"언니, 내가 왜 갑자기 첫 생리할 때가 떠오르는지. 친구들 하는 것도 보았고, 이론적으로는 분명히 알고 있는데. 그냥 서럽더라구. 그날 언니가 그랬지. 왜 눈이 부었느냐고. 언니는 생리 때는 붓기도 한다고 했지만 사실은 그날처럼 엄마가 미웠던 적이 없어."

그 후 어머니는 이틀에 한번 꼴로 병실을 찾아왔다. 문밖에 서 있다가 은수가 잠이 들면 도둑고양이처럼 스며들었다. 어머니는 은수의 몸 언저리 언저리를 말없이 쓰다듬을 뿐, 정작 손을 잡거나, 볼을 만지지 않았다. 그저 은수 곁을 서성거렸다. 은수의 생명이 길어야 석 달이라는 말을 들었을 때 제일 먼저 떠오르는 건 어머니였다. 그 사실이 믿어지지 않았다. 혼란스러웠다. 하지만 나는 끝내 전화버튼을 눌렀다. 학교에 휴직계를 내지 말라고 어머니는 만류했다. 그것이 곧 은수 옆에 어머니가 있겠다는 뜻인 줄 알면서도 나는 휴직계를 제출했다.

"아까 병실에 갔을 때 은수가 헛소리를 하더군요. 엄마, 엄마, 계속해서 엄마를 부르며 두 손이 허공에서 허우적거리고 있었어요. 제가 두 손을 잡아 주자 잠깐 눈을 떠 보이더니 이내 감더군요. 콧등이 시큰거려 혼났어요. 어머니를 은수와 지내게 하시는 게…."

어머니를 은수 옆에. 사실 나도 그 생각이 무시로 찾아들곤 했었다. 은수의 병명을 말하지 못한 채 있는 것처럼, 어머니만 떠올리면 은수가 욕실벽에 기댄 채 울고 있던 그 밤이 악몽처럼 되살아났다. 그래서 주저되기도 했지만, 내 마음의 한 구석에는 은수나 어머니로부터 벗어나고 싶다는 은밀한 욕망이 부채질하고 있었다. 은수의 고통을 대신할 수 없다는 무력함과 자학에서 오는 것인지도 모를 일이었다.

어머니가 사라졌을 때도 나는 고작 은수의 손을 잡고 버스정류장에 쪼그리고 앉아 있었다. 사람들의 발걸음이 뜸해지고 버스가 끊어진 것을 번연히 알면서도 나는 꾸벅꾸벅 졸고 있는 은수를 일으켜 세우지 않았다. 나마저 어머니처럼 사라질 것이 두려워 은수는 내 손을 놓지 않았다. 자다가도 벌떡 일어나 내가 있는지 확인하느라 잠을 설치곤 했다. 어머니는 매달 이모를 통해 생활비를 보내 왔다. 은수는 어머니가 어디에 사는지에 대해 알려고 하지 않았다. 언제였던가? 은수가 여고에 입학하고 나서였나. 은수의 표정이 침울했다. 수저질을 건성으로 하고 있는 듯 불안스럽게 흔들렸다.

"왜, 그래. 반찬이 입에 안 맞니?"

"……."

"학교에서 무슨 일 있었니."

"언니는 엄마 집 알지."

나는 은수의 손을 잡았다. 버스를 두 번 갈아타고서야 우리는 어머니의 집이 한눈에 내려다보이는 언덕에 다다랐다. 온 집안이 불야성처럼 환하디 환했다. 시리도록 따스해 보이는 그 불빛을 우리는 오래도록 바라보았다. 불빛이 켜진 집만 지나쳐도 콧등이 찡하게 울리던 때였다. 은수도 나와 마찬가지였을 것이다. 시린 빛에 반사적으로 눈물이 흐르는 것처럼, 볼을 타고 흐르는 눈물은 그칠 줄 몰랐다. 갑자기 잡고 있던 손을 홱 뿌리치며 은수가 버럭 소리를 질렀다.

"언니, 바보야 바보냐구. 왜 울어. 일어나 빨리."

그날 밤 잠자리에 들 때까지 은수는 입을 앙 다문 채였다.

어디선가 신음소리가 희미하게 들렸다. 은수는 신열로 덜덜 떨고 있었다. 온몸이 불덩어리 같았다. 신음소리가 간간이 새어나왔다. 그 신음소리에 섞여 부르던 엄마. 나는 눈을 감았다. 그 언덕이, 어머니가, 얼마나 고통스러웠기에. 그날 이후 은수는 어머니에 대해 한 번도 물은 적이 없었다. 내 결혼식에 어머니가 참석했을 때도 은수는 그저 다른 하객들에게 하듯, 고개만 까딱 했을 뿐이었다.

"언니 이 소리 들려. 재미있지 않아. 이 소리는 까치가 우는 것 같지."

은수의 눈이, 퉁퉁 부은 눈이 웃고 있었다. 요술 소리상자가 들어 있는 것처럼 은수의 뱃속에서는 알 수 없는 소리들이 흘러나오고 있었다. 그때마다 은수는 이건 개구리가 우는 소리 같아. 비가 오려나. 으응, 지금은 피리소리네. 이젠 누가 휘파람을 부네. 언니, 이 소리 생각나. 꽈리 소리야. 입에다 넣고 오물오물 하던. 이번에는 꾀꼬리다. 종달새다. 어어, 이 소리 좀 봐 퉁퉁 소리를 내고 있네. 그러다가 어느 순간, 은수는 나를 잡아당겼다.

"언니 가만히 들어봐. 소리들이 멀어져. 해가 져서 소꿉놀이 하던 친구들이 멀어질 때처럼, 자꾸만 소리가 작아져."

은수의 말처럼 갖가지 소리들이 아스라이 멀어져 가고 있었다. 나는 은수의 배를 쓸어 주었다. 내가 해 줄 수 있는 유일한 방법인양. 태무심하게 링거 병을 갈아 끼우던 간호사가 어머이게 무슨 소리예요, 하며 나와 은수를 번갈아 보았다.

"내 배에서 나는 소리예요."

장난꾸러기 아이처럼 천진스럽게 웃으며 은수는 배를 가리키고 있었다. 하지만 나는 보았다. 은수의 그 그늘진, 형용할 수 없는 눈빛을. 간호사 역시 나와 같은 생각을 한 것인가. 그녀는 고개를 끄덕거리다가 황황히 사라졌다.

"내 죄다. 내 죄, 그 죄를 내가 받아야 되는데…."

어머니는 어린아이로 되돌아간 듯한 은수의 모습을 밖에서 지켜보다가 가슴팍을 쥐어뜯으며 몸부림쳤었다. 복도 벽에 기댄 채 울고 있는 어머니의 잔등에 은수를 업혀 줄 수 있다면…. 은수의 뼈 마디마디에 가시처럼 걸려 있을 어머니라는 존재. 그 존재를 잊기 위해 은수가 감내한 고통이 얼마나 처절했던가를 어머니 등에 전이시킬 수만 있다면 물에 뜬 수제비처럼 부어 있는 은수를 실어 주고 싶었다. 은수가 저렇게 된 탓이어디 어머니뿐이던가. 내가 서둘러 결혼을 하지 않았다면 은수가 방을 얻어 나가지 않았을 것이었다. 영어 강사로 몸담고 있는 학원 앞에 방을 얻은 은수는 형부 때문이 아니라고, 혼자살아 보다가 불편하면 언제든지 들어온다며 짐을 꾸렸다. 원

룸이라도 얻자고 했지만 은수는 고개를 저었다.

"혼자인데, 뭘. 강의 끝내고 애들하고 술 한 잔 하기도 좋구. 취하면 걷기도 좋구."

그것이 이유였다. 곁에 있을 때 세심하게 관찰했더라면, 조금만 눈여겨보았어도 성마른 트림을 끄억끄억거릴 때 나는 은수에게 조금이라도 관심을 가졌던가. 그 트림이 습관이라고만 여기지 않았던가. 썰렁한 자취방에 가끔 전화를 걸어 안부나 물으며 나는 헛치레로 그 아이를 챙겼었다. 은수의 병이 깊어진 건, 어머니도 그 누구도 아니었다. 바로 나였다. 내 책임이었다. 어머니는 이미 오래 전에 우리 곁을 떠났으므로. 은수의 보호자는 나였던 것이다. 은수야. 아… 은수야. 나는 짧게 신음을 토해냈다.

이제는 정말 늦었다는, 일찍 은수에게 알렸어야 했다며 박과장은 자신의 턱을 쓸었다. 그의 말투는 은근히 나를 힐난하고 있는 듯했다. 어느 방법이 옳았던 것일까? 소생할 수 없다는 사실을 말해 주었던 게 옳았을까? 끝내 자신의 죽음을 모른 채 눈을 감게 하는 것이 옳은 것인가? 두 가지 중 하나를 선택해야 된다면 어느 쪽을 택해야 하는가. 나는 은수의 짧은 시간마저 외면했다는 것에 대한 죄책감과 그냥 모른 채 떠나는 것이 어쩌면 행복할 수도 있을 것이라고 스스로를 위로해 보았다. 이제 어느 방법이 옳고 그른 것이냐가 문제가 아니었다. 은수 앞에 놓여 있는 시간은 어느 정도인가가 문제였다.

병실문을 조심스럽게 열었다.

"언니야."

나는 하마터면 주저앉을 뻔했다. 병이 완쾌되어 퇴원을 기다리고 있는 사람처럼, 은수는 침대에 기댄 채 앉아 있었다. 부기만 없다면 말짱해 보이는 모습이었다. 코에 연결해 놓았던 호스도 보이지 않았다. 언니야 하고 부르는 건 은수의 오랜 버릇이었다. 학교가 파하고 집으로 들어설 때나 외출했다 들어올 때나 은수는 언니야 하고 부르곤 했다. 방금 전까지만 해도 혼수상태에서 헛소리를 하지 않았던가. 그런데 은수는 지금 일어나 있는 것이었다. 꼿꼿하게 앉은 채 웃고 있다.

"어떻게 일어났어."

내가 허둥거리며 묻자 은수는 의자를 가리켰다.

"이리 가까이 와서 앉아 언니. 벨을 눌렀어. 간호사가 와서 일으켜 주었어. 실컷 자고 났더니 개운해."

혼수상태에 빠진 채 내처 잠만 자던 것을 은수는 개운하다고 말하며 생글생글 웃었다. 은수의 손등을, 부푼 빵처럼 부어오른 그녀의 손등을 내 볼에 대었다. 뱃속에서 갖가지 소리들이 들려올 때도 왜 그런가를 묻지 않았었지. 모든 장기들이 뒤엉켜 내는 소리들이란 걸 모를 리 없었을 텐데. 죽음의 문턱을 넘나들며 있던 시간들을 실컷 잤다고 표현하는 은수에게서 나는 죽음이란 저렇듯 그저 깊은 잠에 빠져드는 게 아닐까 하는 생각이 들었다.

"언니, 나 부탁이 있는데…."

쭈빗쭈빗거리는 은수를 나는 똑바로 바라보았다. 혹시 어머니를, 하는 생각이 언뜻 스쳤기 때문이었다.

"무언데……."

"사실은 콜라가 먹고 싶어. 사각사각거리는 얼음이 들어 있는…."

"콜라라니, 안 돼. 물도 토해내는데, 완쾌됐을 때 얼마든지 먹자."

"……."

은수는 한동안 나를 뚫어져라 쳐다보았다. 나는 은수의 눈길을 슬며시 피했다. 무거운 침묵 때문에 숨이 막혔다. 더 이상 견딜 수 없다고 느낄 때쯤 은수가 입을 열었다.

"언니, 나 낫지 않는다는 거 다 알고 있어. 이 병실을 걸어나갈 수 없을 거야."

"은수야……."

"아냐, 언니. 그냥 가만히 있어. 내가 말하고 싶어. 내가 말할게. 내 몸 상태 내가 더 잘 알아. 언니나 의사들이나, 박 과장이 말 안 해 줘도 나 알고 있었어. 내게 말해 줄 수가 없었다는 거 왜 내가 모르겠어. 나라도 그랬을 테니까. 하지만 모두들 내게 최선을 다해 주었잖아. 처음에는 힘들었어. 검사에, 또 검사. 병원을 옮겨 다닐 때는 정말 혼란스러웠어. 무섭고, 두려웠어. 도대체 내가 왜 이러고 있나, 하면서. 그런데 어느 때부터인가 잠만 들면 꿈을 꾸는데 그곳은 끝없는 평원이었어. 잔디가 어쩌면 그렇게 파란지 몰라. 나는 그 평원에서 아이들과 어울려 뛰어다니는 거야. 아이들이 얼마나 맑은지. 눈을 뜨면 아무도 없고 형광등 불빛과 콘크리트 벽만 있곤 했어."

먹먹하던 가슴에서 무언가가 찢어져 나가는 것 같았다. 그것은 마치 잘 드는 가위로 긴 천을 자를 때 나는 소리 같았다.

"은수야, 그렇지 않아. 너는 나을 거야. 왜 그런 생각을 해."

"아냐, 언니."

은수는 단호하게 내 말을 잘랐다. 그리고 말을 이었다.

"내가 가는 곳이 바로 그곳이라는 생각이 들자 바람에 휘날리는 연처럼 불안하던 마음이 편안해지기 시작했어. 나는 세상을 너무 힘들게 살았나 봐. 좀 너그럽고 편안하게 바라다보며 살 걸. 오만하게 살았던 것처럼, 죽음도 나를 오만하게 끌

고 갈 줄 알았는데. 이제야 세상이 참 따뜻했었구나 하는 생각
이 들어. 그 따뜻함을 왜 그렇게 외면하려 했을까. 그리고 언
니 이제야 고백하지만 엄마와 함께 있던 이틀이 참 이상했어.
첫날은 엄마가 있다는 자체가 낯설고 불편했어. 다음날부터는
언니가 나를 보살펴주던 그 어느 때보다 편했다는 사실이 지
금도 이해가 안 가."

눈물이 흐르는가? 은수가 그 부은 손등으로 내 눈물을 훔쳐
주다가, 내 볼을 쓸어 주고 있었다. 창밖은 칠흑처럼 어두웠다.
적요함만이 감도는 병실에 형광등 불빛만이 우리를 환하게 비
춰 주고 있었다. 많은 말을 한꺼번에 토해낸 은수는 거친 숨을
몰아쉬었다. 나는 은수를 침대에 눕혀 주며 말했다.

"엄마가 많이 다녀가셨어."

"알아."

"어떻게."

"냄새로."

은수가 후후 웃었다. 나도 따라 웃었다. 설령 거짓이라고 해
도 나는 은수에게 그렇게 말했을 것이다.

"엄마 보고 싶지. 오시라고 할까?"

"……."

"싫으니?"

"수요일쯤 오시라고 해. 언니."

"지금 전화할 게. 뭣하러 수요일까지…."

"그냥 그러고 싶어, 언니. 나 다시 일으켜 줘 언니랑 얘기 더 할래."

은수가 두 팔을 벌렸다. 나는 은수를 일으키기 위해 평소처럼 그 아이의 허리에 손을 넣었다. 일으키는 순간 침대 바퀴가 데구륵 굴러 벽 쪽으로 밀렸다. 힘이 부치는 모양이었다. 은수는 내가 무거워서 그래 언니. 힘들지. 내 품에 안긴 채 은수는 머리를 깊숙이 묻었다. 우리는 깔깔대며 웃었다. 은수가 킁킁거렸다. 언니의 냄새가 좋다고, 혼자 있을 때 제일 그리웠던 게 바로 이 냄새였다고. 은수는 어린 강아지처럼 코를 벌름거렸다. 은수는 이야기를 하다가 누웠고, 눕혔는가 하면 일으켜 달라고 했다. 바퀴는 쉴새없이 구르고, 내 이마와 잔등에서는 구슬 같은 땀방울이 흘러내렸다. 입술이 바싹 타들어가는 듯한 마른 침을 모아 들이면서 나는 은수가 원하는 것은 무엇이든 해줄 수 있다고 생각했다. 은수는 그러는 사이에도 쉬지 않고 조잘거렸다. 어릴 적부터 지금까지 일어났던 이야기들을 줄줄이 끄집어내었다. 토막 난 필름들을 잇는 것처럼, 기억나지 않는 부분이 있으면 내게 묻곤 했다.

"언니 기억나. 내가 다섯 살이었으니까, 언니는 일곱 살이었겠다. 아버지가 사 준 소꿉놀이로 언니와 집앞 대문에 앉아 소꿉장난하고 있을 때, 걔가 누구더라. 왜 있잖아 배가 지금 내 배처럼 툭 튀어나왔던⋯."

"상수⋯."

"그래 맞아. 상수 걔가 빼앗아 갖고 튀었잖아. 언니와 내가 우는 소리에 마루에서 낮잠 자던 아버지가 쫓아 나오셨잖아. 팬티만 입고 상수 뒤를 쫓으셨잖아. 그 생각만 하면 우스워 죽겠어. 언니는 안 우스워?"

"우스워⋯."

"내 기억으로는 그날 참 더웠던 것 같은데⋯."

은수의 시선이 먼 곳으로 향하는 것 같았다. 다시는 돌아올 수 없는 그 아득한 길을 보고 있는 것처럼. 서른셋을 살아낸 그 많은 시간들을 그 짧은 시간에 토해낼 수 있는 것인가. 나는 의심스러웠다. 하지만 은수는 지쳐 보이지 않았다. 오히려 생기가 넘쳐 보였다. 지쳐 있는 건 나였다. 쉬었다가 이야기하자고 해도 은수는 막무가내였다. 깜박 잠이 들었던가? 누군가의 손길이 느껴졌다. 눈을 뜨자 거기에는 은수가 오도카니 앉아 나를 내려다보고 있었다.

"은수야⋯."

"언니가 이불을 안 덮고 웅크리고 자길래. 나 저 침대에서 어떻게 내려왔는지 모르겠어."

창문에 길게 처진 직조 커튼 사이로 희뿌윰한 빛이 새어 들어오고 있다. 나는 은수를 부축해 침대에 눕힌 뒤 그녀가 그랬던 것처럼 가만히 내려다보고 있다. 조용하던 복도가 술렁거리고 있다. 어느 병실에선가 켜 놓은 TV에서는 노래가 흐르고 있다. 조금 있으면 담당의와 주치의가 회진을 돌 것이다. 어제처럼, 그저께처럼.

"언-니, 무슨- 요-일이야."

잠깐 눈을 뜬 은수가 요일을 묻는다. 어제와는 달리 목소리에 힘이 없다. 물음도 단절된 채다.

"토요일."

"토-요-일이-야."

고개를 끄덕거렸던가. 으응, 하고 대답을 했던가. 두 가지를 동시에 했던 것도 같다.

어제까지만 해도 은수는 콜라를 입안에 넣어 옹 물린 뒤 뱉어 내며 음료수를 선전하는 어느 모델처럼 눈을 지그시 감은 채 고개를 살래살래 흔들었다. 아! 바로 이 맛이라고 나는 너무 행복해. 이런 것이 행복인 줄은 몰랐다고. 그때의 은수의 표정은 결코 과장된 몸짓이 아니었다. 은수가 살며 느꼈던 그 어느 순간에도 저렇듯 행복에 겨워하지는 않았을 것만 같았다. 하지만 지금 은수는 콜라로 입안을 헹구어 내며 '행복해' 하던 그 얼굴이 아니다. 먼 길을 단숨에 달려온 육상선수처럼 몹시 지쳐 보인다. 간혹 감겨진 눈을 홉뜨며 무언가를 찾듯 두리번거린다. 내 손을 쥐어 보다가 맥없이 떨어뜨린다. 순간, 나와 눈이 마주친다. 웃었던가. 눈 주위가 잠깐 씰룩거린 듯하다. 그것은 분명 웃음이었을 것이다. 아주 희미하긴 했지만.

박 과장이 다녀갔다. 담당의, 주치의, 간호사가 고개를 숙인 채 은수를 내려다보고 있다. 그래프가 그려지는 기계에 연결된 채 은수의 맥박소리가 시계 초침소리처럼 들린다. 나는 눈을 뗄 수가 없다. 그래프에서 출렁이며 이동하고 있는 하얀 포물선을 따라다니고 있다. 저 맥박은 결코 멈추지 않을 것이다. 은수는 기다리고 있을 것이다. 어머니를. 수요일쯤, 하고 스스로 약속하지 않았던가. 그 희미한 웃음 뒤로 은수는 계속해서 잠만 자고 있다. 꼬집어도, 흔들어도 모른 채…. 이젠 정말 마지막이라는, 믿어지지 않는 현실이 분명한 인식과 함께 다가온다.

그래 은수야! 너를 보내면서 가만히 지나온 시간들을 되짚어 본다. 네가 옛일들을 그렇게 단숨에 기억해내듯 내게도 그 모든 것들이 한순간처럼 느껴지는구나. 너의 고통을 안타깝게 여기며 발을 동동거리던 감정의 이면에 너를 지겨워했던 사실이 숨어 있었음을 이제야 고백한다. 그건 어머니가 떠난 후에도 마찬가지였었지. 죽음이 임박했다는 것을 네게 알리는 것이 옳으냐, 그렇지 않으냐 고민하던 것은 결국 내 감정 추스르기였다는 것을 이제 알겠구나.

그래프를 노려보던 나는 은수의 이마에 내 입술을 포갠다. 따뜻하다. 편안히 자고 있는 은수 옆에 나도 눕고 싶다. 그 옛날 꼭 붙어 자던 그때처럼. 떨어질세라 서로의 어딘가를 붙잡고서야 잠이 들던 그 밤으로 은수야. 다시 돌아가고 싶다.

성주 가는 길

그날 밤도 이 '행남휴게소'를 지나갔을 것이었다. 당진과 서산을 거쳐 송림이 우거진 좁은 도로를 달리던 그때도. 목적지도 없이.

나는 그가 운전하는 옆 좌석에 앉아 차창에 비추는 노란 전조등 아래 무수히 쏟아져 내리는 은행잎들을 바라보고 있었다. 송림 사이로 간간히 새어 나오는 불빛 속에 흰 집들이 땅바닥에 납작 엎드린 개구리 등처럼 보여질 때만 해도 그것들이 '펜션'이라는, 누구나 들어가 쉴 수 있는 곳이라는 것을 몰랐다. '콘도'처럼 회원에 한해 미리예약을 해야 들어가는 곳일거라고 생각했다. '펜션'의 집들은 하나같이 흰색이었다. 그 흰색에 나는 갖가지 색깔을 칠해 본다. 바탕색을 까맣게 칠한 뒤 면도칼을 대어 돌리자, 부채꼴의 형태가 만들어진다. 긁어서 드러내는 바탕의 아름다움처럼 흰색에는 아무 색이나 혼합할 수 있어 각자의 색채를 꾸며 보라는 의미인지도 모르겠다는 생각을 할 때 그의 자동차가 멈췄다. 자동차에서 내린 우리는 침묵을 지킨 채 걸었다. 어디선가 개구리들의 소리가 와글와글 합창으로 울고 있었다. 가끔 무언가가 툭툭 튀어다니는 소리만이 들릴 뿐 적요로웠다. 적막한 시골의 밤길을 따라 걸으며 노란 은행나무들과 그 허리를 휘감고 도는 운무 속에서 신선함과 떨쳐지지 않은 허무가 함께 부유하고 있을 때, 눈앞에 바다 물결이 출렁였다. 아직 잠들지 않은 갈매기 떼들이 그의 머리와 내 머리 위에서 천천히 맴돌았다. 손만 뻗으면 잡힐 듯해 나는 두 손을 휘휘 저었다. 그러나 그뿐이었다. 갈매기는 빠르지도 느리지도 않은 동작으로 여전히 맴돌았지만 내 손에 닿지 않았다. 나는 하던 동작을 멈췄다. 모래사장에 주저앉았다. 늦가을의 살기어린 바람이 내 뺨을 때리고, 내 머리카락을 미친 여자의 엉클어진 머리처럼 들쑤셔 놓았다. 그 바람을 맞으며 제 몸을 부대끼느라 신음하는 파도소리가 해산하는 여자의 몸부림처럼 고통스럽게 들려올 뿐, 사위는 적막하다.

"식사 하셔야죠?"

"이곳에 왜 왔는데?"

"오다 보니까… 좋아하실 것 같아서…요."

"꼭 그렇게 존대를 해야 해?"

"……."

"가자, 밥 먹으러."

내 말에 그는 바지 주머니에 양손을 넣으며 한숨을 내쉬었다. 그의 한숨소리가 내 늑골 깊이 박히고 있었다. 지금까지 살아오면서 참고 있던 숨을 내 쉬는 것 같았다. 나는 그것이 어디에서 기인된 것인지 알기에 잠시 호흡을 가다듬었다. '언제까지 제 가슴에 비수를 꽂고 계실 건데요.' 그렁그렁한 눈물이 그의 동공에서 말려나오고 있었다. 그 눈물이… 그의 늙은 볼을 타고 흐르지만 않았어도… 나는 그의 뺨을 후려치지 않았을 것이다. 내가 불쌍해 보이니… 나쁜 자식아! 내 주먹질과 포악을 고스란히 받아들이고 있던 그가 나를 품에 안았다. '이러고 사시는 거, 참을 수 없어요. 제발….' 식당 주인이 나를 찾지만 않았다면 그는 그 어둑한 좁은 골목에서 나를 밤 새워 안고 있었을지도 모른다.

주인 여자와 독대하고 앉아 그는 이제 내가 이곳에서 일을 할 수 없음을 설명하고 있었다. 겸손한 자세로 앉아 주인 여자를 설득하고 있는 그의 언변을 들으며 나는 그가 아닌 다른 사람처럼 느껴졌다. 내 책가방을 들고 학교 앞을 오가던 것이 다였던 사람. 그런 그가 전혀 다른 사람이 되어 내 앞에 있다는 사실이 믿어지지 않았다. 내 뿌리의 근원지인 척박한 땅에 뻗어오고 있는 그의 뿌리를, 송두리째 뽑을 수 없다는 절망감이 두려웠다. 그의 자동차에 실려 내 옥탑방으로 향할 때까지 그는 내가 왜 혼자가 되었는지 묻지 않았다. 나 역시 내가 직면하고 있는 상황에 대해 설명하지 않았다. 어쩌면 그는 내가 처한 현실을 이미 알고 있을 수도 있었다. 종순이가 내 처지를 알고 있는 이상 그 아이의 입을 통해 모두 들었을 것이었다. 그가 아내와 이혼하는 조건으로 많은 위자료를 주고 아이까지 부인에게 양육하게 했다는 소식을 전해 준 것도 종순이었다. 그 이유가 나 때문이었다는 종순이의 마지막 말에는 거품 같은 흰 포말이 내 머릿속을 덧씌우고 있었다.

그는 매일 내 옥탑방을 찾아와 잠깐이라도 있다 가곤 했다. 일을 하다가 시간이 나서요. 지나가는 길이에요. 점심 약속이 취소됐어요. 형광등이 다 됐던데……. 갖가지 변명을 붙이며 찾아드는 그를 볼 때마다 내 뼈들이 소리 없이 주저앉는 것 같았다. 그가 이유 아닌 이유를 대는 것처럼 나 또한 그에게 비꼿거렸다. 그가 찌르륵거리는 형광등을 갈아 끼우기 위해 의자를 밟고 올라서면 나는, 그냥 놔두라고 소리쳤다. 부실하게 걸려 있는 옷걸이를 바로잡기 위해 그가 못질을 하고 있으면 시끄럽다고 귀를 막았다. 부르튼 내 발가락에 약을 바르고 있는 그의 가슴팍을 걷어차다가 제풀에 지쳐 울었다. 제발 그만 하자. 돌아가자, 우리. 내 가슴을 쓸고 지나가는 바람 같은 소리를 그가 들었는가. 그도 눈물 없이 울고 있었다. 내 두 발을 꼭 쥐고 있던 그가 돌아가기 위해 일어섰다. 문을 나선 그가 계단을 내려가고 있다. 발자국 소리가 멀어질수록 그를 붙들고 싶은 마음이 간절했다. 그가 오는가. 계단을 밟는 그의 발자국 소리에 내 청각이 바짝 긴장했다. 그를 내몰지 못하는 내 행위에 진저리를 치면서도 가슴에 그를 향해 일렁이는 불길을 어쩌지 못했다. 그러다가 그가 지방으로 출장을 가면 그의 흔적을 쫓느라 손에서 휴대폰을 놓지 않았다. 휴대폰에 찍힌 그의 번호를 들여다보고 음성 저장함에 들리는 '접니다. 발가락에 약 발라요.' 하는 그의 목소리를 반복해서 듣곤 했다.

해안을 끼고 돌아 나오자 횟집 간판이 줄지어 보였다. 나는 그가 이끄는 대로 한 음식점으로 들어갔다. 주문한 음식을 기다리며 나는 소주를 청했다. 알코올은 빈 위장을 타고 빠르게 흡수됐다. 소주잔을 만지작거리던 그가 불안스럽게 나를 바라봤다.

"불안 해 하지 마. 두 병은 괜찮아."

"회… 드시면서."

"언제까지 내게 존대할 건데……."

"……."

"넌, 실머슴이고 난 땅 많던 할머니 손녀… 딸. 지금도 그렇다고 생각하니? 우리 신랑 각시놀이 하던 때 기억해?"

내 잔에 술을 따르고 있는 그의 손이 떨리고 있었다. 초점이 맞추어지지 않는 내 시야 안으로 그의 떨고 있는 손만은 선명하다. 두꺼비등처럼 투박한 저 손으로 내 등을 토닥여 주고 내 머리카락을 쓸어 주고 내 등 뒤에 풀려진 원피스 끈을 나비 모양으로 묶어 주었었지. 그 손으로 자라 난 내 발톱과 손톱을… 때로는 눈을 찌르는 앞머리를 고르게 가위질을 해 주기도 했었지. 형광등 불빛 아래 출렁거리는 술잔 속에서 그의 손등이 겹쳐지는 것을 나는 물끄러미 바라본다.

손님들이 모두 돌아가고 남은 테이블은 우리뿐이다. 바다가 잘 보이도록 평상을 만들어 놓은 곳에 비닐을 씌우고 있던 주인 남자가 우리 쪽 테이블을 돌아보았다. '돔'이 싱싱한데… 매운탕을 시원하게 끓여 줄게요. 빨간 립스틱을 칠한 입술만이 움직이던 여자는 보이지 않는다.

나는 빈 술병을 흔들었다. 어이, 이봐…. 대체 어디 간 거야. 에잇, 참. 짜증기가 한껏 배어난 목소리로 여자를 찾던 남자는 냉장고 문을 열어 소주병을 꺼내다 준다. 나는 병을 든다. 뚜껑을 돌린다. 그가 나를 제지하기 위해 손을 뻗는다.

"놔…아."

"……."

나는 술잔이 넘치도록 따라 마셨다. 내 혈관마다 흐르고 있는 독이 알코올로 인해 희석만 될 수 있다면 밤새워서라도 마실 것이었다. 나는 술잔을 들어 그의 잔에 소리가 나도록 부딪혔다.

"마셔."

"……."

"정말, 나 때문에 이혼…했어?"

"그게 중요한가요."

"그…럼."

"……."

"왜, 설명…을…못…해."

"다음에 할게요."

나는 테이블을 짚었다. 턱을 괸다. 잠이 쏟아진다. 취기로 인해 밀려오는 잠이 더 이상 나를 지탱하지 못하게 하고 있었다. 그가 내 옆으로 옮겨 앉았다. 내 소지품을 챙겨 든 그가 나를 일으켜 세웠다.

"왜…에. 더…마…실수…있…어."

"그만 마셔요."

"나…왜…쫓겨…났는지…알…아. 아…이를…못…낳…아서… 는…아…냐. 못낳…은…건…내가…아. 술…이취…하네. 가자. 졸…려. 업어…주…라.

머리가 깨질 듯한 고통에 눈을 떴다. 낯선 방안의 풍경이 나를 멀뚱하게 했다. 여기가 어딜까? 나는 두통을 참으며 어젯 밤에 온전히 끊어진 내 의식을 복원시키기 위해 애썼다.

파래빛깔 같은 새벽빛이 커튼 사이에 이끼처럼 끼어 있다. 깊은 숨소리가 들렸다. 그 숨소리가 내 것이 아닌 타인의 것이 라는 것을 느끼는 순간 고개를 돌리자, 그의 형체가 보였다. 그는 맨 바닥에서 팔베개를 한 채 잔뜩 웅크리고 있었다. 그가 내뱉던 깊은 서러움 같은 한숨이 그 순간 탄식처럼 내 입에서 흘러 나왔다. 나는 무릎걸음으로 그의 곁으로 갔다. 이불을 끌 어다가 그에게 덮어 주었다. 내 기척에 그가 눈을 떴다. 핏발 이 성성한 그의 눈이 내 눈을 아프게 찔렀다. 나는 핏발 선 그의 눈을 응시하며 하나씩 꺼풀을 벗어 던졌다. 만약 그의 눈이 내 시선을 비킨다면 나는 이 동작을 멈출 것이었다. 하지 만 그의 눈은 깊은 우물 속처럼 변해 갔다. 나를 뚫어져라 쳐 다보았다. 내가 마지막 꺼풀을 벗겨 내릴 때 그가 천천히 다가

왔다. 그의 입술이 내 이마와 볼을 쓸며 목덜미를 거쳐 내 혀를 찾았다. 분지에 물이 고이게 하여 호수를 만들 것처럼 우리는 서로를 놓지 않았다.

애초에 성주에 가려고 출발한 건 아니었다. 자동차가 서해고속도로를 진입해 차창 가득 햇살을 받고 있을 때만 해도 그 길이 성주로 갈 수 있다는 생각을 하지 않았다. 기차를 타고 대천역에서 내린 후 버스를 타고 대관령 고개만큼이나 험준한 산령을 넘어가던 기억. 그 기억밖에 갖고 있지 않은 나로서는 서해고속도로가 개통되었다는 소식을 접했으면서도 그 길이 성주와 잇닿았을 거라고는 미처 깨닫지 못했다.

"한식 때 성주에 다녀왔어요."

"왜에…?"

"벌초하러… 가보지 않으실래요. 두 시간도 안 걸리는데…."

성주, 그의 입에서 성주라는 말이 튀어 나오자, 나는 나도 모르게 움찔 몸을 떨었다. 뒤란에 있던 대나무 숲, 제 안의 언어를 구사하느라 수런수런거리던 댓잎들. 달개 집 옆에 서 있던 앵두나무, 그 가지에 알알이 매달려 있던 앵두. 감꽃을 주워 무명실에 올 차게 꿰어 내 목에 걸게 해 주던 감나무. 툭툭, 내 아침잠을 방해하며 튼실한 알맹이를 떨어뜨려 주던 밤나무. 내 살갗에 옻을 옮겨 놓았던 호두나무. 잎보다 먼저 흰 꽃을 피우고 누른빛의 둥근 열매가 자주 빛으로 물들던 오얏나무, 연녹색의 잔 꽃이 지고나면 작은 열매가 암 자색으로 익어가던 고욤나무. 발에 맞추어 나무를 깎아 만들었던 '게다'. 대나무를 잘라 헌 낫을 등쇠에 끼워 만들었던 썰매… 겨울이 오기를 기다리느라 제 자신을 부식시키며 마루 밑에서 잠을 자고 있었지. 어느 것 하나 그의 손길이 닿지 않은 것이 없었던 것들…. 지금도 나를 기다려 주고 있을까.

불과 두 시간이면 성주에 도착할 수 있다는 그 길을 일별하고 있을 때 휴게소 안내판이 보였다.

"쉬었다 가자."

자동차를 '행남도' 휴게소로 진입시키며 그는 조금만 더 가면 당진이라고 했다. 점심은 그곳에서 먹는 게 어떠냐고, 그는 서슴거리며 운을 뗐다. 그렇게 조심스럽게 어려운 상전에게 대하는 것처럼 하지만 않았어도 나는 그의 말을 따랐을 것이었다. 언제나 자신의 의사를 끝까지 관철시키지 못하는 그의 성향이 내 비위를 거슬렀다. 당진 아니라 서산을 거치고 홍성을 지나 예정대로 목적지인 성주에 도착해 식사를 한다 해도 될 만한 거리였다. 더구나 나는 시장기도 느끼지 않고 있었다.

나는 고개를 세차게 흔들었다.

"그냥, 여기서 먹을래."

"그러세요."

그는 앞서 걷고 있는 내 뒤를 따라왔다.

나는 바다가 보이는 '라이브카페'로 들어갔다. 자리에 앉자마자 여종업원이 메뉴판을 건네었다. 나는 양송이 덮밥을 주문했다. 그가 같은 걸로 해 달라고 하는 소리를 들으며 나는 창밖으로 시선을 보냈다. 바다는 광염 속으로 몸을 던질 것처럼 침묵하고 있었다. 심한 바람에 제 살을 찢으며 울부짖지 않는 바다는 쇠잔한 노인의 등처럼 상실감마저 불러 일으켰다.

"바다를 처음 본 건 스물다섯 살이던 봄이었어요."

말없이 바다를 보고 있던 그가 문득 입을 떼었다.

"영화 촬영 때문에 통영에 가서였어요. 밤새 운전해 도착한 그곳에서 바다를… 바다라는 것을 처음 가슴에 품으며 바다 같은 세상을 향해 나가고 싶다는 생각이 저를 옭아매었어요. 그날부터 죽어라 일만 했어요. 밤과 낮… 휴일도 없이. 자동차 부속을 점검하고 갈고 닦고 조이고… 그렇게 살았어요. 잠깐만요."

그가 주머니에서 휴대폰을 꺼내었다.

"네, 서만석입니다. 몇 대요. 가능해요. 금요일 날이요. 고맙습니다."

"바쁜가 보네."

"영화사에서 촬영 날 잡혔다고."

주문한 식사가 놓여지면서 그의 말이 끊겼다. 식사를 하는 내내 나는 그에게 한 마디도 건네지 않았다. 그 역시 입을 떼지 않은 채 묵묵히 앉아 식사를 할 뿐이었다. 우리는 화난 사람들처럼 각자의 그릇에 얼굴을 묻고 있었다. 나는 숨 막힐 듯한 침묵을 쫓듯 양송이를 하작하작거렸다. 젓가락이 접시에 닿으며 마찰음을 일으켰다. 그런 내 모양새를 쳐다보던 그는 접시를 바르게 놓아 주었다.

"그 버릇은 여전하네요."

"뭐가?"

"젓가락으로 헤집는 거."

"기억력도 좋아."

그가 수저를 놓는 것을 보며 나는 계산서를 들고 몸을 발딱 일으켰다.

"주세요."

"됐어."

"이러지 마세요."

단호한 눈빛으로 그가 내 손에서 계산서를 낚아챘다. 그 어떤 것에도 완강하게 자신의 의사를 전달하지 못하던 그가 계산을 할 때만큼은 고집불통이었다. 나는 그가 카운터로 향하는 것을 보며 커피자판기를 찾았다. 커피 두 잔을 뽑아 든 나는 그에게 내밀었다.

주차장 한쪽에서는 갖가지 물건들을 펼쳐 놓고 호객 행위를 하고 있었다. 나는 좌판을 흘깃거렸다.

"사고 싶은 거 있어요?"

"없어."

"난 이런 곳에서 물건을 사는 게 취미에요."

그는 흰 스텐으로 된 중지손가락 크기의 물건을 만지작거렸다. 휴대용 후레시인 것 같았다. 그가 윗부분을 누르자 불빛이 새어 나왔다. 그가 두 개를 집어 들어 값을 치르는 것을 보며 나는 빨리 가자고 성화를 부렸다.

나는 그의 자동차가 세워져 있는 곳으로 빠르게 걸었다. 자동차 안은 열기로 가득했다. 환기시키기 위해 자동차 문을 모두 열어 놓은 그는 내 무릎에 놓여 있는 가방에 매듭 끈을 이용해 후레시를 매달고 있었다. 그의 넓은 등을 바라다보았다. 나는 저 등에 업히기를 얼마나 좋아했던가. 그 등에 업혀 유년 시절과 초등학교를 오가며 허리가 버들강아지처럼 낭창낭창했다는 내 어머니의 모습을 상상하곤 했다. 나를 낳은 어머니는 심한 하혈 끝에 눈을 감았다고 했다. 자신의 목숨을 담보로 나를 세상에 내보낸 어머니의 대한 그리움이 등자뼈 깊숙이

박히는 날이면 그를 조르곤 했다. 더 이상 그의 입에서 나올 이야기 거리가 없다는 것을 알면서도 나는 떼를 썼다. 냇가에 앉아 내가 신고 있는 구두를 벗긴 뒤 발가락 사이를 꼼꼼히 닦아 줄 때도, 빈 지게에 올라앉아 있을 때도 달개집에 묶여 있는 어스럭송아지에게 여물을 먹일 때도 나는 그를 졸래졸래 따라다니며 묻고 또 물었다. 그러던 그와 헤어지게 된 건 고등학교 진학을 하기 위해 서울로 올라오고서였다. 거듭되는 아버지의 사업 실패로 할머니가 지켜야 할 땅은 더 이상 남아 있지 않았다. 오른쪽 다리를 심하게 절고 살았던 할머니는 아예 거동을 하지 못했다. 논밭이 사라져 가는 것만큼 할머니는 기력을 잃어갔다. 할머니는 마지막 길을 가기 위한 준비처럼 그를 위해 무언가를 해 주고 싶어했다. 그것이 그를 결혼시키는 일이라고 여긴 할머니는 매파를 자주 불러들였다.

"결혼 해."

"싫어유."

"해."

"……."

나는 알 수 없는 울화가 끓어오르는 날이면 괜스레 그를 닦달했다. 그런 날이면 그는 지게를 지고 대문 밖으로 휭하니 사라졌고, 나는 냇가로 달려 나가 하염없이 흐르는 물줄기를 바라보고 있었다.

할머니의 결혼 성화에도 그는 평소와 다름없이 동네 어귀에서 나를 기다렸다. 학교가 파하고 돌아오는 내게 그는 버찌, 산딸기, 어름 등등……. 철따라 산에서 나는 것들을 구해 와 어미 새처럼 먹이곤 했다. 고등학교에 가기 위해 서울로 향할 때 그는 내 짐을 든 채 차부에 서 있었다. 물안개를 피워 올리듯 부연 먼지를 일으키며 버스가 모퉁이를 돌아오고 있었다.

"들어 가."

"……"

나는 괜스레 발에 걸리는 돌멩이를 툭툭 치며 땅바닥을 내려다보았다.

"가라니까?"

"버스 가면…."

"편지할게. 종순이한테 부탁해 놨으니까, 모르는 글씨는 물어 보고."

순간 그의 얼굴이 붉어졌다. 호롱불 아래서 내 공책을 펼쳐 놓고 기억, 니은을 배우며 부끄러워하던 그날처럼.

버스에 올라 자리를 잡아 준 그는 삶은 계란과 찐 밤이 들어 있음을 몇 번씩 상기시켰다.

"알았다니까, 방학 하면 내려올게."

버스가 부르릉거리며 서서히 움직였다. 차부에 서서 내가 앉은 유리창 면을 뚫어져라 바라보던 그가 버스를 따라오고 있었다. 나는 수화를 하듯 그를 향해 돌아가라고 손짓을 했다.

방학 때 내려오겠다는 내 말에 말없이 웃기만 하던 그가 종적을 감추었다는 소식을 들은 건 종순이의 편지를 통해서였다. 그와 한 약속을 지키기 위해 여름방학이 시작되자마자 나는 성주로 내려갔다. 그가 사라지고 없다는 것을 알면서도 간 것은 그가 나와 한 약속을 지킬 것이라는 믿음 때문이었다. 그는 나타나지 않았다. 나는 하루의 시간조차 버티기 힘들어하는 할머니와 잡풀이 무성한 뒤란 장독대에서 대숲만 바라보다가 서울로 돌아왔다. 그런 그를 다시 만난 건 할머니의 장례식에서였다. 그는 상주처럼 할머니의 빈소를 떠나지 않고 지켰다. 동네 사람들은 그를 두고 업둥이라고 했다. 출생지가 어딘지 부모가 누군지도 모르는 그를 거둔 건 할머니였다고 한다. 만석이라는 이름도 만석꾼이 되라는 뜻으로 할머니가 지어 준 이름이라고 했다. 할머니의 빈소에 조문객이 없으면 아버지는 모로 쓰러져 눈을 붙이곤 했지만, 그는 단 한 번도 자세를 흩트리지 않았다. 근 사 년 만에 보는 그는 억실억실한 젊은이로 변해 있었다. 이제 업어 달라거나 어머니의 이야기를 해 달라고 떼를 쓸 수 없을 것 같았다. 전혀 모르고 지낸

낯선 타인처럼 느껴졌다.

　나는 그 불문율을 파기하고 싶었다.

　"어디서 살아?"

　"대림동요."

　"우리 집과는 거리가 멀다, 뭐해."

　잠깐, 그의 눈빛이 바람맞은 등불처럼 흔들렸다.

　"자동차 정비해요."

　할머니의 상여가 선산으로 가기 위해 상여꾼들이 일어서지
만 않았어도 우리의 대화는 그렇게 끊어지지 않았을 것이다.
요령잡이가 요령을 흔들며 상여가를 부르자 상여가 움직였다.
할머니의 시신이 땅으로 들어가고 있었다. 그제야 나는 실신
할 것처럼 울었다. 그 이면에는 그가 예전처럼 나를 달래 줄
것이라는 계산과 끝내 그의 거처를 물어 보지 못한 내 미련스
러움이 싫어서였다. 그는 끝내 내 곁으로 오지 않았다. 그의
모습을 찾았다. 보이지 않았다. 차부로 향하는 길에 그의 그림
자가 실골목처럼 따라가고 있는 것을 나는 지켜 봤다. 그가
결혼했다는 것을 종순이에게 들은 것은 내가 결혼한 지 3년쯤
되었을 때였다. 그는 크레인 사업을 한다고 했다. 엄청 바쁘게
산다고 했다. 혼자 독학으로 검정고시까지 치러 낸 것을 보면
보통 독종이 아닌 것 같다고 종순이는 혀를 내둘렀다. 그가

크레인 사업을 한다는 말을 들은 이후부터 나는 땅을 파고 있는 포클레인이나 이삿짐을 싣고 있는 사다리차만 보아도 코끝이 찡해져서 가던 길을 멈추고 한동안 서 있곤 했다. 내 삶은 그때 남편과의 불화로 피폐해져 있었다. 실섭한 여자처럼 거리를 배회하며 그와 연관된 것을 찾아다녔다. 비록 그가 아닌 타인이 기중기 속에 있을지라도 그와 관계되어 있다는 것만으로도 훈훈해서 남편이 구타를 견디게도 해 주었다.

"네 눈빛이 싫어. 넌 날 사랑하지 않아. 일부러 아이를 갖지 않는 이유는 네 눈 속에 담겨 있는 그 놈 때문이라는 거……. 대답해?"

발가벗겨진 내 몸뚱이를 타고 앉아 있던 남편의 손에 긴 줄이 흔들렸다. 그런 날이면 난, 가늠이 되지 않는 의식 속에서 어린 시절 털이 모두 뽑혀진 채 모가지를 축 늘어뜨린 닭의 모습이 떠오르곤 했다. 닭장 안에서는 본능적으로 죽음을 예감한 짐승들이 아우성을 치며 푸드덕거리느라 제 날개가 찢기는 것도 모른 체 오직 살아남기 위한 몸부림만 쳤다. 차라리 그런 짐승이고 싶었다. 본능을 숨길 줄 모르는 짐승처럼 그렇게 살아남기 위해 몸부림이라도 쳐야 했던가.

그의 휴대폰이 울리고 있었다. 차창에 기댄 체 상념에 젖어 있던 내 의식이 순간 제 기능을 찾는다. 그를 쳐다본다.

"응, 김 기사…… 내일 아침에 못가? 자네, 또 이럴 거야? 여보세요, 여보세요!!!"

그는 김 기사라는 사람과 통화를 하기 위해 계속해서 버튼을 눌렀다. 상대가 일부러 응답을 피하고 있는 이상 통화는 불가피할 것이었다. 통화하는 것을 포기한 그는 미간을 찌푸리며 자신의 배를 쓸었다. 심호흡을 하듯 날숨을 깊이 내쉬던 그가 휴대폰을 열어 통화를 하고 있었다.

"한 부장님! 내일 아침 김 기사가 일산 현장에… 전화 받았습니까? 대체할 기사…. 누구요? 양 기사요? 지금 부산에 있잖아요. 밤에 도착…. 정 안 되면 저라도 가야 되지 않겠어요. 근데 김 기사는 또 왜 그러죠? 아, 네. 알았습니다."

"돌아가자."

"……"

"왜? 내 말이 틀렸어? 그렇게 돌려 말하지 말고 직접 해도 괜찮아."

"……"

"한 번씩 속을 썩이곤 해요. 젊은 친군데…. 월급을 올려달라고 할 때나, 무언가 꼬여 있을 때 이런 식으로 반항해요. 직접 말 못하고."

'꼬여 있을 때 이런 식으로 반항해요. 직접 말 못하고', 그 말이 내 가슴에 화살촉이 되어 박혔다. 남편은 내가 지키는 침묵이 반항이라고 여겼다. 반항이란 것도 자신의 존재 가치를 알릴 때 필요한 것일 것이다. 분노를 분출하는 것도 인간적 몸뚱이에는 필요하겠지만 나는 그것마저 거부했다. 내가 남편에게 부당하다고 항변한다 해서 달라지는 게 없다는 것을 알고 있었기 때문이었다. 목숨이 위태로운 위험에 놓여 있을 때도 나는 함구했다. 말로 이해를 시키거나 행동으로 보여 줄 수 있는 것이 아무 것도 없을 때, 내가 할 수 있는 일은 침묵밖에 없었다.

그는 지금 '김 기사'라는 상대의 진실한 마음을 알면서도 정확한 어법을 구사하지 않고, 행동으로 표현하는 게 못마땅할 것이었다. 그와 내가 '김 기사'처럼 행동으로라도 옮겼더라면 지금 이렇게 모순된 모습으로 마주하지 않을 것이었다. '김 기사'라는 사람의 행동이 내 억누를 길 없는 절규처럼 느껴졌다. 나는 내 몸에 박힌 화살촉을 뽑아 되돌려주듯 그가 제일 고통스러워할 곳을 향해 시위를 당겼다.

"아이는 자주 만나?"

"가끔요."

"이혼은……."

"……."

"말하기 싫음 하지 마."

"아이 엄마가 남자가 있다고 했어요. 상관없다고 생각했어요. 하지만 문화의 차이를 들먹일 때는 속상했어요. 무엇을 두고 문화의 차이라고 하는지 이해가 되지 않았거든요. 아이와 아이 엄마가 돈가스나 햄버거, 피자를 즐겨 먹고 아침 대신 빵과 우유, 커피가 식탁에 차려지면 전 된장찌개나 청국장을 찾는… 뭐 그런 것이려니 했어요. 문화라는 게 꼭 표 한 장에 몇십 만원씩 하는 공연을 봐야 된다는 걸 몰랐으니까요. 한번은 아이 엄마와 예술의 전당에서 하는 음악회에 참석했었어요. 쏟아지는 잠을 참을 수가 없어서… 잠이 들었나 봐요. 우습죠? 자동차를 정비하라면 잠을 자지 않았을 거예요. 이혼하자고 하는 아이 엄마가 오히려 고맙더라고요. 아이 엄마는 잘못 만난 거라고 했어요, 서로가. 지금도 늦지 않았다며… 난 가정을 꼭 지키고 싶었어요. 어떤 이유에서든. 근데 나는 주로 지방을 다녀야 하고. 집에 있는 게 한 달이면 일주일이나 되었나. 그 덕분에 아파트도 사고, 아이 엄마도 잘 견뎌 주었는데… 모든 것이 그런 가 봐요. 해야 할 것이 있을 때는 서로 이해하고 위로하고 염려도 하는데…. 어느 정도 살만하면 서로 싸우게 되나 봐요. 아이 엄마도 그랬어요. 살만 하니까 골프도 재미없다, 해외여행도 재미없다 하면서 자꾸 다른 것을 갈망하는 것 같았어요. 세상이 재미로 사는 게 아닌데. 난 가정을 지키느라 차안에서 혹은 차고에서 새우잠을 자며 한 곳의 거래처도 잃지 않기 위해 뛰어다녔어요. 그래야 한다고 여겼기 때문이었어요. 바다를 처음 보고 품었듯이 세상과 가정도 품어야 한다고 생각했어요. 아이엄마가 그 남자를 사랑한다며 이혼 말을 꺼낼 때 아무런 감정이 일지 않았어요. 미움도 원망도 분노도. 아무런 감정도 일지 않는 내 자신이 참 못났다고 여겼어요. 아이 엄마 말대로 서로 잘못 만난 탓이라고…….

그가 다시 배를 쓸었다.

"아파?"

"곧 나아질 거예요."

"무슨….."

"위경련이 가끔."

"휴게소 찾아봐."

내 말에 그는 차창 밖을 두리번거렸다. 휴게소 표지판은 보이지 않는다. 힐끗 쳐다본 그의 얼굴이 땀에 젖어 번들거렸다. 나는 차창 밖으로 시선을 돌렸다. 벌겋게 파헤쳐진 산자락에는 황토흙이 무더기로 쌓여 있었다. 쏟아지는 햇살 너머 산과 하늘이 맞닿을 듯 이어진 그곳에는 욕망의 피조물처럼 구름덩어리가 넘실거리고 있었다. 그와 내가 살아낸 삶의 파편들이 거기에 모여 봉분을 이루고 있는 듯했다. 그러자 비로소 담배 꽃이 지천으로 피어 군락을 이루고, 냇가에 앉아 내 발을 닦아주는 손길에 간지러움을 참지 못해 물장구를 쳐 그의 얼굴 가득 흩뿌려지던 물방울 너머 흐드러지게 피었던 비비추의 자줏빛 꽃들. 나무 가지마다 연둣빛의 꽃들이 화관을 쓰고 있는 듯해 그 꽃 이름을 가르쳐 달라고 떼를 쓰면 그는 꽃이 아니라 어린잎들이라고. 나를 무동을 해 가까이 볼 수 있도록 해 주던 그곳 성주를 가고 있다는 생각이 들었다.

드디어 성주 가는 길이 모습을 드러내고 있었다. 길을 안내하는 표지판은 홍성, 보령을 우측으로 부여, 대전을 좌측으로 그려 놓고 있었다.

그가 자동차 우측깜박이를 켰다. 자동차가 갈림길에서 깜박거리며 막 접어드는 순간, 그는 급브레이크를 밟아 정지시켰다. 끼익, 급정거를 하는 소리에 이어 그와 내 상체가 앞쪽으로 쏠렸다. 미처 내 입에서 무어라고 튀어 나가기도 전에 그는 배를 움켜쥐었다.

"병원… 좀."

그의 입에서 '병원'이라는 말이 흘러나왔을 때야 나는 절박감에 몸을 떨었다. 마지막 숨을 거두는 사람처럼 그는 혼미해지는 정신을 수습하는 듯, 눈을 치켜떴다가 이내 감았다.

"나, 보여? 정신 차려봐."

나는 그를 마구 흔들며 소리쳤다. 내 외침에도 그는 미동이 없다. 그와 난 세상에서 완전히 고립된 것 같았다. 무엇을 어떻게 해야 할지 떠오르지 않았다. 병원을 가야 한다는 것도 구급차를 불러야 하는 것도, 그것을 부르기 위해 어디로 전화를 해야 하는지 막막했다. 거칠게 들리던 그의 신음소리가 잦아들고 있었다. 그의 숨소리가 꺼져가는 것 같아 나는 아득한 벼랑 끝으로 내몰리는 기분이었다.

"이러지마. 나더러 어떡하라고."

내 가슴에 고여 있는 뜨거운 눈물이 쉴새없이 흘러내렸다. 그가 내 손을 잡았다. 그 손을 놓으면 다시는 잡을 수 없는 먼 곳으로 떠나는 사람처럼 느껴졌다. 나는 서둘러 손을 빼내었다. 나는 부들부들 떨며 자동차 문을 열고 도로로 나섰다. 지나가는 자동차를 향해 손을 흔들었다. 지나가는 자동차들이 일으키는 바람소리가 내 고막을 할퀴며 덤벼들수록 나는 더욱 손을 힘껏 흔들었다. 단 한 번도 그의 저런 모습을 상상해 본 적이 없었다. 이러기 위해 길을 떠나온 건 아니었는데, 누구나 가고 있는 혹은 지나갔을 이 길 위에서 왜 하필 그여야 하는가. 왜, 그가 지금 저러고 있어야 하는가. 왜, 그가 도로 한가운데서 성주로 가는 길이 아닌 주검의 길로 들어서야 하는가.

그가 무슨 죄를 지었기에. 벌을 받아야 할 사람은 그가 아닌 것을. 내가 이렇게 서서 손을 흔드는 이 시간 그는 숨을 거두는 건 아닌가. 밀폐된 그 좁은 차안에서. 아닐 것이다. 성주에 가려고 아무렇지도 않은 모습으로 운전석에 앉아 있을지도 모른다. 나를 찾아 차 문을 열고 나오는 것은 아닌가. 벌써 내 옆에 서 있나.

내 손을 잡고 놓지 않던 축축한 그 온기가 나를 광분하게 만들었다. 죽음의 경계에 서 있는 그를 위해 할 수 있는 일이라면 나는 무슨 짓이라도 할 수 있을 것 같았다. 그가 내 곁에 머무를 수만 있다면.

나는 울부짖으며 도로 한가운데를 향해 나아갔다. 내 머리카락이 바람에 휘날리다 젖은 내 뺨 위로 달라붙었다가, 시야를 가리고 입안으로 밀려들었다.

"아주머니 무슨 일이죠?"

승합차가 멈추고, 남자가 열린 차창을 통해 물어왔다. 나는 그가 있는 자동차를 가리키며 도와 달라고 소리쳤다. 승합차의 남자가 그의 곁으로 왔다. 남자는 119구급대원과 통화를 하며 그의 상태를 설명했다.

"곧 온답니다. 너무 걱정 마세요."

구급차는 금방 도착했다. 그가 들 것에 실려 구급차로 옮겨

지고 나서야 남자는 승합차로 돌아갔다. 병원 응급실에 도착한 그는 간단한 검사를 받았다. 그의 팔에 링거가 꽂혔다. 배를 쓸며 고통스러워하던 그는 안정을 취해 갔다. 그 짧은 시간들이 지구 몇 바퀴를 순례한 것처럼 긴 시간이 흐른 듯했다.

"평소에도 자주 이러십니까."

차트를 든 의사가 물었다. 나는 '가끔'이라고 대답했다. 그와 일상을 함께 공유하며 살고 있는 사람처럼. 큰 문제는 없는 것 같다며, 식사를 규칙적으로 하고, 되도록 신경 쓰는 일을 피하고, 자극적인 음식을 삼가라는 주의를 준 의사는 다음 환자 곁으로 향했다.

나는 보조의자에 앉아 그를 바라봤다. 잠든 그의 머리카락을 가지런하게 해준다. 땀에 젖은 얼굴을 수건으로 정성껏 닦아낸다. 혼곤히 잠들어 있는 그의 얼굴은 지금의 그가 아닌 미소년이었던 그때의 그가 누워 있는 것 같았다.

그가 나를 부르고 있었다. 이리 와 봐요. 살구가 떨어져 있어요. 그의 목소리가 대나무 사이에 끼어 갈라지고 있었다. 대나무 사이사이로 햇살이 일직선으로 내리 꽂혀 빗살과 음영이 함께 공존하고 있었다. 스삭거리는 댓잎을 밟으며 나는 그가 부르는 곳을 향해 나아갔다. 자아. 그가 내미는 살구를 받으려 손을 내밀었다. 내 입안에는 신맛으로 벌써 침이 가득 고인다.

닿을 듯 말 듯한 그의 손이 끝내 닿지 않아 나는 자꾸 걸음을 떼고… 아앗, 나는 넘어지면서 대나무가 잘려나간 곳에 허벅지가 박힌다. 피가 철철 흐른다. 살갗이 벌어져 허연 뼈가 보인다. 나는 그악스럽게 운다. 그가 다가온다. 휘둥그레진 그의 눈에 겁이 더럭 실린다. 옥색 포플린 천으로 된 내 원피스가 피로 물들어가고, 내 신음소리가 대숲을 울릴수록 일직선으로 비추던 빛살이 가뭇가뭇 사라지며 그의 모습을 감춘다. 누군가의 신음소리가 바로 내 귓전에서 들린다. 내 팔에는 내가 흘린 침이 범벅이 되어 있다.

나는 내 허벅지의 상처를 본다. 다섯 살이던 그 해 봄, 밀려오는 잠을 쫓지 못해 가물가물 졸고 있을 때, 잠방이를 걸친 그가 지게를 지고 대문을 나서고 있었다.

"살구 주워 줘."

"아직 익지 않았어유."

"싫어. 주워줘."

"여기서 기다려유. 주워 올 테니."

그가 대숲을 헤치며 들어갔다. 그가 살구를 줍기 우해 허리를 굽히고 있었다. 나는 살금살금 대숲으로 발을 들여 놓았다. 그가 지나간 곳에 살구가 보였다. 살구를 줍기 위해 발을 내딛었다. 순간 마른 잎에 미끄러졌다.

"엄니는 엄청 이쁘셨어요. 눈도 크고 코도 입도 다 닮으셨어요. 내 말 들려유."

"… 응."

"참 이쁘셨당께유."

"… 응."

"다왔슈. 쫌만 참으셔유."

나를 등에 업은 그가 달리고 있었다. 대나무에 찔린 상처의 고통을 잊게 해 주기 위해 그는 어머니에 대한 이야기를 되풀이하며, 읍내에 있는 병원으로 향하던 그 유년의 시간이 지금 잠들어 있는 그의 머리맡에서 꿈으로 생생하게 재연되었다는 게 신기했다. 그는 그때 죽음이라는 것이 서로를 갈라놓는 것을 알았을까. 고작 그이 나이, 나보다 8살 많은 13살이었는데.

그는 여전히 잠들어 있다. 그동안 밀린 잠을 작심하고 자는 사람처럼. 성주를 가는 것을 아예 잊어버린 모양이다. 평온히 자고 있는 그의 얼굴을 나는 가만히 쓸어본다. 꺼칠한 얼굴, 건조한 피부는 고단했을 그의 삶을 그대로 대변하고 있는 듯했다. 그의 어느 한 부분 하나 제대로 알고 있는 게 없다는 사실이 문득 가슴을 친다. 내가 원하기만 하면 하늘에 있는 것이라도 옮겨다 줄 거라고 믿었던 사람은 그 누구도 아닌 그였다.

걸음마를 배울 때 그의 손을 잡았다. 처음 말을 시작해 '어브바' 할 때 그는 등을 내밀었다. 돌멩이에 걸려 넘어져 자지러지게 우는 내 소리에 뛰어오는 사람은 그였다. 냇가에 놓인 징검다리의 폭을 좁혀서 건너게 해 준 것도 그였다. 내 등과 발을 씻긴 뒤 물기를 수건으로 말끔히 닦아 주던 사람도 그였다.

그를 처음 안았던 날, 진정 맞닿을 수 없었던 것은 '너와 나', '나와 너'를 붙들고 있는 세월이라고 생각했었다. 지난 세월을 살아낸 것만큼의 시간이 흘러야 서로의 상실감이 빠져나가리라고 여겼다. 내 몸에서 파정도 하지 않은 그가 '이러면 안 되는데… 죄송해요'라는 말을 할 때 나는 비어 있는 내 자궁 안에 새 생명이 움트기를 기원하는 사람처럼 양다리를 오므렸다.

아이가 잉태되지 않은 게 남편의 '무정자증'이라는 것을 알았을 때는 허탈감마저 들었다. 비겁하게 그 이유를 들어 결별을 선언하기에는 너무나 초라해 보이던 남편이었다. 갖은 욕설과 구타를 퍼부을 때가 오히려 지루한 삶을 빨리 마감해 주는 길이라 여기면서도 생명에 대한 집착이 그 모진 세월을 견디게 해주었는지도 모른다. 아무런 희망이 남아 있지 않은 자에게는 두 눈 시퍼렇게 뜨고 살아야 할 이유가 무덤 속보다 더한 고통이라고 여기던 날 나는 집을 나왔다. 집을 나오자 비로소 혼자라는 자유로움 뒤에는 내 뒤꿈치를 물고 늘어질 것이 아무것도 없다는 사실이 실소를 터트리게 했다. 나는 헛웃음을 지으며 비어 있는 내 배를 쓸었다. 첫 생리를 시작하는 딸에게 반듯하게 마련해 놓은 흰 기저귀를 내밀며 잉태의 우려를 깨우쳐 주아야 하는 어머니라는 이름, 그 이름으로 불리게 되는 것도 오직 생명을 통해서만이다. 그 이름조차 얻지 못한 나는 당장 스스로의 생계를 책임져야 했다. 그보다 더 참을 수 없는 건 그를 향해 극한적으로 치닫고 있는 그리움에 내가 연멸될 것 같아서였다. 그를 기다리다 죽는 것보다 차라리 내 삶을 소진하는 게 나을 것 같다고 생각했다. '벼룩신문'에서 구인란을 뒤진 끝에 한 음식점에서 설거지를 맡아 하게 됐다. 오후 2시부터 새벽 4시까지 일을 했다. 시간이 어떻게 가는지 몰랐다. 허리를 펼 때쯤이면 퇴근시간이었고, 눈을 뜨면 출근시간이었다. 정지된 사고는 그와의 모든 기억을 차단시켰다. 간혹 일에 지치면 그를 떠올렸다. 그러다가 쌓여 있는 그릇을 설거지하느라 손가락이 뻣뻣하고 종아리가 퉁퉁 부을 때는 그에 대한 생각이 수챗구멍으로 쏟아져 나가는 구정물처럼 사라졌다. 모든 중독의 속성은 잠복하고 있는 게 아니라 상황에 따라 변하는 것 같았다. 급기야 발가락 사이에 물집이 잡히고 터지기를 반복하더니 엄지발가락이 통증을 일으켰다. 벌에 쏘인 것처럼 부어 있는 발가락에 열이 났다. 한쪽 무게에

쏠린 힘에 의해 발톱이 살갗 속으로 파고 들어가 그렇다며 의사는 이 상태가 지속되면 발톱을 뽑아야 한다고 했다. 발톱을 뽑아야 하는 것보다 당장 일자리를 잃을지 모른다는 불안감이 엄습했다. 어쩌면 생계의 우려보다는 그를 향해 치달을 그 시간이 두려웠을지도 모른다. 다행이 약을 바르고 복용한 탓인지 며칠 지나자 붓기가 가라앉았다. 발을 내딛을 때마다 욱신거리던 통증도 사라져 걷기가 수월하던 저녁이었다. 저녁을 먹기 위해 주방문을 밀치고 나가다가 막 출입문으로 들어서는 그와 마주쳤다. 앞치마에 양손을 문지르며 서 있던 나는 그를 피해 주방으로 다시 뛰어들었다. 그가 맞는가. 정녕 그인가. 꼭 만나야 할 사람은 어디서든 만나게 되는가. 막다른 골목에서 그를 대면하다니. 수치심보다 묻어 있던 그리움이 눈물로 증명하고 있었다.

"몇 시에요?"

그가 눈을 뜨며 시간부터 물었다. 나는 응급실 벽에 걸려 있는 시계를 쳐다보았다.

"열한 시 조금 못됐는데… 괜찮아?"

그가 고개를 끄덕였다.

"성주 가야죠. 미안해요, 하필…"

"안정을 해야 된대."

"......"

말없이 그가 다시 침대에 누웠다. 나는 그의 투박한 손을 가만히 쥐었다. 그의 입술이 떨렸다. 미간이 움찔거렸다. 나는 이 손을 잡기 위해 얼마나 많은 시간을 보냈는지 모른다. 그 많은 광음과 싸우며 건너온 날들. 나는 그의 손을 두 번 다시 놓지 않겠다는 듯 꼭 쥐고 있었다.

그의 입술이 다가왔다.

부드러운 그의 입술이 닿는 순간 모든 감각들이 소리 없이 방어벽을 허물고 있었다. 잔등에 뻐근한 통증이 인다. 그와 내가 살아낸 지난 세월을 묻을 듯, 간간이 깊은 탄식이 그의 입에서 흘러나왔다. 나는 말 못하는 사람의 언어처럼 '어 버버' 거렸다. 그 누구도 알아들을 수 없는 그 언어는 아마도 폭력 밖의 세상을 보게 해 달라는 내 안의 외침이었을 것이다. 그와 난 이제 새로운 통로를 통해 세상 밖으로 나갈 것이었다. 운명적인 것이 필연에 의한 진실이 아니라 해도 그와 나를 소통하게 되리라는 확신이 출렁거렸다. 나는 땀으로 범벅이 된 그의 얼굴과 목덜미를 핥았다. 파르스름한 그의 턱을 쓸다가 다시 거슬러 올라가 촉촉이 젖어 있는 그의 눈썹에 입맞춤했다. 그의 눈에서 뜨거운 눈물이 흘렀다. 눈물 가득 고인 눈에 지난날들이 등불처럼 비추어졌다. 밤이면 달과 별이 낮이면 해가 공중에는 나는 새들이 바다에는 수많은 물고기들이 들녘에는 뛰어나게 예쁜 꽃이 있는가 하면 이름 모를 꽃들이 땅속에는 풍부한 자원이 들어 있어 먹을거리를 넉넉하게 내놓으며 자연과 사람은 질서와 조화를 이루어야 한다는 것을 가르쳐 준 그곳에는 내 어머니가 있었다. 그 조화에 힘입어 내 어머니가 나를 잉태했듯이 나 또한 그를 통해 어머니가 될 것이었다. 나는 그를 천천히 이끌었다. 그의 입에서 새된 비명이 터져 나왔다.

새벽녘, 아직 여명이 동터오지 않은 바이올렛 빛 하늘에 뜬 별들이 선명히 다가와 내 가슴에 쏟아지는 듯하다. 나는 고개를 뒤로 한껏 젖혀 별들을 가슴에 담으며 산 중턱으로 걸음을 옮겼다. 산기슭에는 같은 높이의 나무들이 띠처럼 무성하게 둘러싸고 있는 가운데 성주로 넘어 가는 터널이 어슴푸레하게 보이는 것도 같았다.

병원 문을 나서자 그는 성주로 향해 자동차를 몰았었다. 다음에 가도 된다는… 정말 괜찮다는 내 말을 묵살하며 그는 이곳에 여장을 풀었다. 그는 잠들어 있을 것이었다. 그와 내가 건너온 세월의 깊이를 들여다보느라 어쩌면 바닷물 속에서 유영하고 있을지도 모른다.

산중턱에 오르자 딱따구리의 당당한 입질이 귀청을 때린다.

청머루 같은 빛으로 변해 가는 하늘엔 까마귀가 무리 지어 있다. 떼를 이루는 까마귀들의 비행에 장엄함을 느끼며 그 안에서 손짓하는 나를 본다.

어슬어슬하던 하늘이 청명해지면서 터널이 조금씩 윤곽을 드러내고 있다. 나는 터널을 바라본다. 그리고는 천천히 산을 내려오기 시작했다. 그가 있는 곳으로 가기 위해.

젓가락

음식점은 어느 곳이든 북적였다.

연말을 앞두고 있는 이맘때쯤이면 흔히 볼 수 있는 풍경이
어김없이 되풀이 되고 있었다. 한 사람이라도 더 받기 위해
끝나가는 테이블의 손님들에게 눈총을 보내는 주인이나 빈자
리를 찾아 어떻게든 끼어 앉으려는 사람들이나 며칠 남지 않
은 시간에 죽기 살기로 매달리고 있는 듯했다.

한 해를 보내고 새해를 맞는 공통된 감회는 모두가 엇비슷
할 것이었다. 아등바등하는 사이 덧없이 흐른 시간이 마치 세
월이라는 것이 공간 이동을 해 훌쩍 뛰어넘어 온 것 같아 애닮
아 하기도 한다. 그런 일 년을 뒤로 해야 한다는 것도 허무하
고 서글픈데 대열에까지 끼지 못한 채 혼자 부유한다고 생각

하면 심적인 불안감은 몇 배로 가중된다. 그래서 우리는 나 혼자가 아니라는 느낌을 받고 싶어 이렇듯 무리 속에 묻혀 그 두려움을 완화시키고 있는지도 모른다.

어쩌면 새해를 운운하는 것조차 우스운 짓에 불과할 수 있을 것이었다. 하루가 저물고 아침을 맞는 다음날이 우리에게는 매일 새로운 날일 것인데, 어째 우리는 꼭 마지막 남은 달력 앞에서만 열광하며 진담처럼 말하고 진실처럼 행동하려는지 알 수가 없었다.

평소의 나쁜 습관을 고치겠다고 굳은 결심을 하고 며칠 후에는 무엇을 자신에게 약속했던가를 까맣게 잊은 채 매년 행하던 그 모습 앞에 서 있는 나만 보더라도 그렇다.

술을 끊으라고, 담배를 피우지 말라고…. 아내의 잔소리가 아니더라도 시도를 해 보았지만 여전히 술잔을 기울였고 흡연을 하기 위해 베란다나 복도 계단 창 앞에 서서 거리를 기웃거리곤 했다. 아내는 술은 접대상 필요로 하니까, 그렇다 치고 담배는 자신의 의지만 있으면 되는 거 아니냐고 퉁박을 주었다. 아내의 핀잔에 아들 녀석까지 거들고 나섰다. 요즘은 담배를 끊는 사람보다 피우는 사람이 더 독종이라던데요. 일요일 오후, 이른 저녁상 앞에서 아들 녀석은 귀에 이어폰을 꽂은 채 다리를 꺼덕거리며 툭 내뱉었다. 독종, 순간 나는 그 단어를 곱씹었다.

학교 앞으로 찾아 온 어머니에게 내가 쏘아 붙였던 말이었다. 내 말에 어머니는 더 이상 할 말을 잊은 사람처럼 멍하니 서 있었다. 무거운 추가 흔들리듯 어머니의 두 눈이 천천히 젖어 들었다. 어머니의 두 눈에서 흐르는 눈물 앞에 나는 폐 깊숙이 스며드는 또 다른 절망감을 보고 있었다. 나는 어머니를 등진 채 빠르게 걸었다. 연희가 기다려서 가야 해요. 정녕 어머니한테 내뱉고 싶었던 것은 그 말이었으리라. 하지만 나는 그 말을 감춘 채 갈 길을 잃어 아득한 마음에 갈팡질팡하는 사람처럼 창창거렸다.

주문한 삼겹살을 불판 위에 올린 종업원은 내가 미쳐 무어라고 하기도 전 다른 테이블로 향했다. 나는 손을 들어 종업원을 부르려다 그만 두었다. 밑반찬과 술병을 챙겨 곧 올 거라는 생각에서였다. 음식이 차려져야 젓가락이 필요한 것이었고 무엇보다 부산을 떠는 것 같아서였다.

"정정 하시지 않았어요."

제작 실장 한석민이 구워지는 고기를 뒤집어 놓으며 물었다.

"우리도 언제 하느님이 부르실지 몰라, 부르면 그저 '넵' 하고 가야지."

제작 이사 최영수가 술잔을 비우며 탄식조로 읊조렸다.

"재혼하신 지 얼마나 되셨어요."

한석민이 노릇하게 구워진 고기를 내 앞에 놓여 있는 접시에 담으며 궁금하다는 듯이 물었다. 순간, 모멸감 비슷한 것이 목울대를 쳤다.

"40년이라고 들었습니다."

내 대답에 최영수와 한석민이 고개를 끄덕였다. 나는 어머니의 재혼한 세월이 그렇게 오래 되었다는 것을 아내가 제사 운운할 때 알 수 있었다. 한 번도 어머니를 놓고 그 시간을 따져보지 않았던 원인도 있었지만 굳이 그 생각을 떠올리고 싶지 않았다. 내게 있어 어머니의 재혼은 자식을 버리고 떠난 모진 여자로밖에 여겨지지 않았기 때문이었다. 그런데 지금 어머니의 삼오제를 치르고 오지 않은 일이 섬쩍지근하기만 하다. 의당 삼오제를 치르고 왔어야 했을까? 멀뚱하게 선 채 어머니가 키운 한수 옆에 서서 오가는 조문객들을 맞이하는 것이 왜 그리 창피하고 불편했던지. 그 시간 내내 나는 빨리 내 자리로 돌아가고 싶어 안달을 떨고만 있었다. 사부랑사부랑거리는 한수의 친인척들의 야릇한 눈빛이 아니더라도 나는 장례식이 어서 끝났으면 했다.

한수를 동생이라고는 하나 그저 일 년에 한두 번 많게는 서너 번 공식적인 행사에서 보았을 뿐이다. 그것은 내 의사와 상관없이 연희에게 이끌려가는 자리였다. 연희는 어머니와 자주 연락을 취하고 있는 듯했다. 어머니의 회갑연이 열린다는 것도 연희를 통해 들었다.

"엄마 우리 눈치 많이 봐, 좀 너그러워져. 그쪽 오빠도 나한테 참 잘해 주어."

한수는 친동생처럼 매사에 곰살 맞게 굴었지만 나는 선뜻 다가가지 못했다. 그런 내게 통박을 주는 건 오히려 연희였다. ―못된 성격 버려… 저 오빠가 무슨 죄유. ―연희의 말에 나는 내가 ―뭘― …하는 것으로 얼버무리곤 했다.

한수 역시 그런 내 마음을 읽고 있는 것처럼 연희의 집에는 자주 들락거리는 듯했지만 나를 찾는 일은 아주 드물었다. 명절 때면 한수는 연희와 함께 나를 찾았고 안부 차 했다는 전화도 금방 끊곤 했다.

"참, 책은 읽고 있대요?"

한석민이 최영수를 돌아보며 물었다.

"읽겠지!"

"확실히 해 준대요."

"그걸 내가 아니, 니가 아니! 배우 맘이지."

"지난주에 달라고 할 때 주었어야 하는데… 어, 왜? 안 드세요!"

"젓가락이….."

나는 한 짝 밖에 남아 있지 않은 젓가락을 들어 보이며 일행을 향해 열없는 웃음을 지었다. 공교롭게도 수저통은 내가 앉은 곳 옆에 놓여 있었다. 종업원이 오기 전 수저통을 연 나는 일행들 앞에 수저와 젓가락의 짝을 맞추어 놓은 뒤 내 것을 챙기기 위해 젓가락을 집어 들었다. 젓가락이 한 짝 밖에 남아 있지 않아 종업원이 다가오기를 이때나 저때나 기다리고 있던 중이었다.

"예… 에!"

"아가씨!… 어이, 아가씨!"

음식을 먹지 못하고 있는 것이 젓가락이 없어서인 것을 알게 된 한석민이 큰 소리로 종업원을 불렀다. 그제야 종업원의 눈길이 우리 쪽을 바라보았다. 한석민이 들고 있던 젓가락을 휘휘 저어 대자 종업원은 서 있던 곳 테이블에서 젓가락을 꺼내어 내밀었다. 각 테이블에서 떠드는 사람들의 수런거리는 소리와 담배 연기, 그리고 고기 굽는 냄새로 실내는 자우룩했다.

나는 반찬을 집기 위해 젓가락을 들어올렸다. 젓가락은 아귀가 맞지 않았다. 짝짝이었다. 한 뼘쯤은 짧은 듯했다. 젓가락의 짝을 맞추기 위해 수저통에 있는 나머지 젓가락 한 짝을 꺼내 나란히 세워 보았지만 그것 또한 맞지 않아 제각각이었다. 또 다시 종업원을 불러 젓가락 운운하기에는 어려울 것 같았다. 손님들의 시중을 드는 종업원의 찜부럭한 얼굴을 대하는 것보다 대충 짝을 맞추어 사용하는 것이 나을 듯했다. 더구나 내가 자처해 대접하겠다고 나선 자리였다. 젓가락을 가지고 운운하기에는 예의가 아닌 듯싶었다. 현저하게 차이가 나는 젓가락이라 사용을 못할 지경도 아니라는 것으로 스스로 위안을 삼으며 음식을 들어올렸지만 기분은 썩 유쾌하지 않았다. 어머니의 장례식에 와준 감사함과 제 날짜에 시나리오를 넘기지 못해 제작에 차질을 빚은 미안함을 담고 있는 자리라 내가 까탈을 부려서는 안 된다는 생각이 들었기 때문이었다.

평소 때라면 어림도 없는 일이었다. 고집을 피워 끝내 짝이 맞는 젓가락을 가져오게 했을 것이었다. 작업을 하기 전 주변을 말끔히 정리하지 않으면 도무지 일이 손에 잡히지 않는 습관은 아내와 자주 말다툼의 원인이 되기도 했다. 집안의 물건 하나만 흐트러져 있어도 나는 그것을 그냥 보아 넘기지 못했다. 무엇이든 제자리에 있지 않으면 견디지 못하는 것은 작업을 하든 그저 무심히 보고 있는 텔레비전 앞에서도 내내 뇌리에서 지워지지 않아 똥마려운 강아지처럼 안절부절이었다. 볼펜 한 자루, 손톱깎이, 면봉, 가위, 장마철 현관 앞에 삐딱하게 세워져 있는 우산 그런 잡다한 것에서부터 심지어 아내와 잠

자리를 하고 샤워를 하지 않으면 잠이 들지 못하는 것까지도 고칠 수 없는 고질병이 되어 있었다. 그런 하나하나에 아내는 불평이었다.

"살은 뭐 하러 섞어… 그럴 때마다 내 기분 어떤지 알아."

아내의 말에 그럴 수도 있겠다 싶어 섹스 후 샤워하는 것만은 참아보려 했지만 결국 몸을 일으켰다.

어쩌면 그 버릇은 어머니로부터 시작되었는지도 모른다. 아버지의 갑작스런 죽음으로 혼자가 된 어머니는 생계를 꾸리기 위해 거리로 나서야 했다. 그런 어머니는 내가 일곱 살이 되고 연희가 다섯 살이 되던 해 온다간다 말 한 마디 없이 사라졌다. 외삼촌 집에 맡겨진 우리 남매는 외숙모의 눈칫밥을 먹으며 새우잠을 자야 했다. 우리는 매일 영등포에서 공덕동까지 걸어 행여 어머니가 돌아오실 것 같아 빈 골목을 지키다 서서히 기울던 해가 해넘이를 하고서야 몸을 일으키곤 했다. 눈이 쌓인 겨울이면 연희의 얼어터진 손을 꼭 쥐고 봄이면 진달래꽃이나 개나리꽃잎을 따 먹으며 허기진 배를 채웠다. 가을엔 거리에 쏟아지는 은행잎을 주우며 시간을 보냈다. 그런 계절을 보내도록 어머니의 모습은 보이지 않았다. 한 해가 저물고 계절은 순환되어 여름철이 돌아왔다. 장맛비가 억수같이 쏟아지던 날이었다. 처마 밑에 쪼그리고 앉아 우리는 비를 피하고 있었다. 낙숫물은 대지를 움푹움푹 패이게 했다. 나는 점점 패여 가는 구멍을 세었고 연희는 빗물을 손바닥에 받아 탁탁 치었다. 연희가 손바닥을 칠 때마다 빗물이 튀기어 내 목덜미로 떨어지기도 했다. 연희가 모로 쓰러진 것은 그때였다. 가르릉거리는 숨소리가 막 어미 품을 벗어난 새끼 새처럼 할근할근거렸다. 연희를 들쳐 업고 뛰는 내 등이 심장이 되어 벌떡벌떡거리는 듯했다. 외삼촌에게 종아리를 맞아 피멍이 들고 뱀이 할퀴고 지나다닌 듯했지만 난 아무런 고통도 느끼지 않았다. 연희가 살아날 수만 있다면 더한 고통도 참을 수 있을 것 같았다. 폐렴으로 이어진 연희의 병은 붉은 꽃잎 같던 입술을 검게 물들여 놓았다. 연희는 일주일을 병실에서 보내고서야 퇴원을 할 수 있었다. 그 사건이 있은 후 우리는 더 이상 공덕동을 찾지 못했다. 외삼촌의 불호령이 아니더라도 공덕동에 가지 않을 생각이었다. 어머니는 우리 곁으로 영영 돌아오지 않을 것이었다. 어쩔 수 없이 어머니가 선택한 것이 아닌, 연희와 나를 철저하게 버렸다는 것을 깨달았기 때문이었다. 그때부터였을까? 거리를 지나가다가 비스듬히 세워져 있는 쓰레기통이나 박스 따위를 볼 때면 나는 그 물건들을 바로 세웠다. 어느 집을 가더라도 현관에 들어서면 신발이 나란히 있는가를 먼저 보았다. 아무렇게나 벗어던진 신발을 보면 짝을 맞추어 정리를 해 놓아야 안심이 되었다. 전철 안이나 혹은 버스 안에서 옆에 서 있는 사람이나 앉은 사람의 어깨에 떨어져 있는 머리카락 한 올을 보아도 그랬다. 머리카락을 집어 들고 싶은 충동을 억제하지 못했다. 아무리 딴 곳으로 정신을 집중시키려 해도 시선은 그곳에 머물러 있었고 손가락은 근질거렸다. 내 의지와 상관없이 사람들의 어깨위에 떨어져 있는 머리카락을 집어 올리곤 했다.

"참, 그 일은 잘 마무리 되었습니까?"

"……."

"친형제 간에도 부모님이 돌아가시면 재산 때문에 되박 터지게 싸우고 난리잖아요."

여전히 불판에 고기를 올려놓으며 한석민이 거들었다.

술이 확 깨는 기분이었다. 어머니의 장례식에 참석했던 사람이라면 누구나 그 일을 두고 떠들고 있을 거란 생각에 미치자 술에 취하면 습관적으로 미쳐 날뛰는 사람처럼 열이 혹 끼쳤다.

삼천만원을 놓고 일어난 싸움이었다.

어머니가 연희에게 삼천만원을 꾸어 주었다는 것도 금시초문이었다. 매제가 하겠다고 나선 일마다 여의치 않다는 것은 익히 알고 있던 터였다. 연희를 대학에 보내지 못한 죄스러움이 때때로 찾아 왔지만 지금에 와서 후회한다 한들 소용이 없는 일이었다. 여고를 졸업하고 곧바로 백화점에 취직을 했을 때 대견스러웠다. 임시직이라지만 저 하기 나름이라는 덕담으로 나는 연희를 응원해 주었다. 워낙 사리판단이 분명하다는 장점을 지니고 있어 처음 매제를 소개할 때만 해도 나는 불만이 없었다. 배달직이면 어떤가, 서로 부실한 점을 상호보완해 나가면 큰 탈 없이 살 수 있으리라는 희망은 얼마 가지 않았다. 이삿짐센터, 퀵서비스 등등 수없이 업종을 바꿀 때마다 나는 내가 할 수 있는 범위 내에서 도왔다. 내가 갑자기 죽게 되면 내 어머니가 그랬던 것처럼 내 아내가 자식을 놔두고 줄행랑치는 일을 막기 위해 모으고 있던 돈을 사과를 베어 먹듯 매제에게 야금야금 먹히고 있었다. 목 디스크를 끼고 살면서도 들어오는 일을 마다하지 않고 모은 돈이었다. 불에 달구어진 쇠꼬챙이를 돌려대는 것처럼 눈이 빠질 것 같은 통증을 참으며 모니터 앞에 앉아 있던 대가로 받은 돈이었다. 마지막이라며 개인택시 살 돈이 모자라서 그런다고 연희가 찾아와 울며 매달릴 때 내가 뱉은 말은 대충 그런 것들이었다. 아마 그때쯤에 어머니에게서 돈을 꾸어온 듯했다.

어머니의 부음을 외삼촌에게서 들은 건 밤 열두 시가 다 되어서였다. 갑작스럽게 맞이한 어머니의 죽음 앞에 나는 그저 멍하니 앉아 있었다. 며칠 전만 해도 어머니는 전화를 넣어 내 안부를 물었다고 아내가 전하며 일간 들린다는 기별을 받았다고 했다.

"다른 노인들처럼 허리 병이나 무릎관절도 없는 것 같던데, 노인네가 건강은 타고난 것 같아" 하며 연희가 농담처럼 흘리는 말에도 나는 그저 그런가 보다 했었다. 그래서였을 것이다. 어머니가 그렇게 쉽게 돌아가시리라는 생각을 전혀 하지 않았던 것은.

장례식장에 도착했을 때는 연희 내외가 먼저 와 있었다. 내가 들어서자 한수가 꾸벅 인사를 건네며 허리를 굽혔다.

나는 내 어머니가 죽었다는 것도, 내 어머니를 위해 상주가되어 조문객을 맞아야 한다는 것도 장례식을 치러야 한다는 것도 실감나지 않았다. 그저 알고 지내던 사람의 부음을 받고 온 일반 문상객들처럼 밋밋한 심경이었다.

"저녁 잘 잡수시고, 사과까지 드시는 걸 보았는데요… 큰 애가 할머니 방에 들어갔다가 나오더니…."

한수는 어머니가 죽은 것이 마치 자신의 죄인 양 말끝을 흐렸다. 영정사진도 없는 빈소는 겨울밤의 등불처럼 쓸쓸했다. 날이 밝아야 제대로 된 빈소가 꾸며질 것이었다. 시간이 그랬다. 가까운 친척 외에는 알릴 수 없는 깊은 밤이었다.

"계약금 뺀 나머지 입금했습니다. 그래도 작가님들은 그렇게 한 번씩 목돈이 들어오고." 하는데, 한석민이 말꼬리를 빼앗는다.

"난, 몫돈 아니라 더한 걸 준대도 글은 안 써요."

"임마, 너더러 누가 쓰게나 하고…."

술이 취하면 아예 반말로 이어지는 최영수의 버릇이 어김없이 나오고 있었다. '엠' 영화사와 인연을 맺어 지금껏 함께 작업을 할 수 있었던 것은 최영수 덕분이다. 경계가 없이 상대를 배려하고 편하게 하는 장점 탓인지도 몰랐다. 적군도 아군도 없이 누구와도 금세 어울렸고 그 누구를 보더라도 쓰다 달다 뒷말이 없었다. 저녁 자리나 술자리가 시작되면 직장 상사나 동료들의 이야기 거리가 입방아에 오르게 되어 있다. 나쁜 말이든 좋은 말이든 상대에 대한 추임새가 안주로 등장하게 마련이었다. 그것이 곧 사회에서 타인들과 어울려 사는 사람들과의 관계일 것이고, 또한 살아남기 위한 자신들의 모습 뒤에 숨은 비굴함인지도 몰랐다. 하지만 최영수는 그런 비겁함을 갖고 있지 않은 듯했다. 누가 무슨 말을 해도 쓰다 달다 말이 없었다. 최영수는 무엇보다 상대에 대한 신뢰가 우선이며 기본이라고 여기는 듯했다. 처음 최영수가 시나리오를 부탁했을 때 선뜻 응했던 것도 그런 신의가 밑거름이 되었을 것이다.

계약서를 쓰지 않고 시나리오를 넘겼던 것도 최영수의 부탁이었기에 가능했다.

"아, 예…에 고맙습니다."

"고맙기는…뭘요…전 작가를 최고로 여기면서…존경하는 사람입니다…문화, 한류…배우…어쩌구 떠들어도…말입니다. 작가가 없으면 말짱 도루묵…아니, 꽝이다, 이겁니다. 2천7백만원 한꺼번에 입금하라고…혹시 찌뜰름찌뜰름 드릴까봐, 내 딴에는 긴장…했습니다. *끄윽, 어쨌든 돈 주면서…거들먹거리는 짓은 하지 말아야…되는 거 아닙니까? 장례식장에서 짝짜꿍이 벌어진 것도 돈 때문이라지만…적어도 우리는 그러지…말고 살아야…여동생분더러 그…돈 주라고 하세요. 그 길이 어머니에 대한 예의고…재혼한 어머니도 어머니고…아버지가 죽고도…계모일망…친어머니처럼…모신…그 누구지… 엉… 상주…정 한…수씨한테… 작가님이…우리 어머니 모셔 주어서 감사하다고 인사라도 건네면서…그 돈…돌려…주세요."*

최영수는 마치 연희 대신 나라도 한수에게 변제를 해야 마땅한 일이라고 꾸짖고 있는 듯했다. 불쾌하기 짝이 없었다. 그대로 일어나 최영수의 면상을 갈기고 싶은 충동이 일었다. '당신이 무엇을 안다고 함부로 지껄이냐'는 고함이 터져 나갈 것 같아 입술을 사려 물었다. 돈의 변제를 두고 내 가족도 아닌 타인과 맞설 수는 없는 일이었다. 그 행위는 결국 내 꼴만 더욱 우습게 만드는 결과만 초래할 뿐이라는 것은 너무나 자명한 일이었다.

더구나 나는 최영수 아니라 그 어떤 사람이 그래야 한다고 해도 절대 그 돈을 대신 갚지 않을 작정이었다. 어깨뼈가 불퉁거려지고 손가락의 관절 마디마디가 쑤시는 아픔을 감수하고 받은 대가가 아니더라도 나는 한 푼도 내 놓지 않을 것이었다. 아니, 운 좋게 로또 복권이 당첨된다 하더라도 그럴 의사는 추호도 없었다.

생활이 그리 넉넉하지 못한 것 같은 한수는 어떻게든 그 돈을 연희에게 받으려 할 것이었다. 한수는 어머니로 해서 빚어진 갈등의 고리를 나와 연결시킬 만큼 비신사적인 인물은 아닌 듯했다. 상식 밖의 행동을 할 만큼 과격하거나 모진 성격의 소유자도 아닌 것 같았다. 적어도 내가 관찰해 본 한수는 그랬다. 그런 심성의 소유자라면 그 돈과 내가 무관하다는 것쯤은 알고 있을 것이었다.

한수는 어머니의 빈소 앞에서 연희에게 소리를 질렀다. 상주의 고함에 빈소는 삽시간에 술렁였다.

"내놔."

"그게 오빠 돈야, 울 엄마 돈야!"

"저…저, 말하는 싸가지 좀 봐, 지 에미 이날꺼정 군소리 없이 모신 게 누군데…."

"가져 간 돈 아니더라도 있는 돈도 내 놓을 판에…."

"어이구, 죽은 오빠가 저승에서 통곡을 허것네."

한수의 친인척들이 찌무룩한 얼굴로 연희에게 야유를 던졌다. 빈소 앞은 시장 통처럼 변해 가고 있었고 문상객들은 때 아닌 싸움을 흥미롭게 지켜보았다.

"우리 아버지가 돌아가시면서 어머니 생활비 보태 쓰라고 남기신 돈야! 그 돈이 어째 어머니 돈야?"

"울 엄마가 분명 나 줬어, 나 주려고, 평생 모은 돈이라며…."

질세라, 연희도 두 눈을 치켜든 채 한수에게 달려들었다. 앞뒤 설명도 없이 느닷없이 생긴 일이라 나는 어이가 없어 아내를 바라보았다. 아내는 벽에 기댄 채 말없이 눈만 꿈쩍거렸다. 그 눈짓은 그저 가만히 있으면 된다는 것 같았다. 아내의 그런 제스처가 없었다 하더라도 내가 나설 수 있는 자리가 아니었다. 돈에 대해 아는 것도 없었지만 잘못 나섰다가는 삼천만원의 대한 채무를 내가 변제할 지경에 이를지도 모른다는 계산이 들었기 때문이었다.

아무리 심성이 고운 사람이라도 돈 앞에서는 무너지게 되어 있는 것이 인간의 본성이다. 한수를 잘못 관찰하고 있을 수도 있다는 생각도 들었다. 연희한테서 삼천만원이 나올 형편이 못되기 때문에 한수가 일부러 내 앞에서 저러는지도 모른다는 생각이 먼저였을 것이다. 한수의 친척들도 무리로 앉아 두 사람의 싸움을 지켜보며 떠들었지만 정작 나서지는 않았다.

한수는 연희와 대거리를 하다가도 문상객이 오면 '아이고… 오. 아이고, 아이고'를 반복했고, 어머니의 갑작스런 죽음을 애닯아 하며 돌아가시던 날 밤의 상황을 반복된 테이프를 틀어 놓은 것처럼 조사 하나 틀리지 않고 문맥을 이어나갔다. 삼일장을 치르는 동안 한수와 연희는 똑같은 소리로 싸웠고 나는 모른 척 수수방관하고 있었다.

아내는 그때마다 내게 소리 없는 눈짓을 보냈다. 나는 연희와 한수가 대거리를 하는 것을 지켜보며 끝내 입을 열지 않았다. 내 수중에서 가져간 돈도 모자라 어머니한테까지 손을 벌린 연희가 자존심도 없는 것 같아 심한 배신감마저 들고 있었다.

"아…무튼요…주제 넘은…소리…자꾸…해서, 죄송스럽지만요. 형제간에는 띠앗이 최곱니다."

"이사님! 그만 하세요."

술병을 드는 최영수를 한석민이 만류하고 나섰다.

최영수가 따라놓은 술잔을 들어 나는 단숨에 들이켰다. 어느새 술병은 네 병째를 비우고 있었고 실내는 담배 연기와 테이블마다 떠드는 소리로 앞자리에 앉은 사람과의 대화는 불가능한 상태였다.

"자리를 옮기면 어떨까요?"

"시원하게 맥주로…입가심, 좋습니다."

"조용한 곳으로 안내할까요?"

내 말에 최영수가 동의했고 한석민은 장소를 정하고 나섰다. 하전하전거리는 최영수를 부축하며 한석민이 안내한 곳은 현대식으로 꾸며진 민속주점이었다.

우리 일행을 보고 주인 남자인 듯한 사내가 달려와 인사를 건네었다.

"자주 오셨나 보죠."

"이 집이 안주가 싸거든요. 기본만 시키면 안주와 술…저같이 젊고 돈 없는 사람들한테는 딱이죠."

최영수를 의자에 앉히며 한석민이 엄지와 검지손가락을 들어 동그라미를 만들어 보이며 웃었다. 한석민이 말대로 기본 1만5천원이라는 메뉴를 시키자 웬만한 한정식 상차림처럼 반찬들이 테이블을 메웠다. 그 사이 최영수는 테이블에 엎드려 잠이 든 것 같았다.

"우리 이사님이 원체…휴먼니스트잖아요."

나는 고개를 끄덕이며 흰 거품이 넘치도록 한석민의 잔에

술을 따랐다.

"이번 작가료 갖고도 사실 말이 많았어요. 한푼이라도 깎으려고 하는 게 제작사잖아요. 계약서 안 쓴 걸 빌미로 2천으로 하자는 걸 이사님이…."

맥주로 목을 축인 한석민이 입가에 묻은 거품을 쓰윽 닦아내며 말을 이었다.

"이사님 고집 아시죠. 약속을 목숨처럼 여기시는 거…그렇다고 월급을 많이 받는 것도 아니시고…경비를 빵빵하게 주어 이사님 목에 힘 들어가게 하는 회사도 아닌데…왜, 저까지 코가 끼워 있는지 모르겠어요. 제 친구가 저 있는 영화사로 오라고 하는데…아직 결정은 안 내렸어요. 이사님을 보면 있어야 하고…현실적으로는 가야 하고."

이제 서른이 된다는 한석민의 얼굴은 믿기지 않을 정도로 앳되었다. 이런 사담을 서로 털어 놓은 적이 없으니 나로서는 그의 나이를 그저 어림짐작으로 가늠하고 있던 터였다. 많이 먹어야 스물 대여섯일 것이라고 여기고 있었다. 내 말에 한석민은 소년처럼 웃었다.

"그냥 영화가 좋았어요. 고등학교 졸업하고 충무로에서 막일부터 배워 나갔죠. 그러다가 나이를 먹고 제작실장까지 맡은 걸 보면 많이 컸습니다."

그랬다. 나 역시 영화가 좋았다. 불우한 유년 시절과 청소년 기를 겪으며 내 안에 쌓여가는 침전물을 맑은 곳으로 흘려보내지 못하고 있을 때 영화는 내게 그 통로를 모색하게 해 주었다. 영화 속에서 나는 내가 살아가야 하는 이유를 찾은 건 중학교 졸업 무렵이던 겨울, 〈대부〉라는 영화를 보고서였다. 그 안에는 생명의 대한 희열과 사랑, 증오, 남자로서 남자를 배워가야 하는 길이 어떤 것인가를 어렴풋이 깨닫게 해 주었다. 나는 비로소 내 안에 썩은 채 부유하고 있던 그 침전물을 흘려보내는 통로를 찾아내었다.

"안녕하세요."

"왜에, 학생!"

여대생으로 보이는 학생이 한석민의 옆에 서며 인사를 건넸다. 한석민이 인사를 날름 받으며 여대생을 쳐다보았다.

"전 학생인데요, 보육원에 성금을 보내기 위해 이 물건을 팔고 있습니다."

여학생이 들고 있던 것을 테이블 한 쪽에 펼쳤다. 작은 복조리 하나와 그것보다 조금 더 큰 복조리에는 로또복권이 끼워져 있었다. 길쭉한 고동색 케이스를 열자 상자 안에는 나무젓가락 두 벌이 들어 있었고, 젓가락 사이에는 받침대가 나란히 누워 있었다.

"그래서요."

한석민이 펼쳐진 물건들을 주욱 훑어보며 물었다.

"팔아 주시면 많은 동생들이 이 추운 겨울을 따뜻하게 보낼 수 있거든요!"

나는 빠르게 지갑을 열었다. 천원짜리 지폐를 여학생에게 내밀었다.

"필요한 물건이 없네요."

"그냥 도움 받자는 것이 아닌데요?"

여학생은 내 얼굴을 빤히 쳐다보았다. 그 얼굴은 당당함을 벗어나 있었다. 눈빛은 경멸스럽다는 듯이 쏘아보는 것도 같았고, 물건을 꼭 팔겠다는 어떤 의지력이 엿보이는 듯도 했다.

"필요하지 않은 물건이라…."

궁여지책으로 꺼낸 말 치고는 치졸하다는 생각이 들었지만 사태를 빨리 정돈하고 싶은 마음뿐이었고, 무엇보다 알량한 자비심을 내세워 필요하지 않는 물건을 사고 싶은 생각은 추호도 없었다. 그것은 쓸데없는 객기이거나 아니면 허영심에서 오는 것이라고 여겼다. 정말, 보육원에 있는 동생들이 따뜻한 겨울을 보내게 해 주려면 당당히 일자리를 찾아야 한다는 생각을 떨쳐 버리지 못하고 있는 게 이유이기도 했다. 지금 그 나이에 시급 2,500원 많게는 2,800원짜리를 찾아 헤매는 아르바이트생들이 얼마나 많은가를 말하고 싶었는지도 모른다. 청년 실업자들은 이 겨울을 보내기 위해 거리를 떠돌며 일자리를 찾고 있을 것이며 실직한 가장들은 가장으로서 책임과 의무를 다하기 위해 노동 현장에서 벽돌을 나르고 있는 것을 생각하면 학생은 너무 쉬운 방법으로 보육원에 있는 동생들을 돌보려는 것이 아니냐고 오히려 되묻고 싶은 게 솔직한 심정이었다. 하지만 나는 그런 대사를 칠 만큼 여유롭지 못했다. 아니 좀 더 솔직히 말한다면 내 일도 아닌 일에 끼어 또 다른 관계를 형성하고 거기에 따른 어떤 책임의식을 느끼고 싶지 않았다.

어머니의 죽음과 장례식장에서 벌어졌던 일들도 잘못 맺어진 관계의 부산물이 어떤 것인가를 적나라하게 보여주고 있지 않은가. 그런데다 하필 각본료의 잔금이 이 시점에 입금되어 최영수까지 내 가족사를 두고 왈가왈부하는 것에 자존심이 상할 대로 상해 있는 판국이었다.

연희가 어머니에게 일 년 후에는 꼭 갚겠다는 약속을 한 건 틀림없다고 아내는 호들갑스럽게 떠들었다.

"그 이야기를 왜 지금, 하는데…."

"당신은 참 누구 편이예요. 아가씨 입장만 곤란하게 그 말을 내가 왜 해요. 더 웃기는 건 어머니예요."

'뭐어, 웃기는 건….' 아내가 뱉은 말을 나는 입안에서 궁굴렸다. 내가 어머니를 못마땅하게 여기는 것과는 다른 어떤 분노가 아내에게 일었다. 나는 일렁이는 분노를 입 안으로 꾸역꾸역 밀어 넣으며 아내를 쏘아 보았다. "인제 얘기지만 언젠가 어머니가 그러시더라구요. 저한테 뜬금없이 전화를 하셔서 자기 죽으면 천만원은 장례비로 쓰고 남은 이천만원은 애비 주라고…근데, 알고 보니까, 아가씨한테도 그랬고…한수 도련님한테도 그랬데네요."

나는 아내에게서 슬그머니 눈길을 거두었다. 삼천만원으로 자식들을 갖고 놀았다는 생각이 들어 어머니에 대한 증오심이 폭발직전이었고 아내 보기가 민망스러워서였다.

"그나마 삼천만원이니 이 정도지, 삼억이었으면 살인났겠어요."

"그만 못해."

소리를 질렀지만 아내의 말은 틀리지 않은 것 같았다.

나는 어머니에게 따지고 싶었다.

어린 자식들을 팽개치고 도망갔을 때처럼, 이 자식 저 자식에게 돈을 주겠다고 무분별하게 약속을 해 놓고 떠나버리면 그뿐이라는 어머니의 사고방식을 납득할 수 없다고, 어머니의 그런 모호한 행동이 남은 사람들에게는 어떤 영향을 미치는지 알기나 하느냐고. 어머니로 해서 형제간에 야기된 분란은 누가 책임져야 하느냐고. 제 자리를 지키지 못한 결말의 끝은 엄숙해야 할 상갓집이 시장판으로 변한 것은 어머니 당신의 업보라고. 달라고 하지도 않은 화근 덩어리를 자식들에게 골고루 나누어 준 덕분에 당신의 시신을 놓고 싸움판으로 이어지게 만든 장본인 바로 어머니 당신 덕택이라고.

"학생! 이리로 와 봐요."

테이블에 머리를 대고 있던 최영수가 머리를 쓸어 올리며 여학생을 불렀다. 조금은 술기운이 완화된 듯 말소리가 또렷했다.

최영수는 여학생이 갖고 있는 물건을 찬찬히 들여다보았다.

"복조리는 조금 비싸다. 한 오천원 하면 맞을 듯한데…. 가격을 그렇게 매겼다면 할 수 없고, 이 케이스는 뭐요?"

최영수의 말에 여학생이 고동색 케이스를 다시 펼쳤다.

한참을 들여다보던 최영수가 지갑을 꺼내었다.

"젓가락은 누구나 쓰는 거니까, 이게 좋겠네. 내가 이걸 사는 이유 첫째는 학생이 우리 서 작가님한테 돈을 받지 않아서고…둘째는 물건을 팔으면 팔았지, 구걸은 하지 않겠다는 학생의 심성이 바른 것 같아서요. 우리 서 작가님이 학생을 구걸하는 것으로 했다는 오해는 하지 말아요. 아르바이트를 한답시고 애꿎은 보육원생을 핑계로 자신의 이익을 취하는 젊은이들도 있고, 그런 것에 너무도 속아 이제는 믿지 못하는 어른도 있겠지만 우리 서 작가님은 필요치 않은 물건을 사느니 할 수 있는 범위에서 유쾌한 마음으로 자신을 표현한 것뿐이요."

여학생은 최영수가 내미는 푸른 지폐를 받아 들며 새해 복 많이 받으라는 인사를 끝으로 다른 테이블로 향하고 있었다.

나는 무슨 말인가를 해 이 분위기에서 벗어나고 싶었지만 입이 열리지 않았다. 물건을 살 수도 있었다. 하지만 내가 물건을 사지 않는 것은 어쩌면 타인을 믿지 못해서였을 것이다. 최영수의 말대로 나는 저 여학생이 보육원생을 팔아 거짓으로 어른을 농락한다는 쪽이었다. 또한 내가 준 돈을 받지 않은 것도 여학생의 계략적인 판매 방식이라고 여기고 있었던 것이었다.

잠깐의 침묵이 이어졌다.

입을 뗀 건 최영수다.

"서 작가님! 오해 마십시오. 저도 돈이 많아 산 것은 분명 아니니까요. 저 학생이 저 돈을 어디에 쓰든…이 자리를 떠나면 그뿐이지만…왠지 저 학생을 믿어 보고 싶군요. 젓가락이란 자신이 먹기 위해서도 필요하지만 그 젓가락으로 타인을 먹일 수 있다면 즐거운 일 아니겠습니까? 저 여학생이 우리 나이쯤 되어 이 자리에 있었던 그 때의 우리를 기억하며 젓가락을 살지 모르잖습니까? 그런 의미에서….”

최영수가 내게 통을 내밀었다.

“작가님한테 드리는 새해 선물입니다.”

나는 어둑발 속에 서 있는 사람처럼 최영수를 멍한 시선으로 바라다만 볼 뿐, 손을 내밀지 못했다.

작가란? 세상을 따뜻하게 바라보는 시선 없이는 아예 글을 쓰지 말라던 늙은 교수의 얼굴이 언뜻언뜻 거리고만 있었다.

이차, 삼차… 집에 어떻게 왔는지 신기할 정도로 억병으로 취한 것은 아마 내 생애의 처음 있는 일일 것이다.

최영수가 했던 말들이 토막 난 생선처럼 끊어졌다가 이어졌다.

“서 작가님 눈빛에 질린 사람들 많습니다.”

유독 뇌리에 박힌 단어다. 그 말에 마셨는지, 아니면 그런 내 자신을 회석시키고 싶어 들이 부었는지는 명쾌하지 않다.

아내가 타온 꿀물을 마시며 나는 겨울 햇살이 말간 얼굴로 창틈을 들여다보고도 한참 뒤에야 몸을 일으켰다.

샤워를 한 후, 타월로 머리를 털고 있을 때 아내의 소리가 주방에서 들렸다.

“젓가락은 왜 샀어요. 술에 취해 정신이 없는 가운데에도 통을 어떻게나 꼭 끌어안고 있던지.”

나는 식탁 위에 놓여 있는 통을 열었다.

두 벌의 젓가락이 짝을 맞추어 놓여 있다. 한 벌은 황금색 주머니에 또 한 벌은 붉은 천 주머니에 담겨 있었다. 작사리 두 개를 가운데에 끼워 놓은 채 경계를 이루고 있는 그것들을 나는 가만히 응시했다.

젓가락의 짝이 맞지 않아 불편했던 음식점에서의 기억과 최영수의 말이 떠올랐다. 그저 내 자신의 배를 채우기 위한 도구로만 사용했던 젓가락이었다. 내 자신과 내 가족만을 위해 나는 수없는 음식들을 집어 올렸을 것이다.

게걸스러운 식탐으로 내 입에 한 번이라도 더 넣기 위해 젓가락질을 했고 때로는 탐욕스러운 욕망을 채우기 위해 수없는 젓가락질을 했을 것이다. 순전히 나와 내 가족이라는 이름을 두고.

나만의 사용도구였던 젓가락은 나만의 것이어야 했다. 그것으로 어찌 타인을 배려할 수 있다는 생각을 해 보지 않았던가?

의좋은 형제처럼 어깨를 겨루고 있는 젓가락이 순간, 현요 (眩燿)스러워지는 듯했고 미처 깨닫지 못한 내 해망쩍음을 해득시키는 듯했다.

"어젯밤, 아가씨와 통화를 했는데…그 돈 절대 내놓지 않겠다던데요."

"……."

"어머니 행동이 우스웠는데…가만히 생각해 보니까, 이해도 되요."

부산스럽게 상을 차리며 아내가 종알거렸다.

"오죽 하셨으면 이자식, 저자식한테 돈 주겠다고 하셨겠어요. 그만큼 자식들이 편하지 않았던 것 같아요."

화장을 해 아버지 묘에 뿌려 달라고 했다는 어머니의 말이 믿어지지 않았다. 농담처럼 들려와 머뭇거리고 있을 때, 연희가 흔쾌히 응하고 나섰다. 어머니의 유해는 한줌의 재가 되어 비로소 아버지 곁으로 돌아오고 있었다. 이 순간을 위해 어머니는 재혼한 40년의 세월 동안 혼인 신고를 하지 않았던가?

알 수 없는 노릇이었다.

어머니의 빈 육체가 진눈깨비처럼 아버지의 묘지 주변을 떠도는 동안 나는 해무 앞에 서 있는 것처럼 답답했고, 한편으로는 세게 흐르는 여울처럼 치닫고 있는 감정을 애써 누르며 서 있었다. 그 감정이 어디로 향하고 있는지는 끝내 찾을 수 없었다. 아버지 곁으로 돌아온 어머니가 우리까지 찾아 온 것이라고 여기지는 않는다. 그것은 어디까지나 어머니의 몫일 것이었다.

"어머니 제사는 우리가 지내야 되는 거 아니예요? 근데 개가한 지 7년이 지나면 제사 지내지 않고 절에 모신다고들 하던데, 당신 생각은 어때요?"

아내의 말에 나는 아무런 대답을 하지 못한 채 젓가락 통만을 만지작거렸다. 어머니에 대한 차후 문제를 놓고 무엇을 어떻게 해야 하는지 구체적으로 고민을 한 적이 없었기 때문이었다. 살아생전에도 나는 어머니를 모셔야 한다는 생각을 해보지 않았다. 어머니의 남은 이승의 세상과 저승의 세계에 대한 삶도 내 몫이 아닌 한수의 것으로 돌리고 있었기 때문이었을 것이다. 각자가 지니고 있는 삶이 있는 것처럼 행하여야 할 몫의 분배도 분명 있을 것이라는 생각이 들었다.

나는 전화기를 집어 들었다. 몇 번의 신호음 끝에 '여보세요' 하는 한수의 목소리가 막 잠에서 깨어난 사람처럼 부스스하게 들리고 있었다.

참을 수 없는 웃음

"무슨 전화를 그렇게 오래 해, 휴대폰을 꺼져 있고."

막 집 전화수화기를 놓자마자, 울리는 전화기를 다시 집어 드는 순간 여동생이 속사포처럼 쏘아댄다. 휴대폰의 충전이 끝난 모양이었다. 성질이 급한 것으로는 따라갈 사람이 없는 여동생이었다. 무려 한 시간 넘게 통화하는 시간은 여동생의 급한 성격이 아니더라도 화가 날만 했다. 대부분의 여자들이 수다를 떨고 있는 시간은 남편과 아이들이 나가고 난 오전 시간일 것이다.

그래서인지 무슨 회사라며 앙케이트에 협조해 달라는 전화나 정수기의 필터 교환할 때가 되어 방문하겠다는 약속시간을 정하는 것도 오전 시간에 오곤 한다. 여자들이 아침 상 물리기

212

가 무섭게 외출을 한다는 것을 감안한 처사인지도 모른다. 점심때만 되면 웬만한 음식점에는 중년 여자들이 북적거리는 일은 흔한 일이다. 여자들의 모임이 없으면 음식점 문을 닫아야 할 처지라는 말도 나오는 것을 보면 중년 여자들의 힘은 대단하다고 해야 옳다.

노동과 생산의 역사를 지탱해 온 어머니라는 이름에서 이제 당당한 여성으로서의 거듭난 중년의 힘은 서너 개의 공식적인 모임이 생기는 것은 당연한 일이었다. 그러다보니 남편과 아이들이 집을 비우는 한낮이 그만일 터였다. 찻값이나 밥값이나 동일한 수준이고 어떤 음식점에서는 후식으로 커피까지 먹을 수 있다. 그러니 점심 후에는 두 다리를 상 밑으로 쭉 뻗고 앉아서 줄 끊어진 구슬 목걸이가 쏟아지는 소리로 웃고 떠드는 중년 여자들의 모습은 낯설지 않은 풍경이다. 여동생은 제발 언니만이라도 그런 부류에 끼어 대한민국 아줌마들 욕 먹이지 말라는 소리로 종종 쐐기를 박았다. 속으론 뜨끔했지만 너도 나이 먹어 봐라, 별 수 있나. 걸핏하면 나이 핑계는…… 하고 맞받아치며 여동생은 슬쩍 넘어가 주기도 했다.

여동생은 별일 없으면, 매일 아침 전화를 했다. 한동안은 우리집 문턱이 닳도록 쫓아와서는 아버지를 붙들고 설득시키는 데 주력했던 여동생이었다. 아버지가 마음을 바꾸면 될 것을,

왜 애먼 자식들을 고생시키느냐며 따지고 들었다. 차라리 삽을 들고 뒷산을 파라고 해라. 이건 순 어거지다.

세상 사람들 다 불러놓고 물어보자. 지나가는 강아지도 머리를 흔들 것이다. 갖은 말을 다 끌어다가 문장을 만들어도 아버지는 요지부동이었다. 온갖 설득과 협박, 회유에도 끄덕하지 않는 아버지를 향하여 여동생도 어깃장을 놓았다. 호적을 파가겠다는 최고장을 날렸다. 아버지는 그렇게 해, 라고 짧게 대답했다. 여동생이 뜨악한 얼굴로 아버지와 나를 바라보다, 제 형부와 제 남편을 쳐다보는 순례가 이어지도록 아버지의 입장은 조금도 좁혀지지 않았다. 급기야 여동생이 벌떡 일어났다. 현관문을 박차고 나갔다.

제부가 여동생의 핸드백을 챙겨들고 쫓아나가고 내가 뒤따랐다. 현관문을 열던 제부와 여동생이 서로 들어오고 나가다가 이마를 찧었다. 분을 삭이지 못하고 다시 되돌아온 여동생은 이마에 난 혹을 쓸며 아버지에게 핵폭탄 같은 발언을 날렸다.

— 한 꾸러미에서 빠진 거 있어요?

제부는 그때까지 부딪힌 이마를 짚고 미간을 찡그리고 있었다. 남편은 그러고 서 있는 제부가 안 됐던지 혀를 끌끌 차며 나를 향해 못마땅한 표정으로 일별했다. 부모의 등에 업힌 채 따라가는 행렬이 자식이라 그 속을 알려면 부모가 되어 보지 않고는 모른다는 말을 뒤집어 놓고 생각해 보아도 아버지의 경우는 아니었다.

가지 많은 나무, 바람 잘 날 없다지만 우리 삼남매는 한 분밖에 안 계시는 아버지로 해서 그야말로 바람 잘 날이 없을 지경이었다. 여동생의 말을 빌리지 않더라도 아버지를 거쳐 간 여자들을 조기로 엮듯 엮어보면 한 꾸러미가 넘으면 넘었지 모자라지 않을 것이다. 얼굴조차 기억이 나지 않을 정도로 아버지의 여자들이 다녀갔다. 그 중에 내가 손수 미역국을 끓여 대접한 여자도 있었다. 지금도 그 얼굴은 잊혀지지 않고 선명하게 떠오른다. 아버지가 재혼을 해서 집안에 들인 첫 번째 여자이기도 했다.

요즘 며느리들이 어디 속옷을 삶던가. 세탁기에 세제를 풀어 넣어 놓으면 알아서 빨래가 삶아지고 세탁이 되는 세상이 온 건 벌써 옛말이다. 그런 판국에 어느 여자가 쪼그리고 앉아 삶아진 속옷들을 손빨래하려고 한단 말인가. 나부터도 그 일은 하기 싫다. 아버지는 속옷을 삶지 않는다는 이유로 올케에 대한 감정을 드러내기 시작했다.

시어머니도 안 계신 홀시아버지를 모신다는 것만으로도 고맙게 받아들이라는 말에도 아버지는 들은 척하지 않았다. 홀시아버지를 내가 모셔봐서 안다. 그러니 아버지가 모른 척 하고 올케가 세탁해 주는 대로 입다가 속옷이 누렇게 변하면 버리라고 윽박지르기도 하다가 종국에는 내가 아버지의 속옷을 맡기로 했다. 검정비닐에 속옷을 모은 아버지는 빨래방에 세탁을 하러 가는 사람처럼 우리 집을 방문했다.

그럴 즈음이었을 것이다. 아버지가 불현듯 재혼을 하겠다고 선언했다. 그리고는 상대를 물색하고 다니기 시작했다. 우리 삼남매는 아버지가 그저 자식들에 대한 섭섭한 마음에 한 번 해 보는 농담일 것이라고 여겼다. 30년 가까이 혼자 지내고 있는 아버지는 숱한 염문을 뿌렸지만 재혼할 생각은 없다고 입버릇처럼 말했기 때문이기도 했다. 동생들은 이제 와서 아버지가 왜 저러시는지 모르겠다며 노골적으로 불만을 털어놓던 어느 날, 한 아주머니를 데리고 왔다며 남동생이 나를 찾았다. 정말인가 싶었다. 두 블록 떨어진 친정집을 나는 한 걸음에 달려갔다.

여동생도 오는 중이라는 것을 보면 아버지의 일은 우리 삼남매에게 있어 사건은 사건인가 보았다. 시집 온 새색시마냥 다소곳이 앉아 있는 여자는 오십대 후반쯤으로 보이는 키가 큰 편은 아닌 것 같았다. 잔 꽃무늬 같은 옅은 미소를 짓고 있어서인지 주변과 잘 화합하며, 친화력을 도모할 수도 있는 이미지 같아 나는 호감어린 시선으로 아버지의 여자를 평가했다. 손끝도 야무질 것 같았다. 살림살이도 깔끔하게 할 것 같아 은근히 호기심까지 일었다. 아버지가 원한다면 굳이 반대하지 않을 작정이었다.

공무원 생활의 고달픔을 감춘 채 어린 삼남매를 거둔 아버지였다. 아버지의 노후도 이제 편안하고 안락한 삶을 영위해야 되었다. 아무리 할머니가 우리 삼남매를 거두었다고는 하나 혼자 지내야 하는 아버지의 삶이 결코 행복하지만은 않았을 것이다. 아버지의 외로움과 고독감을 함께 나눌 수 있는 사람이라면 새어머니를 모셔도 나쁘지 않을 것 같았다.

지금껏 멀쩡히 계시다가 이제 와서 무슨 재혼이냐며 펄쩍 뛰는 남동생이나 주변인들과 시댁 식구들 운운하는 여동생의 입장도 이해가 되었다. 무엇보다 아버지의 남은 삶이 풍요로워질 수만 있다면 감수하자는 내 말에, 동생들도 완강하게 반대하던 자세를 바꿔 마뜩찮은 얼굴로 수락했다. 때 아닌 시어머니를 모시게 된 올케는 다행으로 별 불만이 없었다.

새어머니가 오신 뒤로 친정집에 가면 오히려 집안이 반들반들 윤이 나고 밑반찬이 맛깔스럽게 식탁에 올려졌다. 명절날이면 쓸쓸하게 느껴지던 집안이 훈훈했다. 어린 조카들을 새어머니에게 맡긴 올케는 그동안 하지 못했던 외출이 빈번해졌다는 것도 변화라면 변화였다.

시아버지가 아무리 까탈스럽지 않다고 해도 며느리에게 있어 시댁의 '시'자만 들어도 긴장하게 만드는 그 무엇이 밑바탕에 깔려 있는 법이다. 아무튼 제일 신이 난 사람은 올케인 것도 같았다. 아버지를 진작 재혼시켜 드릴 걸 그랬다고. 가족들이 모이면 후회하는 대화가 오고 갈 때였다. 느닷없이 새어머니를 앞세우고 나를 찾아온 아버지는 미역국을 끓이라고 했다. 핏기가 싹 가신 새어머니의 얼굴에서 심상찮은 기운을 느끼고 있었지만, 그것이 무엇을 의미하는지는 몰랐다.

미역국을 뜨다 말다 하는 새어머니의 몸에서 느껴지는 비릿한 냄새가 공기처럼 떠돌았다. 진상을 알게 된 나는 놀라움보다 경악 그 자체였다. 환갑을 훌쩍 넘긴 아버지가 아직도 한 여자에게 생명을 잉태하게 할 수 있다는 사실은 전혀 예상하지 못했기 때문이었다. 그런데 문제는 그 다음이었다. 어느 날 새어머니가 나를 찾았다. 밖에서 보자는 새어머니의 의견에 따라 나는 한 커피숍에서 새어머니와 마주 앉았다. 아버지와 헤어지기로 합의를 끝냈다는 새어머니의 말에 나는 아무런 대꾸도 하지 못했다. 도대체 이유가 무엇이냐고 묻는 내게 새어머니는 머뭇머뭇거리다가 조심스럽게 입을 떼었다.

처음부터 계약기간을 1년으로 정하고 시작한 동거라고 했다. 1년을 살아 본 뒤 그때 가서 서로 마음이 맞으면 혼인신고

를 하기로 했기 때문에 계약대로 아버지의 뜻에 따라야 한다
는 것이었다.

　이 무슨 해괴망측한 짓인가. 아니 젊은 사람들도 아닌 노인
네들이 계약에 의한 동거는 뭐고 뜻이 안 맞아 헤어지다니…….
평균 수명이 길어지면서 앞으로 보통사람들도 두세 번의 결혼
을 하는 시대가 온다며 미래의 가족상이 판이하게 달라져 아이
들은 여러 가정에 소속되고, 동시에 여러 아버지와 어머니를
갖게 된다는 예측이 나오는 판이라지만 그건 아니라는 생각이
었다. 그것은 남녀가 사랑을 해서 검은 머리 파뿌리 되도록,
하늘이 갈라놓을 때까지 영원히 함께 살겠다는 신성한 결혼서
약을 모독하는 행위이며 사람이 지켜야 할 도리를 저버리는
파렴치한 행위였다. 아니면 우리나라가 아닌 우리와 가치관이
다른 남의 나라 이야기다.

　더구나 아버지는 요즘 세대가 아니었다. 유교사상이 습관처
럼 몸에 붙은 보수적인 세대였다. 흐트러짐 없이 우리 삼남매
를 키워낸 아버지의 모습 뒤로 감추어진 또 다른 모습을 보는
것 같아 섬뜩한 마음까지 일었다.

　새어머니를 만나고 돌아온 나는 아버지와 독대했다. 지금
그 연세에 어디서 그렇듯 조신한 분을 만나겠느냐고 아버지에
게 항변했다. 아버지는 침묵만을 지켰다. 여동생은 새어머니

를 호적에 올리지 않은 게 얼마나 다행인가를 내게 상기시킬 뿐이었다.

일 년 가까이 산 세월에 새어머니와 정이 담뿍 들은 나는 그 관계를 정리하느라 홀로 가슴앓이를 했다. 그러는 동안 새어머니는 가끔 내게 전화를 해서 아버지의 근황을 물어왔다. 두 양반이 다시 결합할 수 있도록 여지를 만들기 위해 부단히 애를 썼지만 번번이 실패로 돌아갔다. 아버지의 단호함 때문이었다. 무조건이었다. 그냥 싫다는 거였다. 평양 감사도 싫으면 할 수 없다는 말처럼 더 이상 아버지의 고집을 꺾을 수 없어 체념하고 있을 때였다. 아버지의 두 번째 재혼 상대가 등장했다. 그렇게 시작한 아버지의 여자들이 거쳐 가는 동안 나는 되도록 거리를 두고 지켜보기로 작정했다. 낯가림이 심한 나로서는 누군가와 친해지는 게 늘 어려운 과제였다. 그러다가 마음을 주면 내 등에 날선 검을 꽂아도 그 고통을 쉽게 표현하지 못하는 성향 탓에 아직도 떠나보내지 못한 새어머니에 대한 우호적인 감정이 정리되지 않은 탓도 있었다. 새어머니가 입었을 상처가 느껴져 아버지가 미운 것도 사실이었다. 아버지를 지켜보면서 아버지가 정말 마음에 맞는 짝을 찾아 혼인신고하는 사람을 나도 받아들이자 하는 마음이기도 했다. 그 때부터 나는 아버지의 여자들과 정을 붙이지 않기 위해 필사

적으로 도망쳤고, 아버지는 자신의 짝을 찾아 종횡무진으로
뛰기 시작했다.

아버지의 짝 찾기는 해를 거듭됐다. 해가 바뀔 때마다 아버
지는 자신의 반쪽을 찾아 더욱 열중인 것 같았다. 그러다보니
자식들은 자식들대로 아버지는 아버지대로 서로 지쳐갔다. 그
러는 와중에 아버지의 건강에 적신호가 왔다. 담석을 제거해
야 하는 수술을 받게 된 아버지를 위해 간병인이 필요했다.
아버지의 간병을 맡은 여자는 그야말로 미모가 출중하지 못했
다. 덩치까지 커다랗다. 지금까지 아버지에 의해 보아 왔던 여
자들의 이미지와는 전혀 다른 모습이었다. 그런데 아버지는
그 간병인 아주머니와 재혼을 하시겠다는 거였다. 여동생은
해도 너무 하시는 거 아니냐며 아버지에게 입빠른 소리를 했
다. 남동생은 아버지를 이해할 수 없다며 동네 창피해서 못
살겠다고 하고는, 분가해서 살 테니 마음대로 하시라고 으름
장을 놓았다.

인물이 밥 먹여 주냐? 남동생을 향해 화를 내며 아버지는
혼인신고 할 테니 그리 알라고 못을 박았다. 아버지를 말리다
못한 남동생은 그러면 먼저 분들처럼 살아 보시고 혼인신고를
하시는 게 어떠냐는 대안을 제시했다. 아버지는 나를 수발할
사람은 그 사람이지, 네들이 절대 아니라는 것으로 남동생의

의사를 묵살했다. 남동생과 대치를 벌이던 아버지는 어느 날, 주섬주섬 싼 옷 가방을 내 앞에 놓으며 셋집을 얻을 때까지만 신세를 지자고 했다.

남동생 내외가 찾아와 집으로 가시자고 어르고 달래어도 아버지는 죽으면 다 헤어지는 거 조금 일찍 따로 산다고 생각하라며 요지부동이었다. 남편이 거들고 내가 아버지를 추켜세우다가 모두 제풀에 꺾였다. 남동생 내외를 돌려보내고 나니 진이 빠져 도무지 일손이 잡히지 않았다. 공황상태에 빠진 것 같았다. 내 생활이 엉망이 된 기분이었다. 아이의 방을 차지하고 있는 아버지나 아버지를 둘러싸고 찾아오는 가족들 간의 팽팽한 줄다리기가, 승자가 있을 리 없는 것처럼 무슨 일로 일이 이 지경이 되었는지 상황조차 아리송해졌다. 분명 일이 있었고, 해결해야 할 큰 일이 놓여 있는 것 같은데 가만히 들여다보면 과자 부스러기처럼 아무것도 아니라는 사실이 납득이 되지 않았다. 그저 모든 게 모호할 뿐이었다.

"아버진 어때?"

여동생의 목소리가 다시 전화기 속 저 너머에서 들렸다.

"암말 없으셔……."

"어거지라는 거 아시긴 아시나보지."

"아니……."

내 말에 여동생이 후후, 하고 웃었다. 절대 알 리 없다는 걸 우리는 알고 있었으므로, 내가 한 말이 그저 농담이라는 것도 여동생은 알고 있다.

"한 번 만나는 봐야 되지 않을까?"

"언니!!"

여동생이 사기그릇 깨지는 소리로 나를 불렀다. 나는 여동생을 더 골려 줄 심산으로 아버지가 좋으면 그만이지 간병인이면 어떠냐고 실실거렸다. 여동생은 언니 맏딸 맞아 하며, 언니가 그렇게 물러 터져서 되겠느냐고 숫제 나를 혼내고 들었다.

이왕 내친걸음이었다. 나는 혼자서라도 아버지의 여자를 만날 것이라고 여동생의 부아를 돋우었다. 아무래도 아침밥을 잘못 먹은 것 같다며 여동생은 이제 나를 정신적인 것으로 몰고 갔다. 더 이상 나와 대화를 해보았자 해결책이 없다는 것을 안 여동생은 먼저 전화를 끊어버렸다.

여동생과 전화를 끊고 곰곰이 생각에 빠져 있던 나는 간병인을 만나보기로 했다. 여동생을 골려 줄 심산으로 했던 말이었다. 그런데 꼭 만나고 싶다는 생각이 확고해졌다.

아버지는 현관 앞에 걸려 있는 전신을 비출 수 있는 대형 거울 앞에 섰다. 작년 봄 아버지 생신날, 우리 삼남매가 합세

해 사드린 닥스 바바리를 걸친 채였다. 나이가 들수록 옷은 메이커가 있는 옷을 입어야 한다는 아버지의 논리에 부응하기 위해 우리 삼남매가 주머니를 털어 사 드린 것이었다.

여동생은 바바리 값을 내게 건네며 아버지가 변해도 너무 이상하게 변해 가는 거 아니냐고 은근한 걱정을 앞세웠다. 어디 옷뿐인가, 소화제나 어깨가 결리다며 찾는 파스 한 장도 아버지는 메이커를 따졌다. 아이에게 약국으로 심부름을 보낼 때에도 아버지는 메이커가 있는 회사 것으로 사오라고 당부했다. 주로 텔레비전에서 광고를 하고 있는 회사들이었다. 아버지가 예전의 모습과는 많이 달라져 있는 게 사실이었다. 아버지는 자신의 감정을 노출시키거나 무엇을 자식들에게 요구하는 아버지가 아니었다. 혼자 지내시는 거에 익숙해서인지 아버지는 누구에게 의존하는 것보다 당신 스스로 일을 처리했다. 무언가를 옆에서 거들라치면 오히려 불편해 하는 기색이 역력했었다.

나는 설거지를 하며 아버지를 못 본 척 하려고 했다. 내 의도와는 달리 아버지의 행동에 자꾸 시선이 갔다. 바바리에 연갈색 중절모를 쓴 아버지는 거울 앞에 신문지를 깔아 놓은 뒤 밤색 구두를 신발장에서 꺼내었다. 신문지 위에서 구두를 신은 아버지는 몸을 좌우로 틀어보기도 하고, 요리조리 살펴보

224

기도 했다. 전체적인 콘셉트가 맘에 드는지 흡족한 미소를 입가에 지은 아버지는 헛기침을 하며 현관을 나섰다. 늦으시냐는 내 물음에 아버지는 전셋집을 보러 다닐 참이라고 자신의 의사를 확고히 했다. 정말 이사를 하실 생각이냐고 묻는 내 말에 아버지는 다 끝난 이야기를 새삼스럽게 왜 하느냐는 눈빛으로 나를 일별했다.

언젠가 신문에 난 기사를 본 것이 문득 떠올랐다. '앞으로는 동거가 결혼과 마찬가지로 사회에서 존중받는 남녀관계의 대안'이 될 것이라는 내용이었다. 그렇다면 아버지의 결혼관이 옳을 수도 있었다.

여동생의 전화가 오기 전 나와 한 시간 넘게 수다를 떨었던 인숙이는 아버지가 원하는 대로 해드리라며 그게 효도지, 다른 게 없다는 것으로 아주 결론을 내주었다. 그러면서 인숙이는 아버지가 현명하신 거라고 했다. 들어와서 살다가 사네, 안 사네 하고. 덜컥 아이라도 낳아봐라. 어쩔래, 다 네들 몫이야. 거기다가 아버지 몸이라도 아프셔 봐. 그래도 부부는 모른 척 안 한다더라. 간병인을 했으니 오죽 잘할까. 아버지가 그분을 선택했을 때는 다 그만한 이유가 있을 거야.

한참동안을 아버지의 일을 놓고 떠들던 인숙이는 이내 가정사로 화제를 돌렸다. 인숙이는 아들 덕분에 일찍 할머니가 됐다. 고등학교 졸업반이던 인숙이 아들이 같은 반 여학생과 사랑에 빠져서다. 임신이 되어 배가 불러오는 여학생을 보며 인숙이는 해결책을 딱 하나 결혼시키는 것이라고 했다. 그렇게 결론을 내린 인숙이의 주도 아래 양가부모가 만났다. 졸업과 동시에 결혼을 시키는 것으로 합의를 끝냈다고 했다. 후딱 일처리를 하는 데 선수인 인숙이답게 아이들이 졸업하자마자 바로 날을 잡아 식을 올려 주었었다. 졸지에 며느리와 손자가 한꺼번에 생긴 인숙이는 만만치 않은 생활비도 문제지만 손자 때문에 마음대로 외출을 할 수 없는 게 더 큰 문제라고 했다. 집안 살림에다 손자를 돌보느라 남편이 퇴근하는 시간엔 시어터진 파김치처럼 축 늘어진다고 했다.

아이들 다 키워놓고 이제 좀 여유로운 시간을 갖나 했더니 이 무슨 날벼락이냐. 아무래도 호시절은 다 보낸 것 같다며, 땅이 꺼져라 한숨을 내쉬던 인숙이는 퍼뜩 생각이 났다는 어투로 등록금 인상문제를 꺼내 들었다.

나는 인숙이의 불만에 적극 동참하고 나섰다. 물가는 천정부지로 뛰고, 집값은 내렸다고는 하지만 그게 어디 내린 거냐. 대학교 등록금만 해도 그렇다. 해마다 그렇게 오르면 우리 같은 서민들은 애들 등록금 만들다가 늙는다. 그러면서 학교 가는 날보다 쉬는 날이 더 많고, 강의가 있는 날보다 없는 날이 더 많다. 방학은 왜 그리 긴 거야. 떠들어 보았자 없는 사람들 입만 아픈 시시콜콜한 이야기를 주고받다 보니 답답하던 명치 끝이 해소되는 기분이었다. 인숙이는 그런 푸념을 늘어놓으면 서도 손자를 어르느라, "할미 친구야~!, 네 엄마 아냐. 그래, 알았어. 까까 줄게" 하는 소리가 수화기 사이로 전해지기도 했다. 그러다가 동창들의 이야기로 이어지는 건 으레 빠지지 않는 인숙이의 다음 순번이었다. 논현동에 빌딩을 가지고 있는 동창은 남편과 골프를 치러 한 달째 외국에 나가 있고, 한 동창 은 남편이 명예퇴직 후 중국집을 차렸는데, 양파껍질을 벗기느 라 죽을 맛이라더라. 인숙이가 동창들 이야기로 이어지는 것을 보면 나와의 수다는 대충 바닥이 드러나는 시점에서다.

나는 얼굴도 모르는 인숙이의 동창들 근황이 너무나 익숙해 이제는 내 동창들이 아닌가 하는 착각까지 불러일으켰다. 이 제 전화를 끊을 때가 되었지 싶을 때 인숙이의 다음 말은 내 귀를 솔깃하게 만들었다.

정말, 효순이를 봤다니까 그러네. 정말?

인숙이가 말하는 효순이를 알게 된 건 아이가 두 살이던 해 다. 그러니까 인숙이와 효순이는 나와 이웃사촌으로 만난 친 구들이었다. 방 하나를 얻어 신접살림을 차리고 살다가 열다 섯 평짜리 아파트를 전세로 얻어 이사하게 된 동네에서였다.

남편이나 나나 그저 방 하나 전세로 사는 것에도 감지덕지
하던, 세상을 너무도 모르던 때였다. 그런 우리에게 큰 시누이
는 딱지로 구입해 놓은 자신의 임대아파트에 들어가 살면 어
떻겠느냐고 제안해 왔다. 방 하나 값의 전세금으로 아파트에
들어가 살 수만 있다면 마다 할 이유가 없었다. 커다란 주인집
대문 옆에 붙어 있는 쪽문을 이용해 사는 것보다 주인 눈치
안 보고 드나들 수 있는 우리 가족만의 문이 허락된다면 임대
아파트도 상관없었다. 아이를 들쳐 없고 큰 시누이를 따라 나
섰다.

　　신도시라는 미명 아래 지어진 고만고만한 아파트가 아이들
이 장난감 블록을 쌓아 놓은 것처럼 늘어서 있었다. 누구도
거쳐 가지 않은 새집에 입주를 한다는 생각에 부풀어 아파트
에 입주할 시간은 더디게 흘렀다. 드디어 새 아파트로 이사하
는 날이 밝아왔다. 밤새 목련 꽃잎 같은 함박눈이 펑펑 내리더
니 오후가 되면서 눈발이 잦아들었다. 하얗게 쌓인 눈에 포근
한 날씨로 해서 내 기분은 한층 고조되었다. 축복에 축복을
덤으로 받는 것 같아 아이를 업은 채 하늘을 나를 수도 있을
것 같았다. 마음과는 달리 아파트로 들어갈 수 있는 원매자는
오후가 되어서도 나타나지 않았다. 원매자가 오지 않자, 큰 시
누이는 발을 동동 구르며 내 눈치를 살폈다. 나는 어서 우리

가족만이 드나들 수 있는 대문을 향해 당당히 들어가고 싶은 조급함 속에서 관리실의 허락을 받아 입주를 하고 있는 다른 집의 이삿짐을 보며 곧 내 차례가 올 것이라고 생각했다. 큰 시누이가 이리 뛰고 저리 뛰고 어찌어찌해서 원매자라는 노인을 앞세우고 왔을 때는 해가 지기 시작하는 저녁나절이 되어서였다. 등에 업은 아이는 칭얼거리고 시린 발은 감각을 잃어 집안으로 들어섰을 때는 손가락 하나 까딱할 수 없을 정도로 지쳐서, 이사 짐을 정리하지도 못하고 잠이 들었었다.

쿵쿵거리는 소리에 저절로 눈이 떠졌다. 입주된 집보다 빈 집이 더 많았다. 나는 코를 골며 자고 있는 남편을 흔들어 깨웠다. 베란다창이 덜컹거리더니 검은 물체가 어릿어릿거렸다. 도둑이 틀림없는 것 같았다. 남편도 겁이 나는지 쉽게 대응하지 못하고 있었다. 수런거리는 소리가 들렸다. 한 명이 아닌 모양이라고 나는 생각했다. 계단을 오르내리는 발자국 소리도 났다. 지금처럼 휴대폰이 있는 시절도 아니었다. 어딘가로 연락을 취하고 싶었지만 전화 가설이 되지 않아, 공중전화 박스를 이용해야 했다. 무언가를 결심한 것처럼 남편이 벌떡 일어나더니 베란다로 향했다. 그리고는 베란다창을 힘껏 열었다. 남편은 소리를 지르며 검은 물체를 향해 힘껏 밀었다. 검은 물체는 꿈쩍하지 않았다. 줄에 매달린 채 위층으로 올라가고 있는 검은 물체는 농짝이었다. 남편의 고함에 농짝을 끌어올리던 이삿짐센터 인부들은 기겁했다. 그 늦은 밤에 관리실의 눈을 피해 몰래 도둑 이사를 온 것이 효순이었다.

나처럼 세를 얻어 온 것이 아니라 몇 번 전매를 거친 아파트는 원래의 원주민인 사람이 소위 딱지라는 것을 팔아, 그것에 웃돈을 얹어 되팔고 한 집이라는 거였다. 원주민이 어디에서 살고 있는지 알 수 없는 효순이는 감시망을 피해 한밤중에 이삿짐을 나를 수밖에 없었다고 고충을 털어놓았다. 비단 효순이뿐이 아니었다. 그렇게 몰래 이사를 들어오는 사람들이 부지기수였다. 아침이면 밤 사이에 들어온 입주자로 해서 새로운 얼굴을 대면하곤 했다. 효순이가 이사를 오고 난 며칠 후에 인숙이가 같은 방법으로 입주했다.

계단을 사이에 두고 열 가구가 문을 마주한 5층짜리 아파트는 효순이, 인숙이와 나를 빼고는 중년층에 속하는 집이 대부분이었다. 우리는 금세 먼 친척보다 가까운 이웃이 되었다. 남편이 출근하고 나면 으레 셋이서 모여 앉아 커피타임으로 이어졌고, 저녁나절이면 찬거리를 사러 슈퍼로 향하곤 했다. 그런데다 아이들의 나이가 동갑내기들이라 쉽게 친해졌는지도 모른다. 내가 아들 하나, 효순이가 딸만 둘이었고, 인숙이는 아들만 둘이었다. 아이들이 같은 유치원과 미술학원을 함께 다니다 보니 그 어느 친구들보다 친숙한 사이가 되었다. 남편들 또한 주말이면 서로 돌아가면서 안주를 만들어 소주잔을 기울였다.

그렇게 허물없이 지내게 된 이면에는 어쩌면 살림살이며 집 평수가 같아서였을 것이다. 무엇을 숨기고 말고 할 것도 없었다. 동창들을 만나면 몇 평짜리 아파트에 사느냐는 것이 인격처럼 된 세상이었다. 그 어느 동창들보다 효순이와 인숙이가 편했던 것도 그 때문일 것이다. 그렇게 허물없이 살다가 제일 먼저 그 아파트에서 이사를 한건 효순이었다. 효순이가 과천에 평수를 늘린 아파트로 이사를 했을 때 인숙이와 나는 며칠을 쫓아다니며 집안 살림이 제자리를 잡게 도와주었다. 그러면서도 한편으로는 씁쓸했던 것은 언제쯤 나도 이렇게 넓은 아파트로 옮겨 앉을 수 있나, 하는 생각이 들어서였다. 그건 질투나 시기와는 다른 것이었다. 새로 들여놓은 가전제품이며 싱크대의 빛깔, 손가락의 움직임에 따라 갖은 소리를 내는 피아노며…… 아마 그런 살림살이에서 오는 여자들의 시기였을 것이다. 은근히 샘이 났다. 하지만 축하하는 데 인색하지 않았다.

효순이와 관계가 뜸해진 것은 효순이가 그 동네에 적응하고부터였는지는 잘 모르겠다. 한동안 효순이가 없어서 재미가 없다는 말로 섭섭함을 드러내던 인숙이도 둘만의 시간이 더 오붓한 것 같다고 할 때쯤 효순이에게서 전화가 걸려왔다.

효순이는 이혼을 했다고 했다. 아이들은 남편이 양육하는 것으로 합의가 이루어졌다며 자리가 잡히면 그때 연락하겠다고 했다. 당장 만나자고 하는 내 말에 효순이는 나중에 보자고 하며 전화를 끊었다. 그것이 마지막 통화였다. 그러다가 나는 마포로 인숙이는 상계동으로 이사를 했다. 그렇게 세월이 흐르면서 효순이의 대한 기억이 점점 희미해지고 있었다. 자주 만나지 못하면 아무리 가까운 사람도 망각하기 마련인 모양이었다. 효순이 또한 그랬었는데, 인숙이에게서 효순이의 소식을 들으며 나는 나도 모르게 장식장 위에 얹어진 액자에 시선을 고정시켰다. 20여 년 전, 우리 세 집의 가족들이 청계산으로 봄나들이를 갔을 때 찍은 아이들의 사진이었다. 유치원에 다니는 아이들은 서로 어깨동무를 하며 포즈를 취한 사진은 지금도 그날이 선명하게 떠오를 정도로 햇살이 가득해서 눈이 부셨던 봄날이었었다. 한창 사진 찍는 데 취미가 붙은 효순이는 사진작가들이 들고 다닐 법한 사진기를 들고 피사체를 담고 있었다.

엄청 비싼 건데…… 큰 맘 먹었어, 라고 말하던 효순이의 깊은 동공. 사진 속의 아이들은 그때 우리 나이쯤을 향해 바득바득 뒤따라와 벌써 짝을 찾아 한 가정을 이룬 아이도 있다는 생각을 하니, 새삼 가슴 밑이 먹먹해졌다. 효순이의 아이들도 우리 아이들처럼 그 나이가 되었을 것이다. 어쩌면 배필을 찾아 가정을 꾸려 어디선가 우리가 그랬던 것처럼 또 다른 이웃들과 만나 커피를 마시고, 아이들 다닐 유치원을 물색하고 저녁나절이면 찬거리를 사러 슈퍼로 향하고 있을지도 모른다. 그런데도 효순이의 아이들은 사진 속의 저 모습처럼 작은 아이들로 있을 것만 같았다.

돌이켜 보면 그 시절이 진정으로 행복하다고 느끼던 때였을지도 몰랐다. 삶의 깊숙한 함정이 숨어 있으리라고는 그 누구도 예측하지 않듯, 언제나 아이의 웃음소리가 담장을 넘고, 남편의 사랑이 충만한 가운데 우리의 삶은 봄날 만개한 목련처럼 따뜻할 것이며, 흐드러지게 핀 개나리꽃처럼 환하디 환할 것이라고 믿어 의심치 않았었다. 내가 부르는 자리에 아이는 언제나 화답할 것이고, 내가 손짓하면 어느 곳에서나 남편이 달려와줄 거라고 믿었던 시절은 딱 그때만 유효했다는 걸. 그런데도 우리는 그때만의 기억을 지속시키며 그때처럼 해 주지 않는다고 사랑이 변했다고 아우성을 친다. 아이가 자라서 어른이 되듯이 우리 또한 늙음 앞에 선다. 그 진리처럼 삶 또한 하나의 잔치일지도 모른다.

나는 인숙이가 효순이를 만났다는 사실이 믿기지 않아 재차 물고 물었다. 인숙이는 효순이를 만난 날의 상황을 평소대로 세밀하게 표현하고 있었다. 정동 수도원에서 열린 음악회에 갔다가 만났어. 북한 어린이 돕기 바자회였는데……. 나와 친한 자매 아들이, 그 무슨 그룹이더라. 아무튼 기타리스트야. 그래서 갔지. 좀 이르게 도착해서 그 자매와 수도원 입구 파라솔 아래 의자에 앉아 있었거든. 속도 출출하고 했거든. 가판대서 팔고 있는 음식을 사다 먹자 하면서. 나이가 들어서 그런지 배가 고프면 바로 요기를 해야지, 안 그랬다가는 한 발짝도 못 움직이겠어. 짜증도 나고.

마악 떡을 사다가 집어 드는데, 누군가 나를 주시하는 것 같은 느낌이 들더라고. 그런 거 있잖아. 머리카락이 목덜미에 떨어진 느낌. 스멀스멀 거려서 목을 들썩이게 하는 거. 그래, 맞아. 어쩜 넌 표현력이……. 아무튼 그랬어. 그때였어. 효순이었어. 처음엔 나도 긴가민가했지. 정말야? 하고 나는 놀라며 물었다. 그렇다니까, 그러네. '작은 예수회'라는 단체에서 봉사활동하고 있던데, 뭘. 효순이 덕분에 나도 가입까지 하고 왔다니까. 한 달에 만원의 성금이면 북한 주민들이 배부르게 먹을 수 있다고 해서 두 말 않고 신청했어. 어차피 이래 없으나 저래 없으나 쪼들리기는 마찬가지잖아. 아, 참! 결혼할 사람이

개성공단에서 무슨 공장을 한다고 했는데……. 네 안부 묻더라, 성당에 나가냐고. 걘 불교 신자라 어림없다고 했더니, 불교와 가톨릭은 동질성이 많아 입교시키기 쉽다고 하던 걸. 이번 기회에 개종하지 않을래? 넌, 절에도 자주 안 가잖아. 불교 신자면 뭐해. 법회에 참석도 안하면서……. 나처럼 그래도 최소한 주일은 지켜야 신자라고 할 수 있지. 효순이가 원래 성당에 다녔었나? 하고 내가 물었다. 아냐, 결혼할 사람이 신자래. 혼배성사도 마쳤다는 것을 보면……. 혼배성사는 무언데? 혼배성사란? 아휴 그런 거 있어. 다 설명하자면 오늘 온종일 걸려. 다음에 만나서 이야기해 줄게. 아무튼 우리 나이 되면 종교에 귀의하든지, 아니면 나처럼 손주들에게 귀속되든지 둘 중 하나거든. 축의금이나 준비하고 있어. 청첩장이 너한테도 갈 걸. 참 내가 네 전화번호와 주소 가르쳐줬어. 효순이가 너한테 전화한다고 했어. 오금동성당 며칠이라고 했는데……. 효순이 전화번호 알려줄게. 적어.

나는 인숙이가 부르는 대로 효순이의 전화번호를 받아 적었다.

나는 아버지가 결혼하겠다고 고집을 피우고 있는 간병인을 만나러 갔다. 간병인은 여전히 한 병실에서 환자를 돌보고 있었다. 간병인은 나를 보자 이런 날이 오리라고 예견이나 한 것처럼 침착한 얼굴로 나를 맞이했다. 간병인은 내가 인사를 건네자 나지막한 목소리로 대답을 하면서도 누워 있는 환자에게서 시선을 떼지 않았다. 뇌졸중으로 쓸어져 미동 없이 천장을 응시하고 있는 환자였다. 간병인은 나와 있는 사이에도 누워 있는 노인의 가슴을 탁탁 두드려 가래를 뱉게도 했고, 환자의 몸을 공처럼 굴리기도 했다. 간병인의 손놀림은 환자의 가려운 곳 어느 한 곳도 놓치지 않고 있는 듯했다. 노련했다.

나는 간병인이 하는 행동을 보며 벼르고 온 것과는 달리 할 말이 많지 않다는 것을 깨달았다. 내가 일어서자, 간병인의 두툼한 입술이 웃는 것처럼 들썩였다. 그래도 여기까지 왔는데…… 얻어갈 소득이 없을까, 하고 나는 잠깐 생각했다. 간병인에게 아버지와의 결혼을 후회하시지 않겠냐고, 운을 떼어 봤다. 내 말에 간병인은 이미 영감님 의사에 따르기로 결정을 보았다며 이번 달로 간병인 생활을 접는다고 했다. 이쯤 되면 그 어떤 의사를 타진해 본들 부질없는 짓이었다. 아버지가 간병인의 보호를 받으며 입원해 있던 기간은 고작 보름이었다. 그 짧은 시간에 자신의 남은 생을 한 남자, 아니 좀 더 솔직히 말한다면 노인한테 맡길 생각을 하셨느냐고 묻고 싶었지만, 입이 떼어지질 않았다.

간병인은 환자의 코에 연결된 가느다란 호스의 줄을 치켜보더니 환자의 입에 스트로를 물게 해서 섬유음료를 먹게 했다. 환자에게 주는 양이 정해져 있는 모양이었다. 환자가 스트로를 입에 물고 놓지 않으려고 하자, 간병인은 독수리가 먹이를 채가듯 환자에게서 매몰차게 스트로를 제거했다. 환자의 입가에 묻은 이물질을 꼼꼼하게 닦아낸 간병인은 환자의 엉덩이 밑으로 손을 쑤욱 집어넣었다. 응아, 하셨네! 우리 할아버지!! 끔끔하셨지. 얼른 보송보송하게 닦아 드릴게. 환자를 향해 끊임없이 말을 걸고 있는 간병인을 뒤로 하고 집으로 돌아온 나는 여동생에게 전화를 넣었다. 여동생은 간병인을 만나보았다는 내 말에 별 말이 없었다. 한참 쓰고 있다는 논문이 잘 안 풀리는 모양이었다.

카페는 한낮이라 그런지 빈 의자가 많았다. 나는 창가에 자리를 잡았다. 유리창을 투과한 빛살에 미세한 먼지 입자들이 부유하고 있었다. 이 카페를 정한 건 효순이었다. 전철역에서 나오면 바로 있다는 효순이의 말대로 카페는 바로 찾을 수 있었다. 오후 2시가 되자, 효순이는 약속대로 카페 문을 밀치고 들어왔다. 20여 년 전, 그때나 지금이나 효순이의 체구는 변함이 없었다. 삶의 질곡을 겪어서일까. 얼굴 표정만이 깊이 있어 보이는 것도 같았고, 빨강색의 바바리를 입고 있어서인지 도발적으로 보이는 것도 같았다. 그런 이미지만 뺀다면 옛날 그 모습 그대로다. 속에 품지 못하고 직설적으로 내뱉는 인숙이의 성격과는 달리, 효순이는 안으로 쌓아두는 성향이 짙었고, 혼자 있는 시간을 즐기는 것 같았다. 잠시라도 무리 속에 있지 않으면 도태된 것처럼 혼자 있는 시간을 못견뎌하는 우리와는 사뭇 대조적이었다.

우리는 손을 잡은 채 한동안 서로를 응시했다. 인숙이도 이 자리에 나오려고 했는데, 아이 맡길 사람이 없어서 못 나왔다는 내 말에 효순이는 앞으로 자주 볼 텐데… 괜찮다고 했다.

효순이는 내 남편과 아이, 아버지, 동생들의 안부를 차례로 물었다. 아버지의 이야기가 나도 모르게 나오려고 하는 것을 나는 다들 무탈하다는 것으로 함축했다. 아이는 이번 학기를 끝으로 입대할 예정이라는 내 말에 효순이는 군 입대는 빠를수록 좋다고 했다. 이랬다가 저랬다가 하는 행정이라 또 언제 군 복무기간이 너무 짧다 하면서 어떻게 될지 모른다는 소리에 나는 어머, 하고 맞장구를 치다가, 마치 그 발표가 난 것처럼 불안해지더니 엉덩이가 들썩여졌다. 그런 불안 심리에서 벗어나기 위해 효순이의 아이들 안부를 물은 것은 아니었다.

효순이가 우리 가족들의 안부를 챙겨준 것처럼 나 역시 그

238

런 의미였다. 어미에게 있어 자식이란, 장미꽃 나무의 가시줄기 같은 것이리라. 꽃이 아름답고 예뻐서 들여다보다가 줄기에 있는 가시로 해서 언제 제 몸을 베일지 모르는 그런 존재들. 가시에 찔려 뜨끔거리고 화닥거리는 통증 앞에서도 제대로 아프다는 말조차 할 수 없어, 전염병 환자처럼 스스로 몸을 숨기고 앉아 울컥울컥 쏟아지는 눈물을 훔쳐야 하는. 며칠 전 나는 아이의 불퉁거림에 이불을 쓰고 울었었다.

아이가 컴퓨터를 켜 놓고 만화를 보고 있다가 잠시 자리를 뜬 사이, 나는 커서를 옮겨 쇼핑몰을 구경했다. 쇼핑몰 구경을 끝내고 커서를 제 자리에 옮겨 놓지 못한 내 처사를 두고 아이는 질책했다. 내 불찰이 맞다. 내 잘못이 크다 할 수 있었다. 그런데 '어떻게 네 놈이 나한테…'라는 문장만이 가슴 밑바닥에서 자갈이 구르듯 대굴대굴 굴러다녔다. 분한 마음이 서글픔으로 바뀌면서 자식 키워야 다 소용없다고 나는 생각했다. 외출했던 아이가 들어오면서 내가 좋아하는 보라색의 바이올렛 화분을 사들고 들어와서는 내 머리맡에 슬그머니 놓고 나갔다. 나는 아이의 행위에 내가 언제 그랬냐는 듯 입가가 벙싯벙싯거려졌다. 늑골 뼈 사이뿐 아니라 내 심장을 쿡쿡 찌르다가, 이내 다른 장기로 옮겨 다니며 나를 고통스럽게 하던 장미꽃 줄기의 가시가 몽땅 쏟아져 나오는 기분이었다.

"아이들은 자주 만나?"

"그럼. 외손녀 보러 자주 들르지."

"애들 아버지는……."

"그 사람 나하고 이혼하고 얼마 안 있다가 재혼했어, 잘 살아. 남매까지 두고."

아이들을 낳아 놓고 제대로 돌보지 못한 어미의 심정이 오죽했을까, 하는 내 우려와는 달리 효순이는 큰 딸은 결혼해서 잘 살고 있고, 작은 딸은 유학 중이라고 했다. 효순이의 말을 들으며 나는 고개를 끄덕였다.

"왜, 그랬던 거야? 잘 지냈잖아. 무슨 일이 있었던 거야?"

"아니, 이혼은 내가 원했어. 부부의 관계는 부부밖에 모르는 거잖아. 그런 것처럼 우리도 그 속해 있는 그저 부부라는 것뿐이었던 것 같아. 분명 사랑해서 한 결혼이라고 생각했었는데… 아니라는 생각이 든 건 작은 딸아이를 낳고였어. 아니, 어쩌면 아주 오래 전부터였을지도 모르겠어. 난 사실 사진작가를 꿈꾸었어, 어디에도 속박되지 않은 채 그저 발길 닿는 대로 바람 부는 대로 유랑민처럼. 때로는 인적 없는 곳에서 오직 나만을 위한 시간을 보내고도 싶었어. 그런데도 난 화학과를 택했고, 졸업해서 연구실에 앉아 있었지. 그때 애들 아빠를 만난 거야. 원치 않은 일을 하는 것보다 결혼을 해서 나를 잊어버리고 싶었어. 하지만……. 결혼이라는 것은 새로운 사람들, 즉 시댁 식구들과의 관계의 형성이었어. 그래도 결혼생활은 유지해야 한다고 생각했어. 아이들……. 내 아이들이 받을 상처가 두려웠지. 딸아이들이 잠든 밤, 나는 아이들의 볼을 쓰다듬으며 그 속에 안주하려고 발버둥 쳤지. 애들 아빠는 눈치가 빠른 사람이야. 내 변화를 몰랐겠어. 그 사람한테는 변화였겠지만 난 아니었거든. 내 자의식 밑바탕에 잠재해 있던 것……. 애써 외면하고 있었던. 갑자기 사진기를 들고 들로 산으로 미친 듯이 돌아다니는 여자를 보아 줄 사람이 어디 있겠어. 나를 낳아 준 부모님도 나를 이해해 주지 않는데. 우리 때는 그랬잖아. 내가 하고 싶은 것을 찾기보다는 떠밀려서 진학하고. 내 이야기가 너무 길었지? 넌 어때?"

"아냐, 괜찮아. 난 그렇지 뭐. 네 이야기 계속 해. 뜻밖이라 좀 놀란 것도 사실이지만. 내가 좀 맹하잖아. 이해력도 부족하고."

효순이가 이혼한 것이 자신의 내면의 문제라는 것에 조금은 맥이 풀리는 기분이었다. 아무리 한 번밖에 없는 인생이라지만, 이혼으로 자식을 떼어 놓는 일은 하지 말았어야 한다고 쐐기를 박고 싶었다. 그러나 나는 괜한 말로 효순이에게 상처를 주고 싶지 않았다.

"작품 사진을 하고 싶다는 내 말에 남편은 냉정하게 잘랐어. 주제를 알라고……. 배부르고 등 따뜻하니까, 이제 폼 잡고 살고 싶으냐고 몰아치는데……. 사진 찍기를 포기했지. 그래. 그냥 살자. 과천으로 이사하고부터 난 꼬챙이처럼 말라갔어. 그 무엇도 할 수 없었어. 그런 나를 보며 애들 아빠는 비웃었지. 부부로 평생을 살아야 하는 우리가, 한 쪽의 생각이 자신과 생각이 다르다고 해서 적어도 비웃어서는 안 되는 거 아니니. 왜 내 안에 있는 소리를 외면하라고 하는지, 그런 부부가 검은 머리 파뿌리처럼 하얗게 될 때까지 관계를 지속시키며 꼭 살아야 해. 내가 내 안에서 외치는 소리에 부응하기 위해 이혼을 한 것만은 아니라는 거야. 이혼을 하고 친정집과는 연락을 끊은 채 닥치는 대로 일을 했어. 누군가를 만나 사랑이라고 믿고, 시작했지만 한 번도 서로를 묶는 제도에 응하지 않았어. 그러다 보니 차츰 나이도 먹고. 몸은 아프다고 여기저기서 말을 걸어 오고……. 적어도 딸아이들한테 쪽팔리는 엄마가 되고 싶지 않았거든. 어떻게 결혼하게 됐는가가 궁금하지?"

"그래, 어떤 사람인데?"

"한 마디로 하자면 평생 함께이고 싶은 사람."

"어째서?"

나는 효순이에게 다그치듯 물었다. 아버지의 결혼관과 흡사

하다는 생각이 들어서였다.

"아이들까지 낳고도 한 생을 해로하지 못하고 헤어지는 게 사람인데……. 내 말을 이해하는 사람도 있었지만 이상하게 보는 사람도 있었지. 혹시나 재산 빼돌리려는 수작이 아닌가 하는 오해도 받고. 그런데 이 사람한테는 나를 온전히 맡겨도 될 것 같은 확신이 생겨서 내린 결정이야. 그 사람이 날 이렇게 변화시켰어. 무엇이든 자신감을 주었지. 할 수 있다는……. 당신이 하고 싶은 일을 마음껏 해서 꼭 이루라고. 그 말이 내 가슴 밑바닥에 기생충처럼 빌붙어서 내 영양분을 모두 흡입해 버려 늘 나를 어지럽게 하던 고질병을 고쳐주는 계기가 되었어. 그 사람도 나처럼 자신이 하고 싶었던 일을 하지 못했었대. 그 사람 지금 자동차 정비공으로 일해. 그 일이 너무나 하고 싶었대. 그 사람이나 나나 자신의 일을 찾기까지 50년이란 세월이 걸린 거고."

효순이의 이야기를 듣다 보니 은근히 부아가 일었다. 마치 나는 가정이라는 틀에 묻혀 남편과 자식들 뒷바라지 하는 것으로 대단한 만족감 속에 빠져 나 같은 건 어찌 되어도 상관없다는 듯이 살고 있다는 것처럼 느껴졌기 때문이었다.

부모에 의해서든 누구에 의해서든 떠밀려서 사느라 제대로 나를 발견하지 못했는데, 이제 보니 내 적성은 이거였다고, 이제라도 나는 내 적성에 맞는 일을 찾아 가겠다고 한다면 그 말을 듣고 있는 당사자들은 얼마나 황당하겠는가. 적어도 어른이라면 내가 저지른 일에는 책임을 지는 게 우선이 아닌가. 그런 다음 자아를 찾든 해야 되는 거 아니냐고, 이혼한 것을 이런 식으로 네 방식대로 해석해서 합리화시키면 끝이냐고, 그래봐야 넌 자식을 떼어놓은 어미라고. 세상 여자들이 다 너처럼 산다면 도대체 가정은 뭐가 되고 아이들은 어찌해야 하는 거냐고.

효순이에게서 아버지의 결혼에 대한 실마리가 풀리지 않을까 하는, 기대를 했던 조금 전의 생각은 온데간데없이 사라지고 이젠 반가움이 증오심으로 바뀌고 있었다.

나는 볼멘소리로 퉁명스럽게 물었다.

"그럼 넌, 단지 너 사진 찍는 거 반대 안하고 내버려두는 거에 감지덕지해서 결혼하기로 한 거야. 아니면 또 살다가 마음이 변하면 서로 두말없이 헤어지는 것을 전제로 하는 거야."

나는 다소 격앙된 목소리로 효순이를 다그쳤다. 효순이가 배꼽을 쥐고 웃기 시작한 건 내 말이 끝나고서였다. 웃음소리가 크게 들렸다. 나는 주변을 의식하며 다른 테이블을 흘깃거렸다.

"미안해. 내 웃음소리가 너무 컸지. 네 말에 갑자기 그날 일이 떠올라서… 창피하지만 이야기 할게. 그래야 내가 왜 웃었는지 너도 이해하게 될 테니까. 난 변비라고는 모르고 살았거든. 평소대로 아침에 변을 보았는데, 그 날은 점심때쯤 해서 배가 아픈 거야. 화장실에 갔지. 나오지를 않는 거야. 속옷을 내렸다가 올리고, 올렸다가 내리기를 반복했지. 물을 마시고, 요구르트를 마시고 하면서 변기에 앉았다가 일어서고 하는데 식은땀이 흘러. 속은 메스껍고. 그렇게 보낸 시간이 두어 시간은 흐른 것 같았어. 항문에 걸려 있는 변은 안 나오고. '119'를 부르자 생각했어. 배가 너무 아팠거든. 그때 마침 그 사람한테서 전화가 온 거야. 상황을 이야기했지. 그 사람이 단걸음에 달려와서는 소독저로 내 항문을 파냈어. 그러자 마자 막혔던 하수도가 뚫린 것처럼 변이 쏟아지는데…… 그 날 내가 혼인신고부터 하자고 했어. 내가 우겼어."

카페를 나왔을 때는 저녁나절이 다 되어서였다. 우리는 해가 많이 길어졌다는 것을 화제로 삼으며 식당을 찾아 두리번거렸다. 송이버섯 샤브샤브로 저녁을 먹은 우리는 서로의 집을 향해 등을 돌려야 하는 시간 앞에 서 있었다. 또 계절이 순환하듯 우리의 삶도 그렇게 흘러갈 것이었다. 우리는 서로의 손을 잡았다.

"너희 집 주소로 청첩장 보냈어."

"뭐하러. 만나서 이야기해 주면 되는데……."

"그냥. 그러고 싶었어."

나는 봄바람에 휘날리는 효순이의 바바리 깃을 세워 주었다. 만개하기 위해 망울을 터트리고 있는 벚꽃 사이로 효순이가 걸어가고 있었다. 나는 효순이의 뒷모습이 보이지 않는데도 한참을 그 자리에 서 있다. 효순이가 그토록 갈망했던 사진작가라는 칭호를 얻기 위해 잃었던 것들과 가족의 상처가 결코 아무것도 아니라고는 말할 수는 없을 것이었다. 하지만 한 개인이 자신의 자존감을 찾아가는 데 있어, 50년이라는 세월이 흘렀다는 것에는 왠지 마음이 먹먹해지기도 했다. 모든 사람들이 다 그렇게는 살 수 없다는 것은 분명한 사실이다. 지금 이 시간에도 누군가는 자신의 자존감을 회복시키기 위해 살아가고, 누군가는 자아를 발견하지 못한 채 나처럼 아버지의 재혼을 놓고 우왕좌왕하며 자식들의 작은 핀잔이 가시처럼 박혀와 울고 있을 것이고, 누군가는 남아도는 시간을 주체하지 못해 중년 여자들 틈에 끼어 앉아 은쟁반에 구슬 굴러가는 소리를 내고 있을 것이다.

내일 아침이면 어김없이 인숙이의 전화가 올 것이었다. 궁금한 것을 참지 못하는 인숙이가 나와 효순이가 만나 무슨 이야기를 했을까를 놓고, 이 밤을 어떻게 보내고 있을지 웃음이 일었다. 그러다가 나는 정말 참을 수 없는 웃음을 터트리고 있었다. 항문을 지붕 삼아 나무젓가락으로 효순이의 항문을 파내는 낯선 사내의 얼굴이 떠올라서였다. 웃음은 멈추지 않는다. 낯선 사내의 얼굴에 아버지의 얼굴이 되더니 간병인의 모습이 된다. 그러다가 남편의 얼굴이 되더니, 내 얼굴로 변한다. 웃음은 여전히 멈추지 않고 있다. 그 웃음 앞에 나는 속수무책이다.

별똥별

내가 그녀를 만난 건 별똥별 때문이다. 페르세우스 유성우가 떨어지는 것을 보기 위해 많은 사람들이 몰려 왔던 그 밤. 개관을 앞두고 있는 천문우주센터를 그날 가게 된 건 장인 될 양반의 호출로 인한 과민성 대장염이 도져서이다.

가족 모임이었다. 꼭 참석해야만 하는 자리였다. 약혼을 했으면 이제는 한가족이나 다름없다는 장인어른의 말은 곧 명령이었다. 약혼자 가족들과의 저녁 모임은 유쾌하고도 힘이 넘쳤다. 주로 회사의 흑자 배경에 따른 이야기이다. 약혼자의 큰언니가 오늘 상종가를 친 주식에 대한 이야기를 꺼낼 때는 가족 모두가 어떤 자부심이거나, 혹은 우리 같은 서민들은 감히 그 영역에 들어갈 수 없다는 어떤 기묘한 분위기를 연출해 내고 있었다.

나는 그들의 대화에 섞일 수 없다. 당연한 일이다. 아니 솔직히 말한다면 관심도 없다. 그들의 기업은 약혼자의 아버지 그러니까 내 장인이 될 분과 그 가족들이 지어낸 왕국이었다. 그러나 나는 그들의 대화에 고개를 끄덕거리기도 했고, 가끔 '아' 하며 추임새를 넣으면서 경청했다. 거의 이야기가 끝나나 싶은 지점에서 약혼자의 큰 언니가 자신의 남편의 지위에서 오는 불평을 은근히 내비쳤다. 그때였다. 저녁 자리 내내 편치 않았던 뱃속이 부글거리기 시작했다. 과민성 대장염은 꼭 이렇게 어려운 자리에서는 더욱 심해진다. 화장실로 가야만 한다. 뱃속이 요동을 친다. 꽈배기처럼 몸이 꼬아진다. 엉덩이가 저절로 들썩여진다. 일어나서 화장실로 힘껏 달려야 한다고 여길 때 쯤, 끝나지 않을 것 같은 가족 모임이 그럭저럭 파장으로 치닫고 있었다. 더 이상 참을 수 없다는 생각이 들 때, 드디어 장인 되실 분이 입을 뗀다. 내일 아침 일찍 회사의 중진들과 조찬이 있다는 것이다. 그 말은 곧 가족모임이 끝났다는 것을 알리고 있는 것이다. 장인 될 양반이 자리에서 일어선다.

나는 초조함을 숨기기 위해 이를 악문다. 약혼자는 둘만의 시간을 갖고 싶어 하는 눈짓을 보낸다. 그러나 나는 중요한 일이 있다고 약혼자에게 거짓말을 하는 것으로 핑계를 대었다. 나를 빤히 쳐다보던 약혼자는 별을 관측하러 가는 건 아니고. 약혼자의 볼멘소리에 이어 장인 될 어른의 기침소리가 들렸다. 그리고는 하루라도 일찍 자네가 경영에 참여해 사업가로서의 자질을 갖추기를 바란다는 덕담을 하며 돌아선다. 나는 허리를 굽히며 잘 알겠습니다, 했다. 약혼자의 가족들의 자동차가 차례로 출발하고 있었다. 마지막으로 약혼자의 빨간 스포츠카 페라리가 힘차게 출발하는 것을 지켜 본 나는 뛰기 시작했다. 바로 근처에 내가 곧 근무하게 될 시 소속 천문우주센터가 있어서이다.

천문우주센터의 담당자는 마침 자리를 지키고 있었다. 담당자는 별똥별이 쏟아지는 것을 볼 수 있느냐는 문의 전화에 시달리고 있는 중이라며 묻지도 않은 말을 내게 했다. 개관 준비로 며칠 있어야 된다는 말에도 시민들은 막무가내라며 담당자는 되똑한 콧등을 훔쳤다. "오신 길에 한번 둘러보실래요?" 하고 내게 물었다. 나는 고개를 끄덕이며 담당자에게서 전자키를 받아 들었다. 그리고는 화장실 앞으로 쏜살같이 내달리다가 고개를 갸웃하며 멈춰 섰다. 뱃속이 편안해졌기 때문이다.

천문우주센터는 시청 뒤쪽 편에 위치해 있었다. 시청 정문 앞에서도 보이는 천문우주센터는 시청을 끼고 가파른 언덕을 한참을 올라가야만 다다를 수 있는 곳에 위치해 있었다. 여름 날씨는 저녁이라고 해서 별반 다를 게 없었다. 무척 덥다. 더위 탓에 셔츠는 이미 물에 담근 것처럼 흥건했다. 나는 셔츠를 펄럭이며 주변을 둘러본다. 길 양옆으로는 벚나무만이 울울창창할 뿐, 천문우주센터의 모습은 보이지 않는다. 대기의 영향을 적게 받기 위해서는 천문우주센터는 고도가 높아야 한다.

언덕을 오르면서 나는 생각했다. 봄에 벚꽃이 피면 참 예쁜 길일 것 같다고. 그날이 오면……. 그렇게 벚꽃이 피는 봄날이 오면 나는 한 여자의 남자가 되는 것이다. 그리고 또 가족이 불어날 것이다. 그때는 아이의 손을 잡고 이 언덕길을 걸으면서 별과 달과 태양에 관한 이야기를 나누며 오를지도 모른다. 그러면 나는 아이에게 별똥별이 눈처럼 쏟아지게 되는 연유를 설명해 주리라. 아이가 물을까. 아빠, 별똥별이면 별이 누는 배설물이에요? 그러자 저절로 미소가 지어진다. 가파른 언덕길이 한결 수월하다.

천문우주센터로 가는 길이 양쪽으로 펼쳐져 있었다. 하나의 길은 계단으로 연결되어 있었고, 또 하나의 길은 평지이다. 평지는 걷기에는 수월하지만, 한참을 돌고 돌아서 가게 되어 있었다. 계단을 오르는 게 빠를 것 같았다. 나는 계단을 이용하기로 했다.

나는 계단의 숫자를 세듯 한 발 한 발을 떼어 계단을 밟기 시작했다. 천천히 발을 옮긴다. 그런데도 숨이 차오른다. 두 다리가 뻐근하다. 가쁜 숨을 내쉬던 나는 오른발을 계단에 걸친 상태에서 잠시 숨을 고른다. 그러면서 나는 내 자신을 나무란다. 이 정도의 계단을 갖고도 헉헉거리는 것을 보면 체력이 엉망이라고. 혼자 말을 하듯 중얼거리며 드디어 층계의 마지막 계단을 밟는다. 목적지에 다다르자, 천문우주센터 앞의 마당에는 바람개비가 한 가득이다. 내 손바닥보다 조금 더 큰 바람개비는 서너 살쯤의 아이의 키 높이다. 바람개비는 바람이 부는 대로 몸을 맡긴 채 서로를 격려하듯 돌고 있었다. 바람개비 앞에서 나는 심호흡을 하며 주변을 꼼꼼하게 훑어본다. 지리적으로는 천문우주센터의 위치가 그만인 것 같았다. 도심에서 그리 멀지 않은 곳인데도 이런 곳이 요새처럼 숨어 있었다는 것이 놀랍다. 높은 지대인데도 불구하고 넓은 평지 공간이 있다는 것은 우주센터의 자리로서는 그만이다. 사실 도시에서는 천문우주센터를 꾸리는 데 있어 조건적으로는 열악한 곳이라고 할 수 있었다. 미세먼지와 공장의 매연, 차량 배기가스, 또한 도시를 밝히고 있는 불빛은 하늘의 천체를 관측하는 데 있어 치명적이라고 할 수 있다. 그런데 이곳은 주변의 그런 것으로부터 완전히 차단된 것 같았다. 마치 숲에 둘러

싸인 분지 같았다. 나는 셔츠를 벗었다. 메리야스도 홍건했다. 셔츠를 마당 한쪽에 있는 나무 가지에 걸어 놓은 나는 교의에 길게 누웠다. 손목에 채워져 있는 시계도 풀었다. 금장으로 치장된 황금빛이 순간 멀리서 신호를 보내 오는 것처럼 번쩍했다. 약혼자에게서 받은 약혼시계이다. 나는 소스라치게 놀라며 금장 빛의 시계를 바지주머니에 넣었다. 혹여라도 시계 줄로 인해 빛이 들어오는 것 같아서였다. 마침 오늘밤은 페르세우스 유성우가 내리는 날이다. 별을 보려면 온전한 어둠이 깔려야 한다. 페르세우스 유성우가 비처럼 내리는 장관을 그 누구의 방해도 받지 않고 혼자서 즐길 것이었다. 내가 그토록 갈망하는 별들을 꼭 만나야 한다. 그래서 나는 밤하늘에 뜬 별들이 그들만의 언어로 내게 보내는 소리와 모습을 눈에 귀에 담아 두고 싶었다. 별뿐만이 아니었다. 달도 보아야 했다. 그래서 내가 이곳에 왔음을 알리고 싶었다. 앞으로 잘 부탁한다는 인사와 함께. 그것은 하나의 의식 같은 것이었다. 달과 태양과 별에 대한 예의이기도 했다. 조금이라도 그들의 세계를 이해한다고, 아니 이해를 하기 위해 애를 쓰고 있다는 그런 말을 속삭여 줄 것이었다. 그러나 나는 또 알고 있었다. 우리가 감히 그들의 세계를 동경하고 관측한다는 것이 얼마나 무모한 짓인가를. 그러면서도 나는 그들과 함께 놀고 싶었다. 세상의 그 어떤 직업도 명예도 돈도 내게는 필요치 않았다. 절대적으로. 나는 달과 별과 태양과 그들이 사는 우주의 신비가 그저 신기할 뿐이다. 더구나 오늘 새벽녘이면 하늘에서 쏟아지는 유성우를 볼 수 있을 것이다. 오늘은 페르세우스 유성우, 11월에는 사자자리 유성우, 12월에는 쌍둥이자리 유성우를 볼 수 있지만 페르세우스 유성우를 오늘 만나지 못하면 일 년 후를 기약해야 하는 것이다.

나는 동쪽 하늘을 바라다본다. 벌써부터 흥분이 몰려온다.

깜박 잠이 들었던 것 같았다. 주변을 둘러본다. 아직은 설익은 어둠이다 그 속에서 바람개비만이 여전히 돌고 있었다. 목이 마르다. 교의에서 일어난 나는 시청의 우주센터 담당자에게서 건네받은 카드키를 출입문에 댄다. 스르륵 문이 열린다. 스위치를 누른다. 어둠이 빛에 눌리면서 흰 물체가 정면에서 나를 반긴다. 우주복을 입은 우주비행사의 모습을 하고 있는 조형물이다. 나는 우주비행사의 얼굴 속으로 내 얼굴을 들이민다. 휴대폰에 부착된 카메라로 내 모습을 담기 위해 여러 번의 셔터를 눌러본다. 사진이 찍히지 않는다. 휴대폰 액정에 통화권 이탈이라고 뜬다. 나는 우주비행사의 모형에서 얼굴을 빼고는 물을 마시기 위해 정수기 앞으로 향한다. 정수기에는 흔히 쓰는 종이컵조차 비치되어 있지 않다. 정수기 통만이 덩그러니 놓여 있을 뿐이다. 그렇다고 꼭지에 입을 대고 먹을 수도 없는 노릇이다. 나는 손바닥에 물을 받아 마신다. 물을 받아먹은 나는 입 주면을 손등으로 쓰윽 문지르며 '강의실1'이라고 쓰여진 문을 열었다. 스위치를 올리자, 강의실 안의 내부가 훤히 보인다. 의자와 칠판 등등이 있는 강의실은 날것의 냄새가 진하게 풍긴다. 칠판에는 '떠든 아이, 허정태'라고 쓴 뒤 바를 정자를 네 번을 표기해 놓고 있었다. 그 밑에는 '존 아이, 허정태'. 또 '허정태'라는 이름이다. 역시 바를 정자로 다섯 번을 표기해 놓고 있다. 더 재미있는 것은 '허정태'라는 아이의 다음 행동이다. '졸다가 깨더니 집에 간 아이, 허정태'라고 쓰여 있었다. 누군가 장난삼아 칠판에 낙서를 해 놓은 것이 분명했다. 어쩌면 이 칠판을 부착한 사람일 수도 있었다. 아니면 이곳을 공사하던 누군가의 짓일 수도 있다. 그도 저도 아니면 나처럼 이곳을 방문했을 그 누군가가 무료한 시간을 달래기 위해 학창 시절을 떠올리며 써 놓았을 수도 있을 것이었다. 그런데 나는 참으로 이상한 기분에 사로잡혔다. 누군가가 무료함을 달래기 위해 아니면 그저 장난삼아 써 놓은 '허정태'라는 인물이 어쩌면 이 글을 쓴 장본인의 진짜 이름일지도 모른다는 생각이 들어서였다. 누구나 하나의 이름이 있다. 내 이름이 '최정호'이듯이. 나는 그렇게 내 이름이 불리는 곳에서 살고 싶다. 별과 달과 태양과 함께. 우주센터에서 내가 관측하는 달의 울퉁불퉁한 표피는 매끌매끌하면서 부드러운 케이크 같은 것이 아니라 수많은 운석이 쌓여서 닳고 닳은 것 같다는 것을 제대로 이해해 주는 그 누군가가 필요한 것이다.

약혼자는 오늘도 가족들과의 저녁 모임을 가기 전 내게 미리 언질을 주었었다. 곧 아버지의 회사에 입성하겠다고. 천문우주센터에서 관측하는 일들은 그저 취미생활임을 분명하게 아버지에게 밝히라고. 약혼자의 그 말이 시작되면서 뱃속이 부글부글거리기 시작했다. 급기야 화장실로 달려갔다. 또야? 병원에 가봐. 과민성 대장염은 신경성이라던데. 한 박사님한테 예약해 놓을게.

화장실 변기에 앉아 약혼자의 말을 떠올리며 나는 생각했다. 나는 정말 약혼자를 사랑하는 것일까. 약혼자를 사랑한다면 나는 어떤 액션을 취해야 하는가. 약혼자의 말대로 그녀의 아버지 회사에 입성하는 것이 내가 그녀를 사랑하는 것일까. 입성은 무슨? 예루살렘을 입성한 예수님도 아닌 주제에. 그렇다. 나는 예루살렘을 입성할 수 있는 예수님도 아닌 것이다. 그러니 내 주제에 맞게 사는 것이 옳다.

내내 뱃속이 편치 않았다. 화장실을 몇 번을 들락거렸는데도….

약혼자는 혀를 찼다. "시간 됐어. 그러다가 저녁 시간에 늦겠어. 아버지 성격 알지? 시간약속에 칼이신거."

나는 칠판에 새겨진 '허정태'라는 이름을 지우려다가 그냥 나왔다. 적어도 이런 글을 솔직하게 쓸 수 있는 사람이라면 아직은 어린아이 같은 순수함을 지녔을 것 같았다. 그런 사람들이 우주센터에 많이 오기를 바라는 마음도 없지 않았다. 나는 조금 더 그 기분을 만끽하고 싶었다.

우주센터 안은 무척 덥다. 혼자 있으면서 에어컨을 가동시킬 수 없는 일이다. 별이 쏟아지기까지는 아직 먼 시간이다. 밖으로 나가서 기다리기로 했다. 어둠이 온전히 내리기를. 스위치를 내리자 우주센터의 건물이 검은 그림자 같았다. 마당으로 나오자, 바람개비는 누가 뭐라고 하지 않는데도 쉼 없이 돌고 있었다. 바람개비를 통과한 바람이 내 볼을 스치고 지나갔다. 나는 그 바람 속에 몸을 맡긴다. 시원한 바람이 볼을 스치고 목덜미를 어루만지며 지나가는 것을 느끼며, 그렇게 한참을 앉아 있었다. 그러던 나는 다시 교의에 눕기 위해 구두를 벗을 때였다. 웅성거리는 소리가 들려왔다. 발자국 소리도 요란했다. 뭐지? 혼잣말로 하며 교의에서 몸을 일으켰다. 웅성거리는 소리는 점점 가까워지고 있었다. 계단을 밟고 올라오는 소리도 들렸다. 재잘거리는 아이들의 소리도 들려온다. 헉헉 거리는 숨찬 소리도 묻혀 있다. 다 왔나보다, 라는 소리와 함 께 내 앞쪽으로 사람들이 걸어왔다. 메리야스만 입고 있던 나 는 셔츠를 찾는다. 그러나 나무 둥치까지 갈 수가 없다. 너무 나 많은 사람들이 내 주변을 에워싸고 있기 때문이다. 어둠이 짙게 깔려 있는 게 다행일지도 모른다. 아니다. 어둠으로 해서 사람들의 형체는 더 선명하게 윤곽을 드러내고 있었다.

"와, 아빠! 바람개비다. 아빠, 여기가 별똥별을 볼 수 있는 곳이야."

"별이 어디 있어?"

"요새 서울에서 별을 본다는 건 그야말로 하늘에서 별 따기 지."

"아후, 다리야. 힘들어 죽는 줄 알았네."

"여기는 시원하다."

"이렇게 먼 거리를 차가 못 들어온다는 게 말이 돼?"

어둠 속에 서 있는 사람들은 서로를 향해 묻고 물으며 떠들 다가는 내게로 시선을 보냈다.

"아까 전화 받았던 분이세요, 천문우주센터의 담당자라 는…?"

"… 예… 저… 그게… 그러니까…."

"별똥별은 오늘 지나면 11월에나 볼 수 있다면서요? 오늘 페르세우스 유성우가 떨어지는 날이라고. 텔레비전 뉴스에 나왔거든요. 우리 아이들이 어찌나 졸라대는지."

나는 아직 개관 전이라고 설명했다. 개관은 일주일 후이며 그때는 여러분이 궁금해 하는 별과 달과 태양에 관한 모든 것들을 보고 들을 수 있을 것이라고. 나는 목청을 높였다. 그러나 사람들은 꿈쩍하지 않는다. 몇몇 사람들만이 아쉬워하는 아이의 손을 잡고 등을 돌린다. 한 아이가 울음을 터뜨리며 주저앉는다. 초등학교 2, 3학년쯤 되어 보이는 사내아이이다.

"아빠, 미워. 아빠는 거짓말쟁이야. 맨날 하늘에 있는 별도 따다 줄 수 있다고 해 놓고서는. 별도 보여주지 못하잖아. 아빠 미워."

"일주일 후에 다시 오면 되잖아. 그때는 아빠가 꼭 별을 보여줄게."

"거짓말. 아빠 말 안 믿을 거야."

나는 사내아이의 아버지를 향해 허리를 굽혔다.

"죄송해서 어쩌죠?"

"이 도시에서는 별을 볼 수 있는 곳이 없거든요."

난감한 표정으로 내게 그렇게 말하는 사내아이의 아버지의 얼굴을 보며 나는 천문우주센터를 앞 당겨서 오늘 바로 이 시간에 문을 열기로 했다. 아이의 아버지를 거짓말쟁이로 만들 수는 없다. 나는 사람들을 향해 소리쳤다. 두 사람씩 짝을 맞추어 줄을 서 주세요. 그리고는 나무 가지에 걸려 있는 셔츠를 재빨리 걷어다가 꿰어 찼다. 그때였다. 나무 둥치 옆에 여자가 생글거리며 서 있는 것을 본 것은.

여자는 긴 머리를 하나로 묶고 있었다. 흰색개통의 원피스를 입어서인지 어둠 속에서도 도드라져 보였다. 나는 무안했다. 여자가 셔츠를 꿰 차고 있는 내 모습을 보았다는 게. 나는 여자를 향해 묵념을 하듯 고개를 숙였다. 여자도 고개를 까딱했다.

줄지어 있는 사람들이 족이 300여 명은 될 듯싶었다. 300여 명이 별과 달과 토성을 관측만 한다 해도 새벽이 되어서야 끝이 날 것 같았다. 그런데다가 나를 보조해 줄 함께할 선생님들도 없는 판이었다. 그러나 나는 신이 났다. 저절로 힘이 솟구쳤다. 줄지어 있는 아이들은 목이 타는지 정수대를 가리키며 물을 찾았다. 난감했다. 어떤 여자는 내가 그랬던 것처럼 손바닥에 물을 받아 아이의 목을 적셔 주고 있었다. 줄 서 있는 사람들은 컵 하나도 준비해 놓지 않은 시의 처사를 두고 맹비난을 했다. 나는 아직 개관 전이라서 그렇다고 설명하기를 반복했다. 내 말에 아, 맞아 아직 개관 전이라고 했지. 그러나 그때뿐이었다. 잠시의 시간이 흐르면 다시 불평을 쏟아내고 있었다. 긴 머리의 여자가 나를 향해 말했다.

컵을 사올게요.

슈퍼까지는 한참을 내려가야 할 터였다. 언덕을 다 내려가야 하는 길이다. 언덕 초입에 있던 편의점에서 나는 생수 한 통을 샀던 기억을 떠올리며 너무 멀 텐데요, 했다. 지금으로서는 그 방법이 최선인 것 같아요. 그렇게 말한 긴 머리의 여자가 총총 걸음으로 사라지고 있었다.

나는 건물 옥상으로 올라갔다. 망원경의 각도를 잡아 조작을 했다. 렌즈의 조리개를 조절했다. 오늘은 맑은 날씨이다. 나는 망원경에 눈을 댄다. 노르스름한 둥근 달 옆으로 토성이 보인다. 나는 뒤로 주춤하며 눈을 뗀다. 달과 그 달을 에워싸고 있는 토성이 마치 노란 리본 같아서였다. 나는 망원경에 다시 눈을 갖다 대었다. 이번에는 달을 둘러싸고 있는 토성이 띠처럼 보인다. 착시현상이 일어난 것이 분명했다.

사람들이 모두 돌아간 건 새벽 2시를 넘기고서였다. 주변을 정리하고 나자 3시가 가까워지고 있었다. 마지막 손님이었던 긴 머리의 여자가 문을 나서는 것을 보며 나는 우주센터의 스위치를 내렸다. 우주비행사를 향해 나는 거수경례를 하듯 손

을 이마에 붙였다. 사고 없이 일이 마무리되었다는 안도감에
서였다. 피곤이 몰려왔다. 시에서 알면 난리가 날 것 같았다.
어쩌면 오늘 있었던 일에 대해서 어떤 문책이 있을지도 모를
일이었다. 막 계단을 내려가려던 나는 나무 위에 앉아 있는
흰 물체를 보고는 걸음을 멈춘다. 내 셔츠를 걸어 놓았던 그
나무 가지이다. 흰 물체는 내가 걸음을 멈추자, 나무에서 사뿐
히 내려왔다. 전혀 중력이 느껴지지 않았다. 여린 나무 잎이
살포시 내려앉는 것 같았다. 긴 머리를 한 그 여자이다. 여자
를 보자 종이컵 값이 떠올랐다. 나는 바지 뒤 주머니에서 지갑
을 꺼내었다. 여자는 내가 종이컵 값을 주려는 것을 알고 있는
것처럼 손사래를 친다. 종이컵 값 때문에 기다린 거 아니에요,
하며 여자는 바람개비가 돌아가는 것을 손으로 슬쩍 건드렸
다. 잠시 바람짓을 멈추던 바람개비는 다시 경쾌하게 돈다. 여
자는 바람개비처럼 원피스 끝자락을 쥐고는 한 바퀴 뱅그르
돌았다.

"아… 아닙니다. 종이컵 값은 당연이 드려야죠."

"공짜로 별의 축제를 보았는데요, 뭘. 입장료도 내지 않았으
니까요."

나는 지갑을 든 채 엉거주춤하게 서서 여자가 하는 이야기
를 듣고 있었다.

"여기가 좋아서 있었던 거예요. 저기 나무에 앉아서 내려다 보니까 도시가 한눈에 들어오네요. 이 도시에 이런 곳이 숨어 있었다니. 정말 놀라울 일이예요."

"이 도시에 살고 계십니까?"

"후후… 네."

여자는 깡충거리듯이 내 옆을 지나더니 내가 누워 있던 교의에 앉았다. 그리고는 내게 손짓을 했다. 나는 어정쩡한 자세로 여자 옆에 앉았다.

"아까 말이예요. 별에 대해서 이야기할 때요. 별똥별이라고 하는 유성우에 대해서 설명할 때요. 뭐라고 할까. 정말 멋졌어요. 아… 이 지구에도 별에 대해서 달에 대해서 태양에 대해서… 아… 아니예요. 오늘은 별만 갖고 이야기하죠. 별에 대해서 정확하게 이야기하는 분이 있다는 게 놀라웠어요."

"칭찬인가요? 아니면 잘못 했다는 말씀인가요?"

여자는 정색을 하며 몸을 털었다.

"당연히 칭찬이죠."

"감사합니다."

"감사는 제가 해야죠."

여자는 몸을 일으켰다. 아까처럼 바람개비를 잡았다가 놓았다. 그리고는 또 뱅그르 돌았다.

"오늘은 긴 이야기를 할 수 있는 시간이 없네요. 조금 있으면 날이 훤해질 테니까요. 집에 안 가세요? 전 아이들이 기다려서요."

나는 여자가 결혼을 해서 아이들을 두었나보다고 생각했다.

"자녀가 몇이에요?"

내 물음에 여자가 다시 교의에 앉았다. 그리고는 여자는 하늘에 뜬 별을 찾는 것처럼 고개를 한껏 쳐들었다. 그러더니 이내 한숨을 쉬며 고개를 숙였다.

"오늘 별을 보러 온 사람들이, 정말 별을 보기 위해 왔을까요?"

자녀가 몇이냐는 내 물음에 답이 없던 여자는 뜬금없는 이야기를 꺼내었다.

"글쎄요. 잘은 모르겠지만 그렇지 않을까요. 적어도 우주센터를 찾는 분들이라면…."

"그렇겠죠."

여자는 낮은 한숨을 토해 내었다. 그리고는 발을 까닥거리더니 또 고개를 들어 하늘을 보았다.

"난 사실 오늘 아이들을 만나기 위해서 온 거거든요. 아니 매일 함께 있지만 비처럼 쏟아지는 별똥별이 사실은 우주의 먼지가 대기로 들어오면서 마찰을 일으켜 불타는 현상이라는 것을 알지만… 전 별이 된 제 아이들이 제게 보내는, 잘 지내고 있다고, 그러니 아파하지 말라고. 그 말을 듣고 싶어서 왔던 거예요. 근데 사람들이 너무나 많아서 들을 수가 없었어요. 개관을 하지 않았다고 해서 일부러 아무도 없을 때 몰래 혼자서 아이들을 만나 미안하다고 사과하고 싶어서."

여자가 머리를 쓸어 올린다. 여자의 얼굴에 달빛이 언뜻 스친다. 여자의 얼굴이 파리해 보인다. 나는 여자를 보면서 생각했다. 무슨 뚱딴지같은 소리를 하고 있는 거지, 하고. 그 물음을 할 수 없는 나는 여자를 좀 더 지켜보기로 했다. 하지만 눈꺼풀이 자꾸만 내려앉는다. 하품도 나온다.

"제 이야기가 뜬금없죠?"

여자는 내 의중을 들여다보고 있었던 것처럼 물어왔다.

"아… 아닙니다. 근데… 아이들이 왜? 별이 되었죠?"

"… 팽목항요."

담담한 여자의 대답이 내 가슴을 서늘하게 했다. 나는 문득 토성이 노란리본으로 보여지던 것이 떠오른다. 오싹 한기가 인다.

"아이들은 다 별이 되었는데, 저만 별이 되지 않았어요."

"무… 무슨 그런 말씀을…."

나는 겨우 그 말밖에 할 수 없었다.

"아이들을 잃고서야 난 교사라는 직업이 무언지 알게 되었어요. 두 번째 부임지였어요. 교사에 대한 사명보다는 그저 직업이었죠. 교사란, 평생 할 수 있는 안정적인 직업 같은 거라는 생각이었죠. 그래서 귀찮고 성가신 일에는 비켜가고. 나서지 않고. 전교조 같은 거에도 관심을 안 갖고. 내 주어진 시간만 채우고. 학교에서의 학생들에게 할당된 시간에만 충실한 모범적인 교사요. 그게 보여지는 나였죠. 학생들이 술을 마시거나 담배를 피워서 문제를 일으키는 것도 그 나이에 할 수 있는 호기심이라며 극구 아이들 편에 서서 옹호했던 것도 시끄러워지는 것이 싫어서였어요. 혹여라도 내게 어떤 불이익이 떨어지는 것을 막기 위한 한 수단이었죠. 아이들이 별이 되어서야 전… 교사라는 것이 아이들에게 어떤 존재인가를 차츰 깨달아가고 있는 중이에요. 아직 아이들을 왜 팽목항에 두고 올 수밖에 없었는지가 명확하게 규명이 안 됐고, 그 아이들을 잃은 부모나 가족들의 비통함은 여전한데, 기억의 교실은……."

하품이 나온다. 얼른 손으로 가린다. 피곤했다. 그러나 여자의 이야기를 끊을 수 없다. 나 역시 여자와 같은 삶을 살았는지도 모른다. 내게 주어진 일 외에는 그 어떤 것에도 관심을 가지지 않는 것이 나였다. 그런 나를 두고 외골수라느니, 우주 천체를 연구하는 직업이 제격이라고 가족들은 말했다. 그러나 바꿔 말하면 상당한 이기적인 인간이라는 뜻일 것이다. 자신의 일 외에는 세상 그 어떤 것에도 관심을 갖지 않는. 그것이 얼마나 비겁한 일인가. 남의 일에는 무관심하다가 본인에게 일어나는 일에는 발끈해서 과민성 대장염이라는 지병을 달고 사는 것이.

내가 하품하는 것을 여자가 본 것일까.

여자가 교의에서 일어났다.

"너무 제 이야기만 했죠?"

나는 여자를 따라 일어나며 아니라고 했다. 여자는 나를 보며 묘한 웃음을 흘리더니 걷기 시작했다. 여자가 앞서서 걷기 시작했으므로, 나는 여자를 뒤따랐다. 나는 여자와의 거리를 두고 천천히 걸었다. 더구나 일면식도 없는 처음 본 여자였다. 그것도 개관이 준비 중인 천문우주센터에서. 여자는 언덕 아래 입구에 있는 편의점까지 걸어가서는 종이컵 다섯 줄을 사들고 오기도 했지만, 분명한 것은 그저 방문객의 한 사람인 것이었다.

여자는 계단을 이용하지 않았다. 돌아서 내려가는 길을 택했다. 나는 계단을 이용해 혼자 내려가기도 뭐해서 여자가 선택한 길을 따랐다. 여자는 노래를 하듯 혼자서 흥얼흥얼거린다. 나무 가지를 만져보기도 하고 풀잎을 건드리기도 하며 여자는 언덕을 내려가고 있었다. 언덕 초입에 있는 편의점 앞까지 걸어올 동안 여자와 나는 아무런 말도 주고받지 않았다. 여자는 지나가는 택시를 세웠다. 택시에 오르며 여자가 또 봐요 그럼, 했다.

여자를 태운 택시가 내 시야에서 완전히 벗어나는 것을 보며 나도 택시를 타고 집으로 돌아왔다. 휴대폰을 열어 본다. 휴대폰에는 일곱여 통의 부재중 전화와 문자가 들어와 있었다. 모두 약혼자의 번호이다. 왜??? 전화를 안 받아????? 사뭇 도전적인 문자다. 마지막 문자는 또 옥상에 누워서 별 보고 있는 거야, 라고 쓰여 있었다. 그래도 별에 관한 것을 물어 주는 마지막 문자에 나는 안도했다. 약혼자는 정말 별을 알까. 별이 하늘에 왜 뜨는지도. 왜 8월 이맘때이면 오늘처럼 사람들이 아이들이 별똥별을 보려고 하는지. 별똥별이 왜 비처럼 내리는지를. 우주를 떠돌던 먼지들이 지구 대기와 충돌하여 빛을 내다가 타는 현상에서 나타나는 것이 바로 별똥별이라는 것을 알고 있는지. 별에 대한 달과 태양에 대한 이야기를 하면, 연거푸 하품을 하는 것으로 불편함을 나타내는 약혼자였다. 우리가 살고 있는 지구와 우주의 세계가 어떤 조화를 이루고 있는가에 대한 본질적인 물음은 있어야 했다. 그것이 바로 서로에 대한 관심이며 신뢰일 것이다. 사랑은 적어도 그런 가장

기초적인 것에서 출발해야 하는 것이 아닐까. 물질이 세상을 바꾸는 게 아니라, 별에 대한 설명을 별똥별에 대한 이야기를 할 때 빛나던 아이들의 눈동자처럼. 그런 순수함이 폭력과 위선과 불성실한 것과 소중한 생명을 함부로 짓밟는 세상을 바꿀 수도 있다는 것을. 그래야만이 여자의 제자들이 다시는 별이 되지 않을 것이었다. 또한 별을 관측하는 그 일이 직업이 아니라 나를 숨 쉬게 하고, 나를 미소 짓게 하고, 나를 펄떡거리는 살아 있는 생물로 바꿔 놓는 천직이라는 것을 약혼자에게 설명해야 옳은가.

나는 휴대폰이 통화권 이탈이라 약혼자의 전화도 문자도 받지 못했다고 해명하려다가 그만 두고, 욕실로 행했다. 샤워를 마쳤지만 쉽사리 잠이 들지 않는다. 여자의 존재에 대한 궁금증 때문이기도 했다. 그러나 무엇보다 약혼자와의 결혼에 대한 압박감 또한 가슴 한 쪽에 매달린 추처럼 무거웠다. 어머니만 아니라면. 애야, 정호야! 사람이란 저 하고 싶은 거 하면서 살아야 해. 이 어미 눈치 보지 마. 누구보다 아들의 성향을 꿰차고 있는 어머니의 그 말 때문에 아직도 이러고 있는지도 모른다. 차라리 누나들처럼 강경하게 반대를 하고 나선다면 오기로 더 별을 헤이고 달의 그림자를 좇을 것이었다. 누나들은 나를 보고 현실적이지 못한 놈이라고 했다. 매형들은 나를 몽환적이라며 놀렸다. 어휘의 선택의 문제이지 다들 맞는 말이었다. 다소 과격하게 들리는 어휘라 할지라도 그들 나름대로의 사랑의 표현이라는 것도 나는 알고 있었다. 내가 내놓으라 하는 기업의 사위가 된다 한들 그들에게 떨어지는 떡고물이 있을까 해서가 아니라는. 순수하게 내 미래를 걱정하는 발언이라는 것을 알고 있지만, 그것이 마음대로 되지 않았다.

나는 유복자이다. 어머니의 배 안에서 아버지의 죽음을 묵도한 것이다. 아버지의 산소를 가기 위해 따라갔던 중종의 산에서 반딧불을 처음 보던 날, 나는 그것이 별이 하늘에서 떨어진 것으로 착각하고는 한없이 따라갔었다. 쫓아가다가 달려가는 것을 반복했지만, 반딧불은 어딘가로 사라지고 없었다. 그 밤 내내 반딧불이 사라진 저 산 너머에 무엇이 있을까. 그 끝에 달려 있는 초승달의 표면이 점점 둥글게 변해가는 것은 왜일까에 관심이 갔다. 그때 내 나이 7살이었다. 이미 별이 된 아버지는 내가 어머니의 배 안에 있을 때 내 존재의 근원에 대한 뿌리가 별이기를 바랐을까. 아니면 먼지로 왔다가 먼지로 돌아가는 인생의 덧없음이 우리가 흔히 말하는 별똥별이라는 배설물에도 미치지 못한다는 뜻이었을까. 하필 나는 아버지의 산소에서 보았던 반딧불에서 존재의 근원에 대한 물음을 하게 되었을까.

등짝이 끈적거린다. 나는 모로 눕는다. 훤하게 날이 밝아오고 있었다. 빛을 가리기 위해 거실 창에 매달려 있는 브라인다의 줄을 잡아당긴다. 그러나 여전히 잠이 들지 않는다. 뒤척인다. 유성우라는 별똥별에 대해서 설명할 때 정말 멋졌다는 여자의 소리가 내내 귓등에 얹혀 있는 탓이다. 아니다. 사실은 아직도 팽목항에 있는 여자의 제자들에 대한 안타까움인지도 모른다.

휴대폰의 진동에 시달리며 손을 뻗는다. 전화는 시청의 천문우주센터의 담당자에게서 왔다. 검색어 1위에 오르게 한 장본인이 최 선생님인 줄 알았다는 담당자의 말에 나는 떠지지 않는 눈을 비빈다. 무슨 말이냐고 묻는 내게 담당자는 개관하지 않은 우주센터에서 별똥별을 보게 해 준 팀장님에 대한 감사 글이 지금 시청 게시판에 도배되고 있다는 것이었다. 그제야 나는 아차 했다. 나로 인해서 나를 믿고 우주센터로 들어갈 수 있는 문의 열쇠를 준 담당자가 곤욕을 치르고 있을지도 모른다는 생각이 들었다. 그래서 지금 상황이 어떻게 돌아가느냐고, 나는 담당자에게 빠르게 물었다. 내 질문에 담당자는 입맛을 다신다. 뭐, 시말서 쓰라고 하면 쓰고 자리를 옮기라고 하면 옮기고 나가라고 하면 나가야죠. 그때는 모른 척 마시고

절 팀장님 보조로 써 주세요, 했다. 나는 미안하다는 사과의 인사를 진심으로 거듭거듭 하며 머리를 목덜미를 꾹꾹 누른다. 언제 시간 되실 때 식사를 대접하고 싶다는 내 말에 담당자는 그야말로 펄쩍 뛰는 말투이다. '김영란 법, 모르세요.' 죄송하다고. 나는 또 사과의 말을 하느라 절절 맸다. 그러는 동안 땀이 줄줄 흐른다. 아침 시간이다. 그런데도 이마에 맺힌 땀방울은 처마에 매달린 고드름이 녹듯 뚝뚝 떨어진다. 목덜미에서 이어진 땀은 등줄기를 타고 도랑처럼 흐른다. 담당자와 통화를 끝내기가 무섭게 나는 에어컨의 리모컨을 찾아 버튼을 누른다. 선풍기도 돌린다. 욕실로 들어선다. 샤워를 마친다. 그러자 조금 시원해지면서 시장기가 돈다. 간단하게 요기를 하고 싶다. 어젯밤 내내 과민성 대장염으로 화장실을 들락거린 탓인가 보다. 출출하다. 냉장고 안에는 어머니가 보내 준 밑반찬 통이 켜켜이 쌓여 있다. 언젠가 집에 들른 어머니는 냉장고를 열어 보고는 혀를 찼다. 당신이 해서 보낸 반찬이 이리도 많았냐고 내게 묻던 어머니는 밑반찬 통을 보자기에 싸서 들고는 총총히 사라지셨다.

밥만 있으면 한 끼의 식사는 충분할 듯싶었다. 나는 싱크대 안에 있는 햇반을 꺼내었다. 햇반을 렌지에 데웠다. 나는 어머니가 해서 보낸 반찬통을 늘어놓고는 식사를 하며 휴대폰을 연다. 여전히 실시간 검색어에는 내가 근무하게 될 천문우주센터와 별똥별이 1, 2위를 다투고 있었다. 휴대폰을 어루만지던 나는 약혼자에게 전화를 해야 한다고 생각했다. 그러나 나는 전화를 하지 않는다. 집안에서 뒹굴거리던 나는 오후가 되어서야 천문우주센터로 올라갔다. 이유는 있었다. 나를 도와 함께 일을 하게 될 보조 선생님을 면담해야 했기 때문이었다. 표면적으로는 그랬다. 그러나 내 가슴에 자리 잡고 있는 긴 머리의 여자에 대한 호기심이기도 했다. 그럼 또 봐요, 하던 여자의 말이 신경의 한 부분을 쥐고 있는 것처럼, 그 어디에도 집중이 되지 않았다. 여자가 올지도 모른다는 기대감 속에 나는 바람개비가 돌고 있는 것을 무시로 내다본다. 그러나 여자는 보이지 않는다. 그렇게 일주일이 흐르고 있었다. 다시 여자를 만난 건 개관 날이다. 개관 준비로 우주센터 안은 왁자하다. 내 앞으로 몇 그루의 화분이 배달되었다. 화환도 있다. 약혼자의 아버지가 보낸 화환을 보자, 갑자기 뱃속이 부글거리기 시작했다. 나는 화환을 한쪽 구석에 세웠다. 그러자 뱃속이 조금은 편해지는 듯했다. 그러다가 나는 문득 여자와 앉아 있던 교의를 쳐다본다. 여자의 모습은 없다. 여자가 슬쩍 건드려 보던 바람개비만이 돌고 있다. 나는 열쩍은 웃음을 지으며 로비 한쪽에 마련해 놓은 의자에 앉는다. 약혼자에게 전화를 해야 한다는 생각 때문이다. 오늘 오픈식에 약혼자는 참석하지 못한다고 했다. 외국에서 오는 바이어와의 중요한 약속 때문이라고 했다. 우주센터에서의 사직에 관해서 약혼자와의 한 약속을 더 이상 미룰 수 없다. 결혼할 때까지만 기다려 달라고 하기에는 너무나 많은 날들을 불이행했다. 여기서 더 미룬다는 건 약혼을 파기하는 행위일 것이었다. 그렇다면 시기가 언제인가였다. 연말까지는 우주센터의 일을 봐 주어야 했다. 그것이 이곳으로 파견될 때의 약속이었다. 사실 오늘 약혼자가 왔다면 나는 약혼자를 데리고 옥상으로 올라가 마주보고 서서 이런 이야기들을 하고 싶다. 약혼자에게 지금의 상황을 정확하게 이야기한 뒤 결정에 따르자는 것이 내 의중이었다. 만에 하나 연말까지의 근무가 아니 된다면, 오후에 조금 일찍 퇴근을 해서 우주센터의 남은 시간을 봐 주는 방법도 있다는 것을 상의하고 싶다. 휴대폰을 연다. 단축번호 1번을 누른다. 신호음이 이어지다가 끊어진다. 휴대폰 액정에 통화권 이탈이라고 뜬다. 사무실의 전화를 이용해야 했다. 의자에서 일어난 나는 사무실로 들어갔다. 약혼자의 번호를 누른다. 신호가 정확하게 울리기 시작했다. 여보세요, 하는 약혼자의 음성이 들린다. 나야. 무슨 번호야? 사무실, 아… 잠깐만. 조금 있다가 다시 할게.

나는 화장실로 향했다. 부글거리는 뱃속이 심상치 않다. 화장실에서 나오던 나는 유리문 앞에서 어른거리는 흰 물체가 언뜻 스치는 것을 본다. 순간 강한 전류가 뇌리를 강타한다. 그 전류는 바로 여자일지도 모른다는 생각 때문이다. 내 생각은 적중했다.

"어서 오세요."

"안녕 하셨어요?"

"네, 덕분에요."

여자와 나는 서로의 안부를 확인하며 교의에 앉는다. 바람개비가 돌고 있는 것을 보고 있던 여자가 먼저 입을 뗀다.

"지난번에 제가 너무 많은 이야기를 쓸데없이 한 것 같아서요. 죄송해서요. 꼭 그 인사를 하고 싶었어요."

"아닙니다. 도움이 되지 못해서 오히려 제가 죄송한걸요."

그렇게 말은 했지만 불편한 것도 사실이다. 팽목항과 연관이 없던 나였다. 내 주변의 그 누구와도 관계가 이어져 있지 않다. 그날의 진실이 무엇이든 간에 그것은 나와는 별개의 문제였다. 물론 안타깝다. 어째서 이런 일이 일어날 수 있었던가에 대한 분노도 있었다. 정부의 무능력을 비판도 했다. 노란 리본을 휴대폰 메인 배경에 깔기고 했었다. 가슴에도 노란리본을 달고도 다녔었다. 가방에는 지금도 노란 리본이 매달려 있었다. 어느 전철역 앞에서 그날의 진실을 철저하게 규명하라는 글을 보고서 서명 란에 집주소와 전화번호, 내 이름을 쓰고서 받은 것이었다. 그뿐이었다. 차고 넘치는 것이 노란리본이었다. 노란리본의 물결은 그저 노란리본일 뿐이었다. 노란리본이 할 수 있는 건 어딘가에 매달려 있거나 부착되어 있는 것이었다. 그런 노란리본처럼……. 나 역시 그 중의 하나일 뿐이었다. 세월이 흘렀다. 아니 흘러갔다. 우리가 맹목적으로 달리지 않았는데도 세월은 가고 있었고, 여전히 별이 된 여자의 제자들이 바다 위를 비추고 있을 것이다. 그러니 나보고 어쩌란 말인가.

나는 여자의 옆얼굴을 훔쳐본다. 여자는 교의에 늘어뜨리고 있는 발을 그네처럼 흔들고 있었다.

"오늘 제가 온 것은 아이들에게 사과를 하려고요."

"사과를요?"

"네. 저 혼자 살아 있는 것에 대해서요. 그날 아이들과 함께 갔더라면 이런 죄책감은 없었을 거 같아요."

여자는 아이들을 잃은 그날부터 시간이 정지되었다고 했다. 밥을 먹을 수도 잠을 잘 수도 없다는 것이었다. 거리를 걸으면 학생들만 눈에 띈다고 했다. 수없이 죽으려고 했다는 여자는 살아야겠다는 생각을 한 건 꼭 진실을 밝혀 다시는 이 땅에 제자들을 바다 속에 빠뜨리는 스승들이 없기를 바라는 마음이 들어서였다고 했다. 어둠 속에서 여자의 눈물이 보였다. 눈물을 훔치던 여자가 다음 말을 이으려고 할 때였다. 페르세우스 유성우가 떨어지는 것을 보기 위해 몰려들었던 사람들처럼 시의 관계자들이 올라오는 것이 보였다. 그 가운데 낯익은 모습들도 있다. 약혼자와 그녀의 아버지가 시의 관계자들 틈에 있는 것을 본 순간 내 뱃속이 요동친다.

나는 교의에서 벌떡 일어난다. 나는 여자의 손목을 잡는다. 꽉 그러쥔다. 그리고는 천문우주센터로 뛰어 들어간다. 여자의 손을 잡은 채 나는 옥상으로 올라간다. 나는 옥상으로 올라오는 문을 밀폐시킨다. 옥상에는 여자와 나뿐이다. 하늘을 우러러 본다. 하늘에는 별이 보이지 않는다. 여자도 나처럼 하늘을 우러러 본다.

나는 여자를 망원경 앞에 세운다. 나는 여자에게 곧 별이 보일 것이라고 했다. 그러면 주저하지 말고 별이 된 아이들에게 인사를 하라고 했다. 그러나 별이 된 아이들에게 함께 별이 되지 못해서 미안하다는 사과는 절대하지 말라고, 여자에게 단호하게 말했다.

여자가 고개를 끄덕인다. 여자의 두 눈에 눈물이 흐른다. 나는 땀으로 범벅이 된 손바닥을 바짓가랑이에 문지른다. 여자

의 흐르는 눈물을 닦아주기 위해 손을 뻗다가 멈춘다. 그리고
는 여자에게 고개를 끄덕였다. 어서 인사를 하라고. 내 몸짓에
여자가 외친다. 애들아!!! 살아서…… 꼭 끝까지 살아남아서
너희들이 왜 별이 되었는지를 이야기할게.

　여자의 말이 큰 소리가 되어 우주를 향해 퍼져 나가고 있었
다. 그때였다. 별똥별들이 화답이라도 하듯 소리 없이 쏟아져
내리기 시작했다. 무수한 별똥별들이 봄비처럼 부드럽게 내린
다. 뱃속은 편안하다.

순전하고 자연한 소설은 연극 소리가 난다

황충상(소설가, 문학나무 편집주간)

소설이라는 문학, 그것은 물음 없는 답이다. 왜 그런가? 묻지 않는 물음으로 씌어진 이야기 그대로 답인 까닭이다. 참으로 그렇다면 좋은 소설에는 알과 닭이 공존한다. 눈 없는 알의 미래에 대한 눈뜸의 이야기를 창조하는 소설가는 신의 가능성을 '알이 먼저, 닭이 먼저' 하며 넘나든다. 이럴진대 소설에 대하여 무엇을 이야기한다는 것은 실로 어불성설이다. 그럼에도 인연의 일로 가능하기가 아주 쉽지 않은 일을 나는 맡고 말았다.

이것도 산다는 것의 타협일 수가 있다. 도망가고 싶은데 발목이 잡인 것이나 진배없다. 나는 첫 단편소설집 평설을 맡아달라는 박민형 작가를 무연히 바라보았다. 작은 얼굴의 입술이 조금 웃음기를 머금었다. 저 웃음 뒤쪽에 무엇이 있다. 보지 않아야 할, 아니 꼭 보아야 할 무엇이다. 그것이 그의 소설이다. 스러지는 웃음을 버텨주는 말의 집, 그 속에 연극 신(장면)들이 숨어 있다. 그러기로 그의 소설들은 연극 소리를 내는가. 소설을 읽고 물어물어 평설을 써야 하는 당위를 나는 비켜설 수가 없었다.

박민형 소설집 『별똥별』에 묶인 아홉 편 작품을 읽으며 나는 허구의 진실에 깊이 빠져들었다.

'쓴다는 것, 소설 창작은 인연 벗어나기다. 산다는 인연, 죽는다는 인연까지 벗어나는 이야기. 그리하여 작가의 소설은 마침내 연기의 법칙에서 자유하는 슬프고도 선연한 아름다움이 되는 것이다.'

서 있는 사람들

나는 화장품 가게 여자

저는 갈 곳이 달리 없는데요

그 한마디 대사

연극의 시작이고 끝이다

대학 때 시대풍자극을 하고

아버지의 그 무슨 직함이 가리키는 길

연극을 버리고 연극공부하러

로마에 갔지

세상은 어디나 연극 무대

소말리아의 흑인 처녀 솔레를 만나

부모 형제 안부를 묻는 연극을 보았지

동질의 연극

30대 연극인 태희로 돌아온 나는

문을 내야 하는 벽을 향해 섰다

조명이 쏟아지는 순간

쇠망치를 내리쳤다

서 있는 자들을 비웃듯 막이 내렸다

이 소설은 부분 희곡의 문양을 곁들인 차별성의 창작방법이 돋보인다. 연극과 현실의식이 넘나드는 인생 단면 그리기가 그것이다. 누운 사람들, 앉은 사람들, 서 있는 사람들. 사람의 생은 누구나 이 과정을 산다. 그렇게 우리는 인류사 속을 생을 짊어지고 지나간다.

박민형의 등단작 창작정신은 부드러우면서 힘이 세다. 실로 문학의 내재율을 이만큼 구축하기가 드물다. 어떻게 무엇인가를 보여주겠다는 치열성이 창작의 구성방편이고 주제의식인데, 생의 아픈 이면을 말하는 시선이 너무도 담담하다. '상납금을 주고 낸 유리문 햇빛이 양심을 살인하는 현장에 서 있는 나, 아니 우리에 대한 묘사는 소설과 연극이 접목되는 새로운 가능성을 보여주었다.' 그런 면에서 등단작 「서 있는 사람들」은 박민형의 사람 마음 그리기의 수작으로 문학의 순도가 높다.

나는 그 문학의 순도를 곱씹으며 단순 자유한 심경이 된다.

'한국 사회 정황 소설이 세계 인류의 부조리한 실존을 아우르며 아파한다. 젠장의 인류사다! 나는 너를, 너는 나를 그리고 우리를 이렇게 말할 수 있다. 서 있는 사람은 투명하다. 저쪽 이쪽 어둠을 지나가는 투명이다.'

황달수 연구 주임

모든 연구는 전문성을 지닌다. 교사가 받는 촌지에 대한 연구도 그 나름 명리에 따른 명분론이 있다. 그러나 선생, 학생, 학부모 심리가 삼각관계의 이해타산으로 어떤 작용이 생겨나면 뒤틀리기 마련이다.

여기 6학년 10반 황달수 주임교사의 우체국장상 수상 학생 선정의 경우 촌지 받는 합리화명분론이 그대로 적용되고 있다. 교육자 사회도 물질의 욕망 앞에 도덕적일 수만은 없다는 것이다. 한편 김진만 교사는 딱할 정도로 어려운 생활환경인데도 학부형에게 받은 촌지를 학생 편에 돌려보내며 교사의 도에 대하여 만리장성의 편지를 써 보낸다. 이 두 축의 촌지 교육환경이 공존하는 사회에서 우리는 살고 있다.

작가는 이 작품에서 무엇을 말하고 싶은 걸까? 불가(佛家)에서 말하는 불법승(佛法僧) 삼보(三寶)처럼 학교의 선생, 학생, 학부형 셋이 하나요, 하나가 셋인 산법을 말하지 않는다. 오로지 답은 독자의 몫으로 돌릴 뿐이다.

황 주임은 촌지만 받을 뿐 자신의 불양한 양심을 문제 삼지 않는다. 그래서 촌지 받는 엘리트 교사로 당당할 수가 있다. 참으로 알 수 없는 허구의 촌지에 대한 사실론이 생겨난 것이다. 황 주임은 자신의 품위를 지키기 위해서 촌지가 필요할 뿐이다. 그러니까 내숭을 떠는 교사들에 비해 황 주임 자신이 훨씬 인간답다고 외치게 되는 것이다.

사람의 심사를 이 지경까지 까뒤집어야 하는 작가의 창작 의도가 신과 사람을 내통하게 한다.

금색 종

금색 종이 달린 유리문 서점에 가면 두 여인이 있다. 한 여인은 서점주인 정애, 청소년 상담교사이고, 다른 여인은 그녀를 돕는 친구 형자다. 두 사람 이야기가 의식의 흐름을 타고 물 흐르듯 자연하다.

금색 종소리를 문장으로 듣게 할 수 있을까? 작가의 화두는 답한다. 무형의 소리를 시각화하는 묘사의 문장으로 가능하다. 바람이 울리는 종소리, 사람이 울리는 종소리, 생의 단면을 모자이크화로 그려 보이면 거기 두 종소리가 울려 퍼진다. 사회 현상은 선과 악의 교직으로 사람 마음을 뒤흔든다. 그 인연의 인과적 실상을 문장으로 써 냄으로써 금색 종소리는 실어증 형자의 말문을 열고 있다.

문학을 담보하는 소설은 허구 속으로 들어가는 문에 금색 종을 달아 양심의 소리를 듣게 한다. 박민형은 그 종을 달아 소리를 듣는 소설을 쓰는 데까지 이르렀다.

뒤꿈치 들기

앞 발바닥을 뒤치며 뒤꿈치를 들면 걸음이 된다. 누구나 그렇게 뒤꿈치를 들고 걸음을 옮기며 산다. 그러나 생의 현장에서 발에 진흙이 묻을까 뒤꿈치를 높이 쳐들고 걷는 사람들이 있다.

옹골차고 기가 센 딸년, 어머니가 나를 두고 한 말이다. 서른을 넘긴 나는 성깔에 맞는 월간 『만남』의 취재 기자가 되었다. 1970년대 산업화에 밀려난 노동자, 1980년대 민주화에 앞장섰던 사람, 혹은 희생된 인물과 그 가족들을 심층 취재해 나는 기사를 썼다. 『만남』은 개혁을 자처했던 투사들을 포장해 표지에 내세운 상업성으로 성공한 잡지였다. 나는 서서히 잡지의 상업성을 높이는 기사를 쓰며 양심의 가책이 없다. '어차피 세상일이란 높은 곳에서 낮은 곳으로 흐르는 것이 순리가 아니던가?' 하면서도 현실에 안주하며 타협에 물들어 있는 나를 정화시켜 줄 수 있는 남자의 만남을 바랐다.

세상 만남은 오염투성이지만 정화의 만남이 있어 신의 형평성이 이것인가 한다. 군사정권의 삼청교육대 피해자 종수의 선한 눈빛의 만남은 눈먼 양심의 일깨움이자 정화의 만남으로 그려지고 있다. '그려졌다'가 아닌 '그려지고 있다'의 진행형인

까닭은 희망사항이 될지도 모른다는 것이다. 나는 각성하려 들지만 잡지의 속성에 이끌려 진흙밟기를 꺼려 뒤꿈치 높이 쳐들며 걷는 기사를 계속 쓸지도 모른다. 그러나 소설 마지막의 암시가 희망적이다.

"완전한 어둠 속에 잠겨 버린 끝없는 들판을 바라보았다. 멀리 월악산 끝자락이 오도카니 떠 있었다."(120쪽)

군사정권 패악의 후일담을 감추듯 드러내는 박민형의 소설 쓰기가 정일하다. 선한 거죽의 삶이 얼마나 뻔뻔스런 위선인가. 속 알맹이가 투명하게 그려짐에 따라 사실소설의 진면목이 돋보이게 그려졌다.

화해

창작의 섬세함은 자연의 섬세함, 사람의 섬세함을 건너 신의 섬세한 정서에 가 닿는다. 자매의 정서가 이토록 섬세하게 묘사된다는 것이 문학의 기술이다.

서른세 살 은수가 위암으로 죽어가며 버리고 떠난 엄마와 화해하는 이야기다. 박민형은 이 단순한 이야기를 소설의 이름으로 사람 존명을 명백하게 그려내고 있다.

나는 두 살 위 은수 언니다. 환청인가 내 귀를 의심했다.

'엄마'

내가 은수의 보호자이듯, 은수 또한 내 보호자였다.

"뚜껑을 열어보았자 닫는 일만 있을 겁니다."

은수에게 남겨진 전 생애는 고작 삼 개월이라고 했다. 엄마는 은수 곁에 있기를 간절히 원했다. 시간을 달라고 은수에게 사죄할 수 있는 시간을. 은수의 뼈 마디마디에 가시처럼 걸려 있을 어머니라는 존재. 은수가 저렇게 된 탓이 어디 어머니뿐이던가.

"엄마가 많이 다녀가셨어."

"알아."

"어떻게."

"냄새로."

은수가 후후 웃었다. 나도 따라 웃었다. (143쪽)

은수의 시선이 먼 곳으로 향하는 것 같았다. 다시는 돌아올 수 없는 그 아득한 길을 보고 있는 것처럼.

나는 은수 이마에 내 입술을 포갠다. 따뜻하다. 편안히 자고 있는 은수 옆에 나도 눕고 싶다.

소설 「화해」의 뒷부분에서 발췌한 짧은 글이다. 냄새로 아는 혈육, 어머니의 피와 살은 화해의 정서를 낳는가? 그렇다.

성주 가는 길

성의 주인이 있는 곳으로 가는 길이라는 뜻으로도 읽힌다. 순전한 사랑의 성을 쌓았던 고향 성주. 황순원의 소설 「소나기」가 소년 소녀의 향기를 뿜는 사랑 이야기라면, 박민형의 소설 「성주 가는 길」은 장년 남녀의 향기를 뿜는 사랑 이야기다 할 것이다.

머슴의 주인에 대한 죽기까지의 충정은 주인의 사랑이 만든 것이다. 업둥이로 자란 만석이 자기를 거둔 할머니의 손녀딸에게 충정을 바치는 그렇고 그런 이야기가 박민형의 창작의식을 거치면 그야말로 허구의 진실이 되어 독자의 심중을 울린다.

손녀딸 나는 다섯 살, 어린 머슴 만석은 열세 살, 자연한 주종관계의 정서가 음과 양의 원초적 사랑을 낳았다. 나는 만석에게서 어머니에 대한 이야기를 들으며 그리운 아픔을 달랬다. 허리가 버들강아지처럼 낭창낭창한 어머니는 나를 낳다가 심한 하혈 끝에 눈을 감았다. 목숨을 담보로 나를 세상에 내보낸 어머니의 모습을 그릴 수 있게 하는 만석은 나의 모든 것이었다. 그리고 그 많은 광음과 싸우며 건너온 날들이 있고, 마침내 나는 그의 손을 두 번 다시 놓지 않겠다는 듯 꼭 쥐고 있다. 이렇게 시정 저잣거리의 이야기는 소설을 낳는다.

젓가락

젓가락을 들여다보면 젓가락이 철학을 젓가락질하는 것이 보인다. 젓가락은 짝을 이루는 두 개의 키가 같다. 그 손가락 지팡이가 생명을 위하여 하나가 되어 일을 한다. 젓가락에 생각을 접목하면 진리의 말들이 철학을 낳는다. 까닭은 젓가락이 선한 사람이든 악한 사람이든 구별 없이 평등하게 먹이어 키우기 때문이다. 젓가락 철학만 제대로 깨우쳐도 우리 사회는 더 밝아질 수 있다.

박민형에게는 그만의 작가적 특성이 있다. 놀라운 글쟁이의 시선이 그것이다. 젓가락에 대한 사소한 이야기가 이렇게 소설이 된다는 것은 그만의 평범성이 비범성을 넘어서는 글쓰기를 보여준다. 이처럼 창작 사유의 경계가 자유로울 때 소설은 문학으로서 유장하다. 소설 속 문장을 인용하여 독자의 사유를 돕고자 한다.

작가란? 세상을 따뜻하게 바라보는 시선 없이는 아예 글을 쓰지 말라던 늙은 교수의 얼굴이 언뜻언뜻 거리고만 있었다. (208쪽)

그저 내 자신의 배를 채우기 위한 도구로만 사용했던 젓가락이었다. 내 자신과 내 가족만을 위해 나는 수없는 음식들을 집어 올렸을 것이다. (209쪽)

나만의 사용도구였던 젓가락은 나만의 것이어야 했다. 그것으로 어찌 타인을 배려할 수 있다는 생각을 해 보지 않았던가?
의좋은 형제처럼 어깨를 겨루고 있는 젓가락이 순간, 현요(眩燿)스러워지는 듯했고 미처 깨닫지 못한 내 해망쩍음을 해득시키는 듯했다. (209쪽)

그렇다. 젓가락이 선을 베풀어 먹일 때 사물의 경계를 넘어선 눈부신 아름다움으로 빛난다. 그 빛은 어리석고 아둔한 사람의 무명을 밝힌다.

참을 수 없는 웃음

사람의 몸속, 마음속 감성을 자극하면 속수무책의 웃음이 솟아난다. 그 웃음 보여주기의 소설이 「참을 수 없는 웃음」이다. 이 이야기의 웃음이 향하는 방향은 어딘가? 사람의 부조리한 실존이다. 작가 최고 창작의 경지는 웃음을 쏟아내는, 울음을 자아내는 이야기를 쓸 줄 아는 것이다. 시각 미각의 통시성으로 남녀를 묶는 웃음의 끈을 만든 박민형은 그 끈에 묻어난 웃음이야말로 웃음 뒤쪽의 웃음까지 웃게 한다를 설파했다.

결혼은 생의 꿈 이루기다. 이룬 꿈의 무지개가 지고 결혼은 이혼을 낳기도 한다. 나의 아버지는 자식들의 반대를 무릅쓰고 간병인 여인과 재혼을 결행한다. 그리고 나의 친구 효순은 사진가의 꿈을 이루고자 어린 자녀의 양육권을 남편에게 넘기고 이혼했다. 그렇다면 결혼은 행복의 산실, 불행의 산실이기도 하다. 효순의 재혼은 익살과 해학의 웃음으로 배꼽이 빠진다. 생각할 수 없는 불가능의 가능이다. 내 항문을 틀어막고 있는 똥을 위생 젓가락으로 파낸 남자여서, 효순의 재혼에 대한 변이다. 이 우스운 해학의 변으로 나는 아버지의 불가해한 재혼을 이해하는 눈을 뜬다. 사람의 실용성, 이것이 문제다. 웃음을 죽이기도, 살리기도 하기에.

별똥별

'천문우주센터 관측팀장이 물었다. 여긴 왜 오셨어요? 긴 머리 여자의 입에서 엉뚱한 말이 나왔다. 별이 된 아이들을 어떻게 위로 하지요? 아이들이 왜 별이 되었는데요. 팽목항…… 여자는 뒷말을 삼켰다. 팀장 남자의 가슴이 헉 소리를 냈다. 남자의 눈이 하늘을 바라보았다. 오늘 제가 온 것은 아이들에게 사과를 하려고요. 사과 를요? 네, 저 혼자 살아있는 것에 대해서요. 그날 아이들과 함께 갔더라면 이런 죄책감은 없었을 것 같아요. 여자는 아이들을 잃은 그날부터 시간이 정지되었다고 했다.

남자는 여자를 망원경 앞에 세우고 곧 별이 보일 것이라고 했다. 그러면 주저하지 말고 별이 된 아이들에게 인사하세요. 하지만 별 이 된 아이들에게 함께 별이 되지 못해서 미안하다는 사과는 절대 하지 마세요. 여자가 외쳤다. 얘들아! 살아서…… 꼭 끝까지 살아남 아서 너희들이 왜 별이 되었는지를 이야기할게. 여자의 말이 큰 소리가 되어 우주를 향해 퍼져나가고 있었다. 그때였다. 별똥별들 이 화답이라도 하듯 소리 없이 쏟아져 내렸다.'

위 글은 팽목 바다 울음을 사람 마음의 노래, 우주의 노래가 되게 한 소설 「별똥별」을 부분 축약한 내용이다.

별과 달과 태양은 빛 자체로서 무궁한 우주의 서사이다. 문학 또한 그렇듯 무궁한 서사를 낳는다. 「별똥별」은 지구의 미물인 보여지는 나와 숨겨진 나에 대한 이야기다. 두 남녀의 아픈 실존을 담고 있다. 남자는 과민성대장염을 통하여 숨은 다른 나를 만난다. 그때 나는 토성을 노란 리본으로 보았다. 천체의 기의 말을 들을 때 뱃속이 씻긴 듯 편안해지는 몽환적인 남자. 여자는 팽목항 난바다에 제자들을 잃고 난 뒤 교사라는 직업의 본분이 무엇인지 알게 되었다. 보여진 나만을 위한 당위적인 이익의 타협 교사였던 여자는 기억의 교실에서 다른 숨은 나를 건져냈다.

사람은 누구나 두 가지 계산의 나를 산다. 드러난 나와 숨은 나를 통하여, 네가 나를 선으로 계산하듯 나도 너를 선으로 계산한다는 나와, 네가 나를 악으로 계산하듯 나도 너를 악으로 계산한다는 삶이 그것이다. 이 삶에서 남자는 여자 속 숨은 남자를 보고, 여자는 남자 속 숨은 여자를 보는 혜안을 얻고 있다.

이것이 아홉 편 소설의 단상 평설이다. 이를 총체적으로 줄잡고 글을 마치려 한다. 박민형은 쉬운 듯 쉽지 않은 작가이다. 작품마다 일상의 평이함 속에 그만의 순한 지혜의 눈뜸을 숨기고 있기 때문이다. 특히 산문 문장의 회화성은 연극의 장면을 연상시킴으로써 희곡의 소설화를 읽게 한다. 아마도 그래서 이런 예지의 말이 만들어진다 할 것이다.

'희곡 너하고 소설 나하고 의식의 옷을 벗자. 몸이 보이는 것이 아니라 마음이 보이는 의식을 치러야 우리는 비로소 너와 내가 바라는 문학의 순정한 길을 함께 걸을 수 있다. 아무렴 너와 나의 공유는 공유이면서 공유가 아니다. 이 실존이면서 실존을 넘어서는 예술의 실존을 어떻게 구축하느냐는 궁극적으로 작가의 숙제를 지나 문학의 숙제이다.'

여기에 박민형 작가는 백지의 마음을 펼치고 있다. 큰 기대를 해도 좋다.

지은이 **박민형**

1996년 『월간문학』에 단편「서 있는 사람들」로 소설부분 신인상을 수상하며 작품 활동을 시작했다. 단편으로는 「황달수 연구 주임」, 「금색 종」, 「뒤꿈치 들기」, 「부러진 날개로 날 수만 있다면」, 「우회로」, 「술 마시는 여자」, 「화해」, 「성주 가는 길」, 「젓가락」, 「참을 수 없는 웃음」, 「달의 계곡」 등을 발표했다. 장편소설 『침묵과 함성』(2000)으로 문예진흥원 창작지원 수상작에 선정되었으며, 장편소설 『4번 출구는 없다』(2011)와 『어머니』(2017), 『달의 계곡』(2018)을 펴냈다.

그 밖에도 2003년 KBS 악극 〈빈대떡 신사〉, 2007년 CPBC 창사 특집 드라마 〈강완숙〉, 2010년 〈동정 부부 요한 루갈다〉 대본 집필, 2013년 뮤지컬 〈롤리폴리〉 각색, 2019년 CPBC 〈김수환 추기경 선종 10주년〉 다큐 3부작 드라마 대본 집필, 2019년 연극 〈깻잎 전쟁〉의 희곡을 발표했다.

별 똥 별

©박민형, 2019

1판 1쇄 인쇄_2019년 09월 20일
1판 1쇄 발행_2019년 09월 30일

지은이_박민형
펴낸이_양정섭

펴낸곳_도서출판 경진
　　　　등록_제2010-000004호
　　　　이메일_mykyungjin@daum.net
　　　　사업장주소_서울특별시 금천구 시흥대로 57길(시흥동) 영광빌딩 203호
　　　　전화_070-7550-7776　**팩스**_02-806-7282

값 13,000원
ISBN 978-89-5996-680-6 03810